依恋之为依恋

胡晓明 著

文汇出版社

孟 夏

清秋

早春

隆 冬

芬芳的山谷（代序）

《笔会》七十岁了，我与《笔会》的交往，也有二十多年了，毫不夸张地说，与她有一种"斯文骨肉"的感情。一百年前在上海也有一个"笔会"，那时候叫"雅集"，词家朱彊村曾请人画了一幅《彊村校词图》以作纪念，请王国维写序，王国维就写了文人之间以笔相聚、止泊身心的这种"斯文骨肉"的感情。《笔会》延续了这个传统。鲁迅先生也说："我并无大刀，只有一枝笔，名曰'金不换'。"我的老师说，这是文人最高贵的自尊。今天，我愿意借用胡德夫优美的民谣《芬芳的山谷》，来品题这个美丽的写作故乡：《笔会》不是高高的山顶，引领时代风云，却也有"天空翱翔的苍鹰嚊嚊声响彻满山谷"；《笔会》不是惊涛拍岸的海边，却有"山林中最芬芳的山谷，山谷里最美丽的花朵"。你顺着长江走到海边，在现代摩天高楼环抱最深处的地方，"常披着彩虹的故乡、满山月桃花和飞舞的蝴蝶"，低调而淡定，温馨而持久，含藏美与芬芳，行到水穷处，坐看云起时，这就是我心中永远年轻的《笔会》。

写于2016年6月，《笔会》七十岁生日贺词

目 录

芬芳的山谷（代序） / 1

辑一 题 诗

四月的随想 / 3
在台风来临的日子,写一封信 / 7
夏天已经过去 / 14
不寐记 / 16
白色的雪轻柔翩舞——读诗（之一） / 20
借着炉火的温暖给你写信——读诗（之二） / 23
生者日已亲——读诗（之三） / 29
韦郎的穿越 / 35
一个写诗的理想地方 / 40
水云、飞鸟与南朝的鞋子 / 45
兴于微言,以相感动——关于词学 / 50

辑二　读　人

层峦叠嶂的思想之美　/ 55
记舒传曦　/ 60
清园书屋笔札叙　/ 65
一生探索自由的义谛　/ 66
那些苍凉而温暖的声音　/ 71
去加油站买杯咖啡　/ 75
今生证果是梅花——送别师母张可　/ 81
略论钱谷融教授为何爱读《世说新语》　/ 86
最好的时光　/ 91
我是一个铁杆的"母党"　/ 95
好老师王建定　/ 100
神交　/ 105

辑三　教　育

给女儿的一封信　/ 113
出于什么理由要考语文　/ 116
与友人论梁漱溟《中国文化要义》书　/ 122
与中学生论唐诗精神书　/ 126
家书,失落于忘川　/ 129
略说志业、事业与职业　/ 134
三十年前的那个冬天　/ 139

时光的漩涡与回澜 / 144

启动生命的责任意识 / 149

梦中的橄榄树 / 153

我教AI读古诗 / 157

老师们,你们还好么? / 163

辑四 品 书

新春必读 / 171

江南大义与中国美感——花溪随笔续 / 175

万山雪尽马蹄轻——读《钱锺书的学术人生》想到的 / 181

天水文章照眼新 / 187

钱锺书说"边" / 193

千帆渺杳水云期 / 197

始随芳草去,又逐落花来 / 204

站在近代史的阳台上 / 209

令人失望的苏格拉底? / 213

人生体验之哀乐相生 / 218

辑五 谈 艺

春夜影话 / 225

雪地里的红草鞋 / 229

雅各的微笑　/ 233
《大鱼海棠》的文类、隐喻及其他　/ 238
春联是中国文化的一双眼睛　/ 242
听取清音入梦来　/ 244
去那小河淌水的地方　/ 245
壑舟的漂流　/ 249
我的太极拳小史　/ 253

辑六　感　事

二十一世纪的人性图景　/ 261
吃药时代来临？　/ 266
中国文章学之"专""转""传"　/ 270
如何看待"转文时代"的到来　/ 274

辑七　记　游

人无喜乐安得参与造化　/ 285
世上学中文者必游之地　/ 289
黑人教堂　/ 294
那山·那水·那人　/ 298
寸秭寒柳待春分　/ 302
西湖雨亦奇　/ 307

花溪随笔　　/ 309

富顺返乡记　　/ 314

当手机沉入大海　　/ 319

鸣沙山之夜　　/ 323

那些永远定格的芳菲笺素……（代后记）　/ 328

辑一

题诗

四月的随想

> 为什么你不生活在沙漠上
> 英雄的可怜而可爱的伴侣
> 我那唯一的人在何方？
> 用酒调着火所能留下的灰 写下几首诗？
> ——海子《为什么你不生活在沙漠上》

一

伽达默尔两天之前去世，终年一百零二岁。今天到学校开他的追思会。

会前放一段录像，哲人精光照人。潘德荣博士说，每次讲演，观众极多。

他就像一个司令，指挥千军万马。世界上的人，几乎没有离得开文本、离得开语言的。世界早已变成文本的牢囚、语言的世界。但是，有了伽达默尔，事情就不同。千军万马，皆有了朝另一个方向前进的可能，那就是，超出文本本身的方向，以及对话的可能。

其实，中国人有一句古话，不要死于句下。

苏东坡说：赋诗必此诗，定非知诗人。看画以形似，见与儿童邻。

但是，中国古老的哲人，可以独善其身，却扭转不了现代滔滔而来、死于句下的方向。

回想八十年代，伽氏来了，犹如地底下的回春之力。到了九十年代，那真是：千山冰雪冻初融，一地清溪绿向东。伽氏走了，却与大地春天同在！

二

刚才老张来过。老张是我的邻居。当过裁缝、民办教师，现在是博导。却感叹做课题机械、匠气、没有意思。我送他朱熹诗："书册埋头无了日，不如抛却去寻春。"他高兴，眼里流露了年轻的光彩。老张是性情中人。妻给他看我们刚刚取回来的苏州西山赏梅的影集，他很是喜欢。要我有空给他找出朱熹诗的出处，他要制成墨宝，置之几案。

老张走后，我取出朱熹诗集。四川大学郭齐先生的笺注本。想找"寻春"诗，遍检不得。偶见朱熹的《十梅诗》，甚佳。尤喜《早梅》："霜风殊未高，杖策荒园里。仙子别经年，相看共惊喜。""共"字极为怜香惜玉。《小梅》："且喜梅花开，莫嗟梅花小。花小风味深，此意君已了。"早春初梅，破冬而出，方是最好。《赋梅》："君欲赋梅花，梅花若为赋。绕树百千回，句在无言处。"深情领略，自在解人。也不知是夫子看花，还是梅花看我。这也恰是：夫子妙句寻不成，看花绕树思纷纷。"归来笑拈梅花嗅，春在枝头已十分。"

三

霍韬晦先生创办《性情》杂志，一灯荧然，见证心光，作长夜中的守夜人。

现代社会,是精神变物质、性灵成病态。大地干涸,莲花在手中发出香味。

霍先生和他的同仁,在香江、在中国,都是寂寞。

海子的诗,歌咏寂寞,十分动人:

> 在什么河岸,你最寂寞
> 搬进了空荡的房屋,你最寂寞,点亮灯火
> ……
> 哪辆马车,载你而去,奔向远方
> 奔向远方,你去而不返,是哪辆马车

这首诗叫《夜晚,亲爱的朋友》。韬晦先生,如今我在海之角,为你祝福。

四

有一天紫藤花开了,我在花架下想一些事。

现代人到底有没有性情?古代人到底有没有创意?小孩子到底有没有童年?学生到底想不想自主?权力到底有没有公心?小说到底会不会做梦?时间到底能不能弯曲?我这一辈子,能不能把大路看清?

其实多少世代,人们一直就这样关心着。我开始懂得有些人的心,一直就是这样向往着美好,关心着性情,护持着世道。我也开始懂得,忧心与关念并不真的都有用,向往并不总是有美好的回报。在

这无尽的过程中,一代一代的人走了,留下这样那样的飞鸿雪爪,还没有走的,也许依然还是这样那样的无着落、不肯定、无助无靠,来无藏身之处,去无可往之乡,而人生之泥泞路,又常与艰辛相连,老僧、诗人、新塔、旧壁、路长、人困、马嘶……

或许更重要的是,我大概已经懂得了,人生之艰难与磨炼的尽头,并不在于,会有多少真的美好的回报,以及来自结果的其他的享受;而之所以有些人的心一直这样坚守,这样紧紧地依恋着那些无穷无尽的向往、关心和护持,那正因为来自这种依恋本身的好、依恋之为依恋本身的魅惑。只要是在其中真实地呼吸过、相守过、印心过,那么,就不会忘记这种呼吸本身的美好与永远的动人。东坡的诗中,写得那么平实:往日崎岖曾记否?路长人困蹇驴嘶。谁要在这种美好的相守与依恋本身之外去寻求幸福,那么,谁就不配享有真正的美好。海子的诗也写这个意思,却比东坡更浓烈了。他说,那样的人生,确是在沙漠之中,"用酒调着火所能留下的灰 写下几首诗"。

(原刊笔会2002年4月28日)

在台风来临的日子,写一封信

你再过不到一个月,就要出远门了。这次是一下子就离开很久,一个人独自去异国他乡生活。爸爸妈妈都答应要给你写一封信,你也答应要给我们写一封信。明天,爸爸就要到贵阳去了。台风正在来临,楼下的柳树都已经吹得歪倒,朝着一个方向乱舞,云朵也大团大团的,从东到西,快速飘移。天气变得凉爽多了。在台风来临的日子里,思想会变得比平时清澈,比较适合写一封信。

我特别喜欢每年台风来到上海的日子。盛大的夏天又安静又激动,很奇特的感觉。我这么随手写来,那就从台风讲起吧。还记得2006年的那个夏天,那时候你还很小,我们刚刚搬到这个新房子来,也是过暑假的日子里,我印象很深的一个场景,就是台风快要来的时候,我们把所有的门窗都打开,让凉爽的风在房间里悠悠地穿过,一个单人沙发,摆在客厅的过道中,——我们家的那个巨大皮沙发(以后你一定会怀念它,因为全世界都没有这么舒服的沙发了呵)——而我上身光着,只穿了一条短裤,身体的肌肤跟那个皮沙发接触在一起,因为有很凉快的风,吹着身体和干爽沙发,感觉凉悠悠的。

那个时候你大概也就是三岁多,你也光着身子,躺在我的肚皮上,我们一起看足球,好像是世界杯。我记得我们都喜欢英格兰队一个大头的球员叫鲁尼。我躺在大沙发的一个皮手掌里,你躺在我的肚皮上，光光的滑滑的，我们都深深陷进一个大沙发中，夏天也陷进足球赛中。我跟你小小的、暖暖的身体肌肤相亲，至今都有难忘的感觉。

一晃十多年过去，你长得这么大了，十八岁，什么时候真的成了一个男人，帅气，自信，有自己的喜好、自己的朋友，话不多，但逻辑还算清楚，有时候对事对物，也有精准的判断，除了足球，也有一些知识兴趣。懵懂的小孩子已经长大，要走向外面的世界，走向更广阔的天地。

即将离开父母远行，但是在台风的日子里想到这件事情，依然忘不了当年的情景，而且越是回不到过去，越是教人留恋。我们都会想念你的。索性，我这封信就写几个我们都熟悉的生活场景。

我脑子里的第二个场景，就是我们在美国斯塔克威尔的时候。还记得么，一家便宜货的大卖场，我发现很便宜的一个足球门网，才五美元。我们把它买回来，再加上一个也不是正规的足球，我们每天都会有一段时间，一两个小时在家门口的草地上踢足球，经常是我当守门员，你一次又一次顽强地进攻。有时候足球会飞得很远，到别人家的草坪上，但是从来就不会担心球会踢飞，也从来不会有车子和行人，草地是深一脚浅一脚的，也从来不会崴到脚。Bulldog，那真是属于我们的美妙世界，而且想来很可能就是因为那段时间的坚持踢足球，你后来越来越多地爱上了这项运动，心智与身体，与世界上最快乐的运动伴随着长大。

因而发现你会非常执着地去热爱一件事情，而且是认认真真地去把它做好。我记得有一次散步回家，经过杨柳青路上一家农工商

超市门口的时候,你对我说:

"爸爸,我能不能去读少年足球学校?"

"就不要读这个浦外了吧。"

当时我非常震惊,而且也心痛,你的身体素质,并不适合于做一个职业的足球运动员,这是爸爸妈妈给你的基因不够,不能怪你,但是你的灵魂,竟然超越了你的身体的拘限,突破了形体的管束,自由放飞。你如此地热爱足球这个运动而不能专业从事,这是爸爸妈妈有愧于你。如果你具备这样的素质,爸爸妈妈是肯定愿意让你去完成你的这份心愿的。但是你从中所表现出的执着,而且坚持了这么久,从这个爱好当中找到了属于自己的精彩,这是我们一直看好的,觉得你有这样一种精神,足球的真精神,一定会做好所有的事情。

人生中的很多事情,其实大多是不能尽如人意的。但是我们要记得尊重、保护那天真的想象力。你可能会在将来的人生中不止一次遇到"有限性"这个问题,我相信你能葆有你少年的那一份执拗与狂想。

第三个场景,是我们这次到山西,看大草原,我觉得在大草原上,你走向远方的时候,特别地有一种象征的意义,因为你即将要离开我们,走向一个更广阔的天地,眼前的风景让人感觉到一个美的启示,给我们未来的生活也带来一个美的向往。我后来在朋友圈写了一段很文艺的话:

——马仑草原三百六十度大幅的缓坡,正是向我显示了如此一种奇妙的景观,恍然无边的翠绿朝我铺展开来,而我就在这个大缓坡的中心，一步步向前，好像可以一直向天边走去，却又一直梦一般地走不到真正的尽头；坡上草深没足，浅深柔软，微风里摇曳着的无数雏菊、桔梗花、独活、南星，自由而醉舞，也似梦非梦，而我居然就在它们中间。忽然一只奔马、又一只奔马，从天边渐渐由小而大，又由近而远，巨大的白云如仙山降临。那一群无人放牧的牛或卧或立，在一个低凹无草的平地集合，安静地等待着雨水的到来，它们知道每天都会有礼物。而我的礼物是听到了心中如达达的马蹄声的幸福叩响，而有一个少年，过几天正是他的十八岁生日，嘴里含着一支蓝色的小花，正在往远方走去。我看着他远去天边的背影，以及拥抱他的无边鲜美翠绿的草坡，心中感动，难以言宣……

然后，那天晚上我们就在悬空村的半山看星星。看星星的这种体验也是非常独特，在你即将离开上海，走向大学生的生活当中，很有象征意义。我们从那深深浅浅的银河、无限辽远的星星当中，体味到宇宙的庄严浩瀚；当我们仰头久久地凝视星星的时候，现实世界有很多的烦恼，其实都可以抛弃。

那个天上的星空，有一种纯净的美，也有一种高贵的神秘，正如人类浩瀚的知识世界，未知世界，等待着你去探索其中无穷无尽的奥秘。你可能当时没有这种感觉，一直在忙着用手机去照相；也许此刻你看到这一段文字，会在心里嘲笑是中文系教授的作文罢了，——但是，你先珍藏一下吧，等你将来看多了现实人生的烦恼、褊狭、猥琐，无聊的计较，你也许会找回来这个美妙的记忆。手机里留存的图像，只是图像，不如文字更能留在记忆的深处。

第四个场景：我们在北欧的时候，邮轮抵达一个小镇，我跟你一块骑车，拐到周边的一条小路。骑在路上的时候，我们会觉得骑行这件事情本身充满了一种不确定性，如探向未知的世界，各种新鲜好奇，到底我们一路上会看见什么样的风景？这个小镇是否有东西值得去付出这样的体力？然后，就像上帝的安排一样，——不是导游的安排，——我们拐入一条幽静小径，磕磕碰碰地，从丛林当中钻出来的时候，我们的眼前一亮，好大的一片峡湾，远方有一条红色的船，停着不动，风景如画。一个大人带着一个小孩和一条狗在那里戏水，我们跟他打了招呼，就去海边照相。这真是十分令人兴奋的风景。曾经跟你说到过，我们不知道将来的生活当中会碰见什么，人生本无固定的剧本，没有背后的导游，就有点像偶然而随意的骑行，在不确定性当中，命运会带着我们去发现一片陌生的、新鲜的、辽阔的风景，给我们一些意外的惊喜。但是确定的是，要我们去付出，要走下去，让我们勇敢地向着远方。

第五个场景是两个画面的叠加。一个是夏天的孔学堂，你从大成精舍的那个很高的山坡上骑行冲下来，很陡的坡，大幅的弯道，很高的车速。另一个就是冬天的北海道，我跟妈妈都吓死了，天黑，山高，林深，雪厚，你第一次拿起雪橇呵，我们怎么这样放心呀?! 好久好久你都没有在滑道上出现，但是后来你终于来了，居然像一只轻快的小鸟一样从山上滑下来。我跟妈妈的心都放下来了，我们内心里除了庆幸，更为你感到骄傲：其实你是很有潜力的，学东西也厉害，我们的担心可能都是多余的。特别是妈妈,她不能担心这样那样,把很多很多的焦虑投射在你的生活当中。其实犯点错误,是正常的,人总是会透过错误成长起来,自己教育自己,从错误当中学习是年轻人根本的成长方式,每个人都不可能包办成功,保证不误。相信你将来一定会走得更好,走得更稳,会从更大的天地得到更多的能量,变得更强大,更自信,同时也更开心地生活在未来的世界上。

我最后想到的一个场景是你去当"爱飞翔乡村教师夏令营"的小老师。你的英语能力虽强,但从来没有面对大人上过课,尤其是面对来自云南的七十多位乡村教师,用英语讲课。你紧张得不行。然而终于以流畅饱满的语调,内容丰富的PPT,从印度讲到西班牙,又从欧洲讲回云南。那回做小志愿者,你付出了很多,也听到了很多农村的故事,初步体味了帮助别人其实也是获得自己的一份心灵享受与人格成长。这两天郑州大水、奥运大赛,我们在电视机前,弃奥运而看郑州,洪水无情人有情。永远不要忘记一片汪洋之中,那些先人后己的普通人,那些千里救灾的热心人,那些义无反顾的军人,那些患难与共的陌生人,那些素不相识的献花人。永远不要丢掉恻隐之心、赤子之心、诚正之心,永远不要做一个冷漠精致的利己主义者。

我想到的就主要是这几个场景,当然,还有一个是在香港中文大学的山上、桥上,放飞纸飞机。那白色的小飞机,弱小、轻盈、宛妙,但是毫不退缩,一头扎向黑色的夜与无边的草坡。这个说起来太诗意了,但是有点神秘的是,当时我就预感到你会走得很远。我的心里其实有一点希望,你能来港中大读书,我们常来香港看你,你也常回家里，台风的日子里喝着啤酒，看着世界杯……当然，过去的终将过去，迎接你的是一个新的未来。该变的，总是会变。不变的，譬如，执着地追求，勇敢地想象，热爱人生，关爱他人，迎向阔大，始终是不会变的。

永远爱你的
爸爸

2021年7月22日

台风来临上海之前写于家中23日晚，修改于贵阳

（原刊笔会2021年8月4日）

夏天已经过去

> 主呵,是时候了。夏天盛极一时。
> 把你的阴影置于日晷上,
> 让风吹过牧场。
>
> 让枝头最后的果实饱满;
> 再给两天南方的好天气,
> 催它们成熟,把
> 最后的甘甜压进浓酒。
>
> 谁此时没有房子,就不必建造,
> 谁此时孤独,就永远孤独,
> 就醒来,读书,写长长的信,
> 在林荫路上不停地
> 徘徊,落叶纷飞。
>
> ——里尔克《秋日》,北岛译

这是关于秋日的最好的诗。先说译。北岛的译品较佳。语言干净、有力。如:"盛极一时""置于""让……饱满""压进""落叶纷飞"。

从冯至到北岛,也可以看出,汉语自身的意味,诗人有点自觉了。

再说诗。北岛的解读(载《收获》)仍有未尽之义。我们看第一节与第二节,第二节与第三节,都形成很好的对比。前一个对比是:夏与秋,主与自然。盛大、不可一世、喧闹而失魂的夏天,与宁静、自主的秋日,表明了生命的一个转变。把你的阴影置于日晷,是一个自己决定自己,然而尽管如此,又是"主呵,是时候了",是来自冥冥之中的一个很肯定的声音。总有两个旋律的交织,构成了丰富的张力和诗意的厚度。

后一个对比是,秋天的收获、生命的创造、成熟,秋日的金色,然而却又是秋日的孤独寂寞,暗绿色。正如钱锺书说的喻之二柄。如果很平庸世俗的诗歌,就只可能有一个喻,即是秋日的酬获之丰美;如果是传统的诗歌,也多半只是一个喻,即是秋天之寂寞与悲凉。中国古代很多诗人写秋大多只是一个喻,诗意所以不够厚。

诗人全部生命的深度正在于此,如果诗的品质是要靠生命的品质来衡量,这可以算是一个佳例:这时的诗人,正是一个修行的果位。他收获了人生由夏到秋的重要经验和全部的美与智慧,但是,他并没有把这个收获作为一个世俗的回报来安顿自己、满足自己,甚至定义自己,不,他没有房屋,也不必建造,他仍然在漂泊中、寻找中、非现成的人生存在形式中;甚至面对"无边落木萧萧下"的时代困境中,他仍然在孤独中徘徊,也没有停止读,没有停止写作长长的信。唯一的区别是,他有着经过了内心自觉与肯定的来自上帝的命令,以及浓浓的葡萄酒那样的馈赠,自信满满、香味馥郁而弥久。

(原刊笔会2005年10月17日)

不寐记

一

非常熟悉的电影镜头出现眼前了：一长串天花板的灯光或明或暗地交替掠过，穿过长长的走廊进入手术室，恍然置身于许多电影结局里那些抢救英雄或濒死证人的场景。我躺在手术床上，旁边个头一般高的两三护士正在准备手术器具；我说你们这里真是神仙的地方，四季恒温、没有一点细菌，完全不知外面的世界很灰很霾。她们说，全年二十二摄氏度，我们是温室里的花朵，经不起风雨的。麻醉师帮我插管时发现我体态僵硬。嗨，到我们这里来没有不紧张的（记得签字时麻醉师强调过有多种可能死在手术台上：如大出血、窒息、突然休克等）。你一点不像六十岁人呀，在做什么事？教书的，教中文。那么有没有什么新书推荐给我们看呵。呵，新书？我不大看新书，看旧书。可是我还是努力在大脑里搜索着推荐什么书给她们，大脑里快速进行书与人、书与书之间的匹配对应选择，但不久我就什么都不知道了。

五个小时的全身麻醉手术结束后，回到病房，我居然还在想，应该推荐什么书却没有来得及推荐。尤其想起作为教中文的老师，未能推荐，是否与医生未能及时抢救病人一样失职。这表明我的大脑经过这么一关机一开机，并没有坏掉。同时也想起那个手术室里的情景：据说，所有的手术中，颈部的手术是场面最惊心动魄的。试设身处地想一想吧：半夜三更的，那些温室里的花朵，面对着一个又一个颈部狰狞的情景，居然不会噩梦连连？再想想，如果她们不说话，只是默默工作，那多么恐怖？

所以，手术室里的对话，多么重要。安慰了病人，也消除了陌生；减压了工作，也舒缓了人生。语言的功能，不仅是实用，也不仅是敬拜，更是人与人之间的沟通交流，将一个死寂、残酷的空间，化而为温暖、有情意的空间。等到引颈成一快，方知花容不失色。我突然因医生而更理解了中文，或者因中文而更理解了医生。

更有意思的是，我因此而想到了《诗经》里的"兴"。"兴"是引子，是召唤，是叫魂。为什么总是要拿一些不相干的花花草草，来引起下文。原来那些不相干的辞语，都是有魔力的符咒，召唤着一个有生命的、可以感通、理解与把握的外部世界。

二

术后通夜不寐。想起住院前的一天，十岁的儿子豆豆老是缠着要来"三国杀"。嘴里嘟囔着："最后一次三国杀了！最后一次斗地主了！"听起来让人头皮发麻。妈妈说"掌嘴！"他还狡辩：我说的是爸爸住院之前的最后一次呀。

睡不着的时候，就会想，生病、住院，其实是上帝或上帝假借死神的影子，提醒每一个人，以一种"最后一次"临睨人生的方式，来反省自己的生活，是不是虚浮，是不是真实。如果常常这样反省，就会活得实在。因而，咒语也是祝语与箴言。

因而豆豆是真话党。期末考试，作文题是："最感动我的一句话"，提示是："或许这是一次真心诚意的提醒，或许这是一个激你前进的鼓励,或许这是一个懂得生活意义的真理……"但是这些他都没有感觉,居然写每天晚上妈妈都要唠叨甚至生气的一句话:"快点刷牙洗脸上床,别再混了!"一点文艺范儿都没有。

也许他是这样理解"感动"的:非虚构、落根在实在的生活中,成为真正的受用。"妈妈这句话让我很感动。对我之后的生活造成了很大影响,以后做事情效率高多了!"

先哲老子有一句话,说的是豆豆这样的孩子:"骨弱、筋柔而握固"。意思是:那些看起来外表柔弱的小孩子,小手攥得紧得很。

豆豆的文学观是老子式的。专一守正、元气内敛,直接、简单、本真。但是全部都是这样的人生,也太直接,太简单。中国的文,还是要弯曲出去才好。借用禅宗的"看山"论,豆豆是第一义。生命不仅是实用,光秃秃地、直接扑在利害上。但是过于文艺、过于抒情、过于虚文的生命,也少一口人生的真气。如果他能经过"看山不是山"的弯弯曲曲、云里雾里,再回到"看山还是山"的修行果位,或许更能懂得古典中国的文学大义。

三

住院前反复叮嘱儿子,有人打电话来,就说我出差外地了。节前都忙,居沪不易;谨守古训:"不宜干人"。然而图书馆与中文系的同事听到消息,还是来看我了。呵呵,寂寞病榻一握手,使我衣衾三春暖。

原想借此机会享受休养,带来一大堆想看的书。然而病房却不是一个清净的空间。隔壁病友,刚动完手术,川流不息的探望、堆满了房间与阳台的鲜花与果品。聊天、问候、电话……原来,他是一家商住楼宇管理公司的项目经理,三十三岁,他的团队,小伙伴们,几乎全都来看他了。没有来的,也不停打电话来慰问了。我十分理解,他非常需要这些,因为他这么年轻,诊断的结果是癌。

生病之前,他非常忙。常常早上在上海开完会,下午就到了苏州杭州,晚上又回到上海加班。唉!这些年,国内经济成长快,商业建筑发展好,而且一窝蜂,大家都来做房地产。所以竞争激烈,节奏松不下来,再加上为老外打工,老板只知道给钱你就得做事。到了病房里,才算是真正过上了从来没有的有规律的生活。

活着是病态,病了才是生活,这是什么样的人生逻辑。

放弃了健康,透支了身体,抵押了未来,这又是什么样的发展。

他的妻子,北人而南相,有南方女子的美丽聪慧,又有北方女人的体贴而能干,为他守夜、捶背、洗擦、喂侍,细心而耐心。他们结婚才两年。

当然,甲状腺癌是最轻的癌,他手术非常成功,他是安全的。然而,他完全应该因此而反省一下生活方式。慢些走,停一停!

我不能不留一句大白话给他:留得青山在,不怕没柴烧。要青山,不要金山;要青山,不要青睐。

然而我们常常对文字、对书本上的语言,读得似懂非懂。一般人不知道,"身体"其实也是一大语言;一般人更不知道,"身体"的语言,其实不仅是个体的身体,背后隐藏着社会的"身体"。如果能将"身体"作为语言、作为文本来读,读出那些病灶、指标背后的真义,我们才在读懂了自己的同时,也读懂了世界。

2014年1月25日

(原刊笔会2014年2月25日)

白色的雪轻柔翩舞
——读诗（之一）

> 信仰在大火中细嚼慢咽
> 一张张翅膀在暖和的温度下缓缓开展
> 空中，谁？拉起了一大串黑色胶卷。
> 我们旅行到一定的季节，
> 便会开始将空气中的余温对折，
> 夹片思念，贴枚时间
> 捆上刚撕下来的薄薄回忆
> 一封封地捎给远方，一封封地
> （我在里头偷塞了薄薄几张来不及的爱）
> 可能是限挂吧……
> 飘飘的光混杂着墨渍在空中依序挥洒
> 等待大地从金黄走卷成银灰时，
> 白色的雪便轻柔翩舞，
> 落在发上、肩上、心口上。
>
> ——郭家玮《烧金纸》

我们常常在现代中遇到传统。传统犹如村庄里的老人，在太阳光里的大树下,眯着眼睛,娓娓诉说过去的事情。岁月悠悠,人情静好,传统不一定就是现代化的阻碍,它完全可以融入我们的日常生活,增加我们生活的诗意与美。参加全球华语大学生短诗大赛的台湾大学生郭家玮的《烧金纸》,正是写这样一个普通的故事。

烧金纸是为了给亡去的亲人一点安慰,比起太过于夸张的烧汽车、烧别墅、烧银行、烧佣人、烧情人,传统的烧金纸没有那么多的创意。传统礼俗是一夸张就变。因为传统是沉淀的集体记忆,容不得那么多的个人小巧、肤浅、张扬与做作。

传统还是时光的"细嚼慢咽",多拉快跑、大干快上则是土豪们的行为艺术。"黑色胶卷",既是烧纸钱那个夜晚的写实,也是长辈们没有彩色的时代集体意象。细节的怀旧既是尊重,也是切近的心情与体验。那个时代,一切都是朴实无华,慢慢地。

为什么会从烧纸钱想到明信片呢?噫!难道,明信片不也是一种"现代巫术"么?远方的思念,又带不来什么实惠,寄不来什么财宝,开不了什么药方,不就跟远古时代墓边的一缕馨香、龛旁的一碟白果,以及法师的一声唱念一样,只是一种精神的慰抚么?那么,为什么不可以将片片飞舞的金纸,与片片传递的明信,放在一起联想、描写?——其实都是来自远古人心与人心的交流,情意与情意的感应。

于是,一个"大地从金黄走卷成银灰",何等鲜明的意象!是季节的变换,也是生命的结局;是烧纸钱的过程,也是人心的沉淀。然而,银灰色不是死亡般的终了,正如现代的背后,不一定就是全部的虚无与沉沦,接下来是温柔的白雪翩舞……

载不动许多愁与意的纸片,是这首诗的主角;三个纸片纷飞的场景,是这首诗的结构;纸片幻化为雪花,是这首诗的诗眼。回忆与现实交织,古典与现代融合,诗与故事俱化。

白色的温柔雪花翩舞心头之时,我给这帧小诗的评语是:

噫!好深好美的情!其痴绝处非凡人所能梦见,其细腻处非粗人所能体会,其灵妙与超越处,更非俗人所能想象。汉语的高贵,是心灵之海深处的明珠。

由上海交通大学最早发起的这场校园诗歌运动——全球华语大学生短诗大赛,整整四个月,如火如荼,历经预选、初评和复评,七十二篇终评作品最终从全球八百二十八所高校的六千五百二十八篇参赛作品中脱颖而出。我有幸担任终评委,仔细阅读了所有终评作品,赏读与评鉴的过程,愉悦之至,一如普鲁斯特说的:情感找到了思想,思想找到了语言,始于感动,终于领悟。无论如何,诗歌的金子,埋藏在校园。我这里的文字,尽管是笨拙的,却是真切的,更欣喜自己居然感动,跟我的朋友曹昇之兄一样,在这样的年龄。是为记。

(原刊笔会2014年10月11日)

借着炉火的温暖给你写信
——读诗（之二）

去年冬天的雪有点大。写诗的年轻大学生们，你们好么？我仍然好奇你们写了什么，还在坚持美的语言、美的事物么，想象力又如何，世界如此大、如此复杂，你们还有没有远方的想念、简单的相信以及前行的决心？真想不到，2015全球华语大学生短诗大赛，竟然吸引到两万多人参与，噫！来自全球一千五百六十所高校。那么多优秀的作品，我当然不可能一一点评，也不想在这里全面评价。我读了最终入围的部分优秀作品，随手记下了一些读后感。今天谈的是"诗的力量"，供你们参考批评。

诗的力量是很奇妙的东西。中国古代的诗学，就叫作"诗可以兴（興）"。"興"字很美很古老很神奇，中间是一个托盘，四面是许多手。我们可以想象：三千年前，某个篝火点燃的晚上，面对着神秘无边的夜空，许多只手，力量大得很，把神圣的托盘高高地举起来了。古老的诗，就是这个时候唱的歌。老诗人马一浮说：诗可以兴，就是"如仆者之起，如病者之苏"。诗一直是很有力量，你们懂的。

那么，短诗如何有力量，如何以小的篇幅容纳强烈的表达呢？意象的选择和人格的能量都很重要。譬如《反复磨一把刀》的执着："每天，我都反复磨一把刀/也反复被一把刀磨/在刀和磨石之间/我时而提起一把刀/又时而弯成一方磨石。"诗人是想改变现状，努力进步的,而且深知做事就是会犯错误,就是会受伤害,因为不做事不努力不尝试,所有存在的美善(锋利)与生命的衰败(钝)都是未知的。然而生命的过程正是这样,不断修炼,不断校正,不断向内用力,因而"时而成为一把刀,时而变成了一方磨刀石",更要"随时按住过于鲜艳过于刺眼的血"(杨默,四川大学)。又譬如《坚持》,愤然于"高贵悄然隐退,庸常暂时称王",决意"再从人们胸中盗来心火,吹燃以照亮黑暗的殿堂",尽管,"有人嚼烂字句,躲入书织的蚕蛹/有人以泪买笑,裹紧盲人的旧衣/而我愿拖着犁耙在大地上永世行走/直到你们的幸福开花结果,我的躯体零落成泥"(曹白宇,南京大学)。就像一座古老的英雄雕像,诗风有《离骚》的古韵,也有鲁迅的神情。青年人写这样的诗不多见,在你们众多咀嚼田园乡愁与城市漂泊生活况味的作品中,这毕竟让人眼睛一亮。

当然,诗的力量更是要含在里面,不是政治口号和宗教宣讲。诗有时候很温柔,但是却很有力。譬如这首《小寒》(唐不甜,同济大学):

雨已经停了。或者移步去了其他城市
这些都无关紧要,雨淋湿的人
回到了家中,坐在火炉旁,炉火正旺

而我此时,想借着炉火的温暖给你写信
告诉你,这里的冬天,大雪将来未来
窗外的事物,像我的落笔,轻缓而耐心

案,小诗温柔敦厚。火炉的温暖与心意的温暖,与外面的世界对照得自然,诗的感动力就藏在里面了。我最喜欢的是"大雪将来未来"这一句,大雪是何等有力量的东西,却轻缓而至,含而不露,"像我的落笔,轻缓而耐心",大自然的落笔,与人的落笔,最好的都是这样。而"飘风不终日,骤雨不终朝",激烈的东西不能持久。小诗传递的是润物细无声那样温柔而可大可久的力量。

超越感是诗歌力量的一种表现。在所有表达超越事物的意象中,我发现你们特别喜欢写星星。确实,不少年轻诗人笔下的星光竟是暗淡的,你们有时神情落寞:"没有人知道一颗星/在风里坠落的原因";有时天真婴退:"我突然想起夏夜里那些飞来飞去的星星/只要母亲抱着我,星星就不会从院子上空消失";有时自嘲反讽:"允许你的小嘴去吹熄繁星/允许你的巧手去解开桃花的绳索"。然而写得更好的是浪漫高华之美。譬如:"今夜,你只能如星垂平野/你需要相信的是,黄鹤永远在某个地方飞渡/连接我们和那些星辰"(《黄鹤楼》,杨帆,武汉大学)。我读《火车》(马映,延安大学),心中欣喜无量:

  一千辆火车绿蛇般爬行
  夜晚长于隐瞒。"星星的重量就是所有泛光之水的重量"
  我从众花的议论中醒来

  听火车亲近、疏离。分辨哪一声鸣笛经星星开光
  又了悟般,返回如渊的沉寂

  此刻,突然想深情唤你
  好像宽宽敞敞一个人间,只有我们两人并排走着

相照耀着

案,宽宽敞敞一个人间,我们两人并排走着,什么东西使我们相互照耀着?答案就是星光。那种满满的自信、自尊与自爱的美,就在星光之夜的童话般的意境里。整首诗将天上写到地上,又将地上写到天空。你们也不要小看了那一句众花的议论。每一线地上的水光,都摇漾着天上星光之美。神秘、悠远、庄严、圣洁。天下至聪慧者方有此想象。

你们还喜欢将故乡比作理想,你们一方面把故乡作为温暖的记忆,另一方面又有一种一直在返乡的途中,"一直在抵达,却从未抵达"(《回乡片段》,苤苢,四川大学)的理想主义。这首《比如青海》(程川,陕西理工学院),写得相当美:

> 很多地方还没抵达,比如:青海
> 地图上的空旷,小于一个省的慈悲与信仰
> 比如:牧场。一匹打着响鼻的马
> 把蹄子伸进草原的心脏
> 比如云朵,伸出太阳
> 天空,在一只鹰的翅膀上搁浅
> 比如:二十四个小时的车程
> 电和雷声回应着孤独,惟独雨声在窗外走着
> 白天惦挂的母亲,今夜一片死海

以草原无羁的骏马与天空翱翔的老鹰,来对照死海一般孤独的现实,诗歌赋予"青海"一种闪闪发光的诗意。下面这一首《不过》

(叶健文,清华大学),又现代又传统:

> 不过是秋的一阵风吹醒
> 三更的孤凉的梦罢了
> 偏推开夜色看无人的窗外
> 而仅仅为了想一回往事的波折
>
> 不过是病榻在桌上的
> 一杆耗干了墨的笔罢了
> 可还继续描痕苍白的寡淡
> 直至纸稿划开长长的沉重的疤
>
> 不过是秋来冬至春回夏复中
> 燃过的一篝寂寞的火罢了
> 但仍烧着炉中已死的灰的亡灵
> 四处讨借所有可以不断烟的火

案,不过……,可还是……,这个句式就是一个跌倒/爬起、失败/坚持、理想/执着、世界虚无/我心依然,——就是一个如此而已的念想,一个知其不可为而为之的面影。句式与篇意都统一为心念。你们的大学时代晚了我们三十年,却又分明教我欣喜地听到了舒婷的《也许》音调。另一首《一些》(薄乾鹏,河南科技大学),也是你们与我们可以分享的感动:

> 天亮以前　我们都是冰川
> 在寒冷的地方沉睡

把一些心事冻结成石头

天亮以后　我们相互拥抱成河流

在有光线的地方接吻

抚摸一些年代久远的伤口

不要再提起去年冬天的雪

对于过去

我们遗忘一些细节　也宽恕一些粗枝大叶

相信一些谎言　也对一些真相不置可否

还有一些　是正在经历的温柔

梦想在窗前悬挂着　把我们照成白首

前方路远啊

来,一起行走

  案,"一些"与"白首",构成鲜明的对照,即短暂与永恒、变与常。不要太西西弗斯那样的宿命,也不要太等待戈多那样的迷惘,有一种音调是熟悉的:尽管"尽日灵风不满旗",也相信"一春梦雨常飘瓦";尽管"无可奈何花落去",也终当"似曾相识燕归来"。尽管"春风不度玉门关",也依然"羌笛何须怨杨柳"。社会与人生是复杂多样的,也是迢阔的,诗的力量来自诗人的视野。古今意象不同,然而古今诗人这样的心情却是相通的。我很高兴能在你们的新诗里,谛听传统诗史上遥远的回响。暂写此。祝你们新年快乐!

2016年1月7日新年开笔

(原刊笔会2016年1月15日)

生者日已亲
——读诗（之三）

一

陆游有多首《醉中作》。其中一首：

> 驾鹤孤飞万里风，偶然来憩大峨东。
> 持杯露坐无人会，要看青天入酒中。

可怜的诗人，他为什么这样孤独？为什么这样癫狂？为什么这样无人理解？其实，陆游一生都想做一个战士，跃马提枪，上前线杀敌，可惜这一直不断喝酒，做不完的梦："斗帐重茵香雾重，膏粱那可共功名。三更骑报河冰合，铁马何人从我行？"他等这个冰河冻合等得好苦！

疫情时期读陆游诗，就是最感慨这一点，书生无用，不能如白衣战士，不能如快递小哥，不能如楼下的赵奶奶当志愿者。陆游于是只能用不断地写诗来疗伤。他真的是什么都写，古今诗人，像陆游那样细大不捐地写诗的人，也不多见。死亡也是他的诗歌主题之一。有两首诗写寒冬之中一片衰败茅草枯蒲背景中绽开的梅花：

> 梅花树下黄茆丘，古人尚能爱花不？

月淡烟深听牧笛,死生常事不须愁。

荒陂十亩浴凫鸭,折苇枯蒲寒意深。
何处得船满载酒?醉时系著古梅林。

第一首,"黄茆丘"是一个最难看最死相的景,然而梅花就开在那里!第二首亦从一派荒寒之中,翻转出豪侠之举:最后一句喝醉了,就系船于古老的梅花树林子里,何等梦境,何等心情!读这样的诗,更要懂得古人的神情意态,风度气象,读到这里才算是进去。

手机里的信息看多了,人整个都不好了。而《七月十四日夜观月》诗云:

不复微云滓太清,浩然风露欲三更。
开帘一寄平生快,万顷空江著月明。

顾佛影评:朗然无滓。

上下皆清莹一片。在疫情隔离时期读此诗,万顷空江,是何等清洁的世界。特别有一吐为快之向往。第二句寓一"晓"字,末句寓一"明"字,噫,似为老夫而作也。

二

日本京都是一座美丽如画的城市,就像一个巨大而鲜花盛开的花瓶。在日本古典文学名著《枕草子》中,清少纳言写道:"今日,高栏上搬来一只大的青瓷花瓶,插了许多枝五尺许长盛开的樱花,花儿直绽开到高栏旁边来。"这段话写于日本正历五年(994)。然而,《千年古都京都》的作者高桥昌明写道:"平安京正历四年开始流行瘟疫,死尸堆满街边,往来行人皆掩鼻而过,乌鸦野狗食之饱腹,尸骨填满小巷……呈现前所未有的惨状。"我读到这一段记载,被"历史的美与真"这个课题所深为震动。我想到的是建安年间的那场瘟疫,想到的是在战乱与杀戮时代,那一幅以美为追求的魏晋风度与晋宋风流。

——这是我写于去年的书评,发表在《文汇读书周报》上,评杨星映教授的《世说新语》研究新著。杨老师似乎过于强调魏晋的美,我补充了战乱与杀戮时代,那样一个真的背景。

首先是直面惨淡的人生真实。东汉末年,中国的北方也爆发了一场大瘟疫。"家家有僵尸之痛,室室有号泣之哀。或阖门而殪,或覆族而丧",建安七子以及《古诗十九首》,都有直面苦难真实的作品。疫情防控期间读《古诗十九首》,字字真切新警。譬如:

回车驾言迈,悠悠涉长道。
四顾何茫茫,东风摇百草。

我大年初三那天早晨离开上海,往欧洲旅行,高速路上空无一车,就有这种长道悠悠,四顾茫茫,"东风摇百草"的感觉,一点都轻松不起来。又如:

青青陵上柏，磊磊涧中石。

人生天地间，忽如远行客。

松柏与涧石都是永恒、坚硬的存在，而人相比起来，太不确定、太偶然了，漂浮、漂泊、漂荡，就是人的命运，古往今来，没有改变。现代思想家总是说，古代的思想特征是对宇宙秩序的恒定与和谐的相信与认同，其实在中国文学中，在《古诗十九首》里，这个相信与认同早就破裂了，诗人一个"忽如"，解构了汉代以来的传统，动摇了岁月静好的天真，把人置身于真实人生的境遇。又如平时读诗匆匆滑过去的一些句子：

东城高且长，逶迤自相属。

回风动地起，秋草萋已绿。

读起来惊心动魄，仿佛是那天我从伦敦回来，下了飞机，乘坐出租车在高速公路上跑，看到黄昏里的上海，楼影黑乎乎地在天际起伏。没有什么比这五字更准确，"逶迤自相属"，又悲壮又苍凉。而"秋草萋已绿"，仿佛有"寒山一带伤心碧"的意味。而且这个"萋"字，不正是"芳草萋萋鹦鹉洲"的那个"萋"字么？时间与空间，都十分穿越，古人与我同在。

我们看多了武汉伤心的视频，我们知道了"武汉"从原先那样的一个大江大湖，变成如今这样一座悲壮的城市，窗外风声混合着呼啸而过的救护车的声音，天空上时时轰鸣着飞机，多少白衣战士在那里与凶恶的病毒苦战……世卫组织专家组组长说："全世界真的欠了武汉人民的情"，这是何等深重的肺腑之言！

> 驱车上东门，遥望郭北墓。
> 白杨何萧萧，松柏夹广路。
> 下有陈死人，杳杳即长暮。
> 潜寐黄泉下，千载永不寤。
> 浩浩阴阳移，年命如朝露。
> ……

还有这一首《去者日以疏》：

> 去者日以疏，生者日已亲。
> 出郭门直视，但见丘与坟。
> 古墓犁为田，松柏摧为薪。
> 白杨多悲风，萧萧愁杀人。
> 思还故里闾，欲归道无因。

"生者日已亲"一句，分明教我们用新的眼光看待我们周边的生命。不仅是思还故里，更是重活一回了。《古诗十九首》有忧生之嗟，人生短暂的感伤与死亡大限的咏叹，痛痒相关，由此起仆翻转而出个人意识的觉醒和生命价值的再生，正如一个生于暴发户家庭的小孩子，怎么教育他要懂事也教育不好，只是由于亲身经历生死变故，遂变成一个有担当有责任感、帮助他人，也珍惜人生的人。只要他不要像宝玉那样完全了断、遁入空门，也就还是成全了一份修行的大功德。钟嵘评《古诗十九首》:"文温以丽,意悲而远,惊心动魄,可谓几乎一字千金。……人代冥灭,而清音独远,悲夫!"这里有两个"远"字,"远"就是从直觉的本能的、光秃秃的生命里"曲"出去,我理解的现代人生,一定是不可以直接、光秃秃地、现成地获得人生的真实受用的,一定要从很远很远的地方翻上去,再转回来到最近最近的地方。(牟宗三先生《五十自述》第一章即讲这个道理,可参)

由直面人生的真,翻转上来才可以谈到美。美是灵魂复苏的动能,是灵性疗救的助力。我们再回到清少纳言的《枕草子》:"今日,高栏上搬来一只大的青瓷花瓶,插了许多枝五尺许长盛开的樱花,花儿直绽开到高栏旁边来。"这段话写于日本正历五年(994),也就是正历四年大瘟疫后的第二年!我不知道具体是哪个月份,但是我知道,是一个樱花盛开的春天。樱花,是历史深处传过来的一个美丽的讯号。武汉的樱花,一定也快开了吧?

2020年2月26日于上海
(原刊笔会2020年3月14日)

韦郎的穿越

苏东坡曾经说，五言古诗，"清绝如韦郎"。韦郎就是唐代诗人韦应物。最近忽然活转过来、变成一个人人皆知的"网红"。"你一壶酒了没？"成为大家见面的一句问候语。原因是他的一首小诗中两句"我有一壶酒，足以慰风尘"，由一位作家不经意发起的一场"续写运动"，不到一周，阅读量达两千五百零七万人次，转发十余万，评论超三万。不仅线上，而且线下互动，纸媒参与、专家评说、诗社征诗，甚至一些高校，以此开展全校热烈参与的写诗活动。网评提高到"国人诗性未泯"的高度、众人感叹"诗词拥有如此旺盛的生命力"，上班很忙的白领，召唤大家"找回小时候的语文课本"云云。

为什么一两句唐诗，竟然会点燃如此规模的诗兴，引发如此热烈的续写回应？一些教育机构推广古代诗词的项目，曾经那样费力而不讨好，在年轻人中收效有限，然而这一句小诗，竟有四两拨千斤之力？"韦郎穿越"之谜是什么？当然，借助于互联网时代媒体传播手段，我们已经看到古典中国的宝贵文化传统，像服了还魂丹一样重新活转过来的事例。但是这其中包含的中国诗学秘奥，仍值得再做一番解读。

以他人成句起兴之诗，其源甚早，《诗经》里就有不少这样的名篇范例。譬如，《诗经·郑风》的第十首《山有扶苏》，其中"山有扶苏，隰有荷华"，就包含着"山有……隰有……"这样的现成句式，用这样的现成句来起头，《诗经》里有五六篇之多。我们可以想象：黄河两岸的古代先民，看见树木葱郁的山，青草肥美的隰，心中欢喜，跟我们今天看见"我有一壶酒"一样的开心。后来稍加变化，还有《秦风·车邻》"阪有……隰有……"，以及楚国的民歌《越人歌》"山有木兮木有枝，心悦君兮君不知"，也是暗用了这样的成句。

汉代的李陵有"明月出高楼，想见馀光辉"一句，后来曹子建写成"明月照高楼，流光正徘徊"，遂成名篇。这一枚明月的流光，徘徊在六朝时代数百年的高楼上。

汤惠休、刘铄、谢燮等，都有以"明月照高楼"起头入兴的诗。

乐府与《古诗十九首》的名句，成为起兴的首句，那就更多了。如宋人晁补之曾写有《拟古》六首，分别以《古诗十九首》中"西北有高楼""东城高且长""庭前有奇树"等六句作为首句。此外，宋代冯时行、洪适、杨冠卿等人也有类似之作。乐府及古诗的句子，都唱叹有情，有较大的发挥空间。

比较有名的一个例子是苏轼、黄山谷等一起用张志和名句来起兴。张志和《渔歌子》："西塞山前白鹭飞，桃花流水鳜鱼肥。青箬笠，绿蓑衣。斜风细雨不须归。"那一幅江南渔父的歌唱，极为清丽，苏东坡又感叹钦服，又"恨其曲度不传"，续写为："西塞山前白鹭飞，散花洲外片帆微。桃花流水鳜鱼肥……"而黄山谷见到东坡此词，一面击节称赏，一面又有遗憾，又重新续写为："西塞山前白鹭飞，桃花流水鳜鱼肥。朝廷尚觅玄真子，何处而今更有诗……"徐师川也续作为："西塞山前白鹭飞，桃花流水鳜鱼肥。一波才动万波随……"口口相传，成为宋代词坛一段佳话。

其实韦郎的名诗也不是今天才被续写的。他的另外两句:"绿阴生昼静,孤花表春馀",也非常名贵。王安石仿写而为"邻鸡生午寂,幽草弄秋妍"。其他如黄山谷"人家围橘柚,秋色老梧桐",假装自家的原创,其实也是从李太白"人烟寒橘柚,秋色老梧桐",续写变化而来的。至于用前人成句入诗词者,不一定在首句,那就更多了。如欧阳修词云"平山栏槛倚晴空,山色有无中",东坡非常喜欢,云:"认得醉翁语,山色有无中",把王摩诘的名句著作权干脆送给了欧公。

我们讲了这么多,无非是表明,这不是网络文学的新发明,而是中国诗学的老传统。那么,再进一步讲,传统之所以成为传统,里面的文化心理奥秘是什么?至少可以有以下几个方面:首先是"现成思路"。"山歌好唱口难开",人类学研究表明,早期先民集体创作多于个体创意,重复趋同先于新作变化,原始歌谣与艺术的创作常常会根据一些固有的心理原型,借助一些现成思路来表达情感,这种现成思路往往是陈陈相因、口口相传甚至代代相传。因而,以某种现成的音调或词语或符号来引发诗意冲动,此种创作心理根源于早期先民的集体无意识。最早的诗歌是在巫师的神秘引领下,众人的合唱,最早的"兴(興)",中间的那个"口",可能就是巫师用来引起诗歌冲动或舞蹈表现的一个引子。这样说来,"我有一壶酒"的来源是很古老的原始冲动。

还有"诗乐一体",当然中国诗歌的感发与歌咏,离不开音乐的助力。音乐如羽翼,直送诗意入云霄;音乐如火种,点燃诗兴如火苗。我们看苏东坡与黄山谷们跟着张志和唱"西塞山前白鹭飞",那样一种一唱三叹的歌唱感,是很美妙,很容易引发诗兴的。

再次,是其经典性。这类作品有些共同点:一是起兴之句大多是脍炙人口的名句，二是有可以展开发挥的余地，如上面讲到的《古诗十九首》。若再具体举例，如陶渊明《拟古》第四首"东方有一士"，有苏轼、冯时行等和诗，文天祥的续作是："东方有一士，败垣半风雨。不识丝与竹，飞雀满庭户。一饭或不饱，夜梦无惊寤。此事古来多，难与俗人语。"分明写出了艰难人生中，不屈服、不放弃，英雄好汉高贵兀傲的神情。又如"满城风雨近重阳"，诗话中记载：北宋读书人潘大临，穷困潦倒，眼看重阳节就要到了，他在家徒四壁的破屋子里，想写一首重阳节的诗，忽然，窗外下起了雨。他随口吟出一句：满城风雨近重阳……忽催租人上门，于是意兴索然，再也写不出下句了。潘大临后来贫穷病死，好友谢无逸为了纪念他，就续写下来这首诗："满城风雨近重阳，无奈黄花恼意香。雪浪翻天迷赤壁，令人西望忆潘郎。"后来，满城风雨近重阳，竟成为一个很美妙的诗典，象征着与现实残酷人生隔绝的一个瞬间的诗境。于是在后世引发生生不穷的诗兴。譬如倪瓒《江城子·满城风雨近重阳》："满城风雨近重阳。湿秋光。暗横塘。萧瑟汀蒲，岸柳送凄凉。"南宋诗人韩淲和方岳两人续作皆为名篇。韩淲的续作为七言律诗："满城风雨近重阳，独上吴山看大江。老眼昏花忘远近，壮心轩豁任行藏。从来野色供吟兴，是处秋光合断肠。今古骚人乃如许，暮潮声卷入苍茫。"方岳的续作为七绝："满城风雨近重阳，城脚谁家菊自黄？又是江南离别处，寒烟吹雁不成行。"皆富于唱叹感发的诗情。

最后一个奥秘很简单，正如梁启超说的，文言文"成诵易记"，是白话文所不及的优点。白话新诗能上口背诵的有哪些？因此很少听说新诗有什么成句起兴的例子，而古诗上口易诵，一两句口耳相传，则可以生生不已地再创造、再生发更多的新意，譬如日月，终古常见,而光景常新。这是古典文学生命力所在的一大秘奥,值得永远地珍惜。

我也将我的三篇续貂之作,作为这篇诗学札记的结尾:

我有一壶酒,足以慰风尘。莺飞草长日,幕地席天身。稷下他生卜,濠梁梦里亲。三杯才倾满,佳句已如神。(其一)

我有一壶酒,足以慰风尘。春衫花市过,白髪夜灯新。忠信能招罪,菀枯待生春。莫辞倾盏醉,仰首问苍旻。(其二)

我有一壶酒,足以慰风尘。酒乡多往事,梦里未归人。坐对百花好,空惊物候新。同君把酒后,高歌有鬼神。(其三)

丙申仲春于丽娃河畔

(原刊笔会2016年3月31日)

一个写诗的理想地方

诗人余光中教授，最近再访香港中文大学，讲了三讲，盛况依然空前。他发现他住的教授楼，已经变成了研究生宿舍，进门要刷卡，不好进去凭吊一番了，鬓毛尽衰而乡音未改，却不见了今日的童子相问。而昔日山下的九广铁路，到了樟树湾转一个弯，火车的声音就听不见了，听不到而斩不断的，总是北上的乡愁；而今电动火车，达达的车声，不绝于耳的只是市声喧腾。每回归来都觉得大楼增加了很多，原来的三间书院，变成了九间，学生也变得高大漂亮了，路上到处都是金发、黑肤以及说普通话的，这座校园每天有五十多种语言在使用，也有近五十种鸟语在啼叫。诗人还是很肯定地说："中大是一个写诗的理想地方。"

山不在高，有仙则灵。最近住在山上的北岛，还得了一个写诗的大奖。诗多得写都写不过来，八仙岭与吐露港的诗共有十斗，北岛、余光中以及新近出版了第十四本诗集的黄国彬教授，各得一斗，我们还可以享有剩下的七斗。

譬如这曲曲折折的山间径，穿花戏蝶的林中道，错错落落的楼宇与回廊，校园犹如一大迷宫。不知道，世界上还有哪个大学有这样的迷宫！借助于道法自然的巧妙设计，贴着山体的气脉，利用电梯与回廊，它的校园道路的好处是化高楼而为通透的时空隧道，梦幻般地连接九间书院与七座图书馆。青山断处塔层层,隔岸人家唤欲应。于是人在溪谷、山巅、丛林、白云、清风、翠岚与各种楼宇间穿行复穿行,一会儿看天光海色,一会儿听竹林清音,一会儿沉落于渊深的书海、浩渺的诗思,以及孤寂的乡心。梦里似曾迁海外,醉中不觉到江南……

说江南,春天里的中文大学确实像群莺乱飞杂花生树的江南。台湾相思树在晓烟朦胧中疏疏筛下光影,夜里只要有一点雨,第二天早晨就会有"土膏欲动,万草千花"的感觉。每天睡醒前的枕边音乐就是不知名的鸟儿们混声合唱,芳香清甜的空气教我贪婪地大口呼吸,务必在早餐前,使之熏浸身体的每一个细胞。清晨里我在院子里蹬蹬腿伸伸腰,鸟儿的粪便和未开的小花蕾就会亲切地一起降临到我的肩头。门前那条山间小径,落英缤纷、玉钗横斜,即便是无人走过,如膏似油的雨水几遍,满地是胭脂泥,总教人不忍踩过。而任何一条校园小道上,都会有不知名的草或枝条,总之是春天里新发的绿枝,牵衣拽袂,顽皮捣蛋;或不打招呼,忽然垂在眼前,像香港的学生,不知什么时候忽然就会飞来请教一个小问题的伊妹儿。

傍晚时我与太太在山上散步,最好看的是海景。世界上少有大学是三面临海的,吐露港是一个美人优美的臂弯。余光中窗前总有海上的暮色苍然而至。"暮色",一如神话中美的精灵,有时候,"已经埋伏在、黑虬虬那一排松林外了",有时候,化身为"一只诡异的蜘蛛,蹑水来袭",略一回顾,"你我都已被擒,落进它吐不完的灰网"。更多的时候,诗人在暮色里"不忍开灯的缘故",书桌上有老杜暮年的诗篇,"一抬头吐露港上的暮色,已接上瞿塘渡头的晚景"。他的诗不仅发现黄昏吐露港有情而神秘的品性,更赋予了高斋临海的庄严美感。有人用西方的身体理论来分析他的诗，说宇宙的体液及人间的血与泪，在他那里是融合的。1994年我住在半山的雅礼宾馆，八仙岭的暮色像余光中的"光谱在天壁上迷幻地旋转，炼金、锻赤，一把霞火烧成了紫灰"，而我这回住伍何曼原楼的边上，看吐露港对面马鞍山林立的楼宇，二十年后，楼更高灯更亮，夜色苍茫中，余光中的灿烂油画变成了水墨画，如宋人诗意：小市张灯归意动，轻衫当户晚风长。

更不同的是，山上新亚书院临海之处，现在有了一个香港最奇妙的风景，每天都有来来往往的观赏者。有时候居然开来了旅游大巴。金耀基教授戏题为"香港第二景"，却并没有第一景。那就是天人合一亭。

呵，我刚才说了什么，如果中大的诗有十斗，天人合一亭就独占了八斗。

这个亭其实没有亭子，只是在临海的山崖边，做了一个清幽的水池。水池没有边界，与海天相接，仿佛所有的水，都流到海里，所有的海水，都流到天空。亭畔有一棵大榕树，亭亭如盖，又似浮在虚空。我第一次是晚上来看这个亭，恍然有一脚踩空，飘飘欲仙的感觉。

有一天，春天里一个周日的清晨，我散步上山，天人合一亭边上，已有更早的游客，是几个女孩子。她们从池边走过，裙袂在晨晖与清风里轻拂，个个都是古代那凌波微步的仙子。噫，古诗里说的：一片空岚罩云海，几人罗袜踏苍烟？

然而，天人合一亭绝不是营造现代社会里虚幻的神仙世界。来来往往的游客，罕有人知道，此地正是新亚书院的院址，山深夜永，海阔天远，当年有大儒藏焉，新亚的创办人钱宾四先生与唐君毅先生，正是这样的高人大德。他们在夜色密密麻麻、山影深深邃邃的时代氛围里,所营造的,是天人相接、一灯荧然的诗意。

天人合一亭犹如一首诗,有其本事:

1989年,钱宾四先生以九十五岁高龄自台湾返回中大,参加新亚书院四十周年活动期间,忽然有悟:撰成《天人合一论》一文,未久而辞世,遂成绝笔。2003年,中文大学将此临终悟道之文,刻录于山顶,后有加拿大建筑家夫妇,新亚校友,以此做成天人合一亭。钱先生的文章里有这样几句:

> 中国人是把"天"与"人"和合起来看。中国人认为"天命"就表露在"人生"上。离开"人生",也就无从来讲"天命"。离开"天命",也就无从来讲"人生"。所以中国古人认为"人生"与"天命"最高贵最伟大处,便在能把他们两者和合为一。

这里的每一个字都不难懂,但是真正理解他的意思,必然需要每个人拿出自己的生命去亲证,才体悟出许多的感受。

我个人的体会,最好是在有星光的夜晚,来观赏天人合一亭。那时候,星光会透过池边的大榕树,落到水中,天水相连,密密麻麻的夜与深深邃邃的山影,忽有星光来接应,天与海,连通一气。如苏东坡诗:空水两无质,相照但耿耿。

昨天,香港中文大学研究生会办了一个论坛,论坛的名字即是"合一论坛"。邀请我去讲演,我讲到中国古代的诗,跟现代诗不一样,可以用"兴"字来证明,那起初的源头,是巫师沟通天人的技术，是将人心与天心接通的艺术。这是中国最高的诗意。我还讲到，可以用余光中的一首名为《一灯就位》的诗，来解读天人合一亭的诗意：

> 夜色密密麻麻围住的
> 不过是一层层的山影
> 山影深深邃邃围住的
> 不过是这么一盏灯
> ……
> 让夜之巨灵去占领
> 黑暗的每一个角落
> 只留下这一盏孤灯
> 把夜的心脏占领

这里的夜里灯，就是天人合一亭的天与水、钱先生的天与人。合一亭的故事表明，所有的大学都是最理想的写诗之地，而中文大学因为有这个中国当代思想史上的著名典实，而更成为一个写诗的理想地方。

写于香港中文大学，2015年4月12日

（原刊笔会2015年4月29日）

水云、飞鸟与南朝的鞋子

一百多年前,台湾云林口湖地区,要么是几十年的潟湖,要么是几十年的湿地,循环交错,随着大自然本身的节律变换。如果不是人的参与,本来这也千万年这么过来了。

不幸的是,二十年前,大自然又将潟湖收回,地层下陷,人们苦心经营的家,面临破败:街道、工厂、车间、电线杆,甚至人的祖坟,都渐渐下陷。

一个专门从事检骨的命理先生,将一块块人骨的碎片,用胶带粘好,放进一个罐子里,让亲人拜。海边一座二三层的小楼,称为纳骨楼,孤立而突兀,既无奈,又不舍,隐喻着人与自然之间怨爱交织的关系。

这正是我在台湾纪录片《带水云》中看到的场景。影片中,一条被水淹而废弃的自行车专用道,一个人骑着车蹚水而前。里面都是云的倒影。这个画面隐喻着人与自然相处的多情、天真与无奈。一些镜头表现人对土地的情感:长长的废电线,在风中抖动着,不舍地牵系着人心;一只空椅子,在水淹后干枯的草丛边。

《带水云》获2010台湾国际纪录片双年展评审团特别奖,导演黄信尧。

影片的结尾无疑是道家美学的胜利:用很多特写、抓拍、长镜头来表现各种珍奇的鸟类的欢乐。现在人都走了,重新成为湿地,虽然是人的家乡的失落,却是鸟的家乡的回归。人不要自作聪明,去干扰万物的生命节律。这就是影片的结论。正如老子说:反者道之动。又说:道法自然。

《老子》第二十五章云:

> 人法地(河上公注:人当法地安静和柔也,种之得五谷,掘之得甘泉,劳而不怨,有功而不置也),地法天(天澹泊不动,施而不求报,生长万物,无所收取),天法道(河上公注:道清静不言,阴行精气,万物自成也),道法自然(河上公注:道性自然,无所法也)。

"道",不是什么抽象的、高高在上、远离万物的主宰,而就是万物自己生成、自己发展、自己实现自己、自己决定自己;"自然"也绝不是自然界,而是自然而然,道法自然,就是"道"以万物自身的生长为根本,不再以其他目的、其他规定为根本。道法自然是万物自己如此,非创生、非设计、非操控、非压迫,是尊重生命的本身、内在的力量与美好。"道法自然"不仅是中国最深刻的美学与哲学,更是世界文明史上的永不磨灭的思想之瑰宝。

当今世界上最好的美学家,都懂得"道法自然"这一古老的东方智慧。台湾的东海岸非常美丽,然而在要不要开发东海岸的度假村这个问题上,全岛争论不休。于是请来意大利美学家参与讨论,因为意大利也有很多美丽的海岸线。意大利美学家明确地说:不要开发。

因为道法自然。一旦开发了，自然就改变了，成为为了人的目的而存在的事物。台湾东海岸自有其自身的美，如果为了迁就人的需要，东海岸气象万千的美，就将残破而渐渐消亡。

西湖边有一座美丽的山，保俶山，山上有一座美丽的石塔，保俶塔。在西湖波光粼粼的映衬下，端庄秀美。但是为了让西湖更美丽，人们就给保俶山上的树干，缠满了各种小彩灯盏，晚上远远看过去，在夜空中璀璨夺目，保俶山更美丽了。

可是，杭州有一位老诗人，我的朋友王翼奇先生，却很认真地给有关领导写了一封信，说：有没有想过，鸟高不高兴？鸟晚上会不会睡不好？

人不能为了自己觉得好看，就更多地以人为的东西，去取代自然的东西，过多用人的有限的感官，去取代自然的无限的感官。

终于，老诗人的建议被采纳了，灯只在周末开。于是平时的日子里，保俶山的鸟们又回来了。花香、鸟语、草精神的西湖，才是自然的西湖。

由此可见，道法自然的古老中国美学智慧，并非只是一个文物化石或观念标本，也不完全是保留在故纸堆里的记忆，而更是一个当代有鲜活生命、有真实力量的思想。它在现代世界，越来越显得珍贵。

"道法自然"的观念，不仅是人如何与社会相处、与自然相处的方式，而且是人如何与自己的心相处的方式。苏东坡是这方面最好的导师。《东坡志林》中沈麟士的故事有意思：

> 刘凝之为人认所著履，即与之。此人后得所失履，送还。不肯复取。沈麟士亦为邻人认所著履，麟士笑曰："是

卿履耶？"即与之。邻人得所失履，送还，麟士曰："非卿履耶？"笑而受之。此虽小事，然处世当如麟士，不当如凝之也。

沈麟士是南朝宋时期的一个高人。家里非常贫穷，很小就以织帘子为生，但是他好学不倦，在京城打工的同时，遍读诸书。他后来隐居浙江德清吴羌山（又名乾元山）讲学，学生多达数百人，远道而来。为了长期听课，学生们逐渐在沈的住所周边，自造了一片片"学区房"，依居其间，自成一市。因而当时流传"吴羌山中有贤士，开门教授居成市"的美谈。上面这个故事，是刘凝之与沈麟士做人的对比。刘凝之被人指认穿错了鞋，就把自己的鞋子给了那人。那人后来找回丢失的鞋子，把刘凝之的鞋子送还回来，刘凝之却再不肯要了。沈麟士也被邻居指认穿错了鞋，他笑道："是你的鞋么？"毫不犹豫地把鞋给那人。沈麟士也不去分辨自己为什么竟然会错穿了邻居的鞋，这样对他的名誉有没有损失等等；邻居后来也找回了丢失的鞋子，送回沈麟士的鞋，他还是笑问："不是你的鞋吗？"笑着收下了。他没有去指责邻居为什么诬陷他诋毁他，也没有让邻居赔礼道歉，更没有嫌邻居穿过的鞋会不干净等等。东坡认为，这虽然是小事，但是处世应当像沈麟士，不应当学刘凝之。我们当然可以从"难得糊涂""处世淡然""得失不计"等角度去解读沈麟士的故事。然而，最核心的一个观念，正是"道法自然"。前者都是从"道法自然"这一根本观念而来的。为什么真正的"糊涂"很难做到？正是因为世间人人自以为是的聪明太多、计较太多，忘记真正聪明的、最终胜利的，是天道本身的自然而然。处世为什么要"淡然"？得失为什么可以

"不计",其根本原因都在于你如果激烈地、惊天动地地"处世",分分厘厘地算计得失,杀伤的是你自己,因为你终究斗不过一切本然的时间与命运。

这样说,是不是就放弃现代人的拼搏、奋斗,成为消极、宿命、一切听从命运安排的懒汉与虚无主义者?不是的。第一,该奋斗的还是要奋斗,该拼搏的还是要拼搏,只不过,不那么任性、好强、绝对,而多一种选项:胜固欣然,败亦可喜。知进退、识盛衰、处世超然,生活纯然,有无或然,一切本然,不亦乐乎?第二,"道法自然"除了消极的意义,还有更积极的意义,即:使每一生命,都能活泼泼地生,让每一生命,都能自由自在地生,让每一生命,都能做自己的主人。沈麟士尊重了邻居,让邻居顾全自己,他成全了对方的同时也解放了自己;更重要的是,沈麟士没有像刘凝之那样,让一双鞋子的命运来主宰自己的命运;沈的高明即是退一步天地宽,做了自己的真正主人。噫!东坡一句做人当如沈麟士,真是大有深意。

(原刊笔会2015年6月5日)

兴于微言，以相感动
——关于词学

最近一二十年来，中国古典文学研究受到的最大冲击，肯定是文化史的研究取向对纯文学的冲击。文化史的研究，开荒拓宇，毫无疑问取得了很大的成绩。但是词学有点不同。词本身就是狭而深的东西，能搞出多少新文化史来，我是有点怀疑的。我们再把城市、女性、物质文化等新东西放进去，又能够改变多少我们对于词的看法呢？

词之为物，张惠言说的兴于微言，以相感动；王静庵说的词之为体，要眇宜修——他们都表明了，词应该是代表了中国文化最为深细幽美的心灵，是用特殊材料制成的。何况词像酿酒一样，提炼浓缩了中国文学的精华，来滋养感动我们的心灵，正如惠风说的"取古人词之意境极佳者，缔构于吾想望中，合吾性灵相浃而俱化"，成为一种芬芳悱恻、馨逸美好的心灵。记得陈匪石先生有一个评语，评晏小山词："从别后，忆相逢，几回魂梦与君同。今宵剩把银釭照，犹恐相逢是梦中。"他用了三个排比句，我一直印象很深："其聪明处非笨人所能梦见，其细腻处非粗人所能领会，其蕴藉处更非凡夫所能跂望。"在我的心目中，词就是让我们的生命变得聪明、变得细腻、变得蕴藉、变得温柔敦厚的好东西。古代小说中有一种香草，说熏过这种香草的人，终身都不俗，终身都有福了。词就是我们生命中这样的香草。深情领略、呼吸过这样芳香的人，生命就一定隐藏了某种品质。词学，不妨说，其实正是生命中带有香草的一个文化共同体："香草共同体"。

谈到词学，我还想到王静庵先生的一篇著名的词学文献：《彊村校词图序》。朱古微先生1925年在上海，做了一件很风雅的事情，就是请吴昌硕画了幅校词图，大家都来唱和。后来龙榆生还把它编成一个集子，王国维写了这篇序。我们今天也是大家围绕着词来写文章唱和，有点像朱古微先生他们的诗词雅集。不大同的是，其实这幅"校词图"是朱古微先生及当时的文化遗民心中的一个文学图腾。我认为这篇序的中心是写朱古微他们因为回不了家，身心不得安顿，所以借着词学这个图腾来招魂。核心大义是讲变化的时代，文化人读书人的乡愁。他用历史变迁的眼光来看这个事情。古代读书人与家乡的关系，可分成三个阶段：

一、古者卿大夫老则归于乡里，有去国而无去乡。（古代与乡为一体）

二、后世士大夫乐居平生游宦之地，乐其山川之美也。（变化与自然山川之美为一体）

三、近世士大夫山川之美没有了，家乡故土也没有了，他们流寓之地，北方天津，南方上海。入非桑梓之地，出非游宦之所，内则无父老子弟谈䜩之乐，外则乏名山大川奇伟之观。为什么大家都愿意在这里，而不再回到家乡呢，因为这里有词，有诗，有文。"惟友朋文字之往复，差便于乡居。"反而回到家乡，不能安心。所以，古微先生"盖以志其故乡之思"也，"其魂魄犹若可招而复也"。所以就画一幅图，大家写诗词来招魂。静庵先生最后感叹："夫有乡而不得归者，今日士大夫之所同也。"我们今天讨论词学,读王国维这篇有关诗人的乡愁的序,不禁会想到,那种烟水迷离之致、低回要眇之情,那种山川、风雨、花鸟外不得已的心情怀抱,那种芬芳悱恻的心灵,已经越来越离我们而远去了,"夫有乡而不得归者,今日士大夫之所同也。"王国维早就说出了中国词人的宿命。那么,让我们珍惜这小小的文字共同体,借着文字缘、词学缘,为词学、为中国古典文学招魂返魅。

(原刊笔会2009年11月4日)

辑二

读 人

层峦叠嶂的思想之美

第一次见到林毓生先生是1998年在台北的福华大酒店。那时王元化先生与我、林先生夫妇都住在那里，我们得有十多天可珍惜的朝夕相处。毓生先生和元化先生都是典型的思想型的人物，餐桌上三句话离不开观念的辨析与人物的臧否。听林先生说话是有些奇特享受的。他绝没有废话，也没有动听的词藻，尽是思想的"干货"。但是有时他会艰难地选择所用的词语，不是修辞的需要，而是如何达意。元化先生说陆机《文赋》名句"沉辞怫悦，若游鱼衔钩而出重渊之深"，就是讲林先生的。这个时候很奇怪，往往可以引人入胜，参与他的思想的探索之中，分享创造的愉悦。但是当时我甚至被林先生的神情动态所吸引，原因并不完全是他说话的内容，这说来有些不太敬——他使我想起一位多年不见的少年朋友。特别是他笑起来那样天真甚至带点小孩顽皮的那副表情。走路时从背后看他，腰高、背凸、腿有些内弯，皮鞋又大，很稳实、很西方的样子，又有磊磊如山之感。而旁边的夫人祖锦又常常一副休闲运动装束，于是也就越发显得轻快好动热情了。他说话时常常是不大看我，也不大看元化先生，而是频频看着夫人祖锦，而且举例也说"好比祖锦"什么的。最有意思的是祖锦夫人听他的每句话，都会有表情，或微笑，或微蹙（当所听的内容需要理解时），或着急（当林先生口吃时），或轻松（当林先生终于找到一个妥当的用词),或点头……神情之丰富,简直就是林毓生先生演讲与说话的另一个生动的插图版。这应算是林毓生先生三生修得的梅花福?

后来我知道祖锦夫人不仅仅是听众。一旦她开口,就是决定性的。有一次在上海,元化先生与林先生辩论,关于美国俄克拉何马州爆炸案犯麦克维尔为什么不忏悔。元化先生说他应该忏悔,林先生说不忏悔也不奇怪。两个人各争各的思路。局势一时有些僵持。这时,祖锦夫人插话:"我觉得王先生是对的,为什么不可以道歉呢?就算麦克维尔有他反政府的理由,有他反抗的权利,可是他伤害了那么多无辜的人。他可以分开嘛。对政府,说永不屈服、不后悔;但对平民,可以说对不起的话。王先生这样说,我觉得是对的。"这时林先生看看祖锦,又看看在场的大家:"我这个夫人呀,有一个特点,不爱说话。"说到这,他又不说下去。祖锦夫人急了:"你又乱说我了,我说得到底对不对?""虽然有这个特点,可是,头脑还是很好用的。"众人皆笑。大家知道,在林先生那里,"头脑好用"是极高的评价。我还知道林先生初识祖锦时,给殷海光先生的信中说:"她贤淑而温柔,多年的孤寂最后居然换来了欢欣与幸福,真的不能不说是奇迹,现在一想到她,心中就充满了感激。"元化先生也很称赞祖锦的为人。两位先生在"夸妇"上很共鸣。我知道王先生不说重话,但也居然这样称美妻子张可:"只有仁慈天性的指引,才能臻于这种超凡绝尘之境。"林先生与王先生不一定都有女性至上主义,他们固然尊重妻子,这不完全是由于他们很现代,而更多是因为他们机缘真的好,同时享有了新旧文化之福。早一些的胡适吴宓一辈,晚一些的共和国人或新世纪人,便都不行了。

林先生讲起话来就停不住。他绝不是那种自恋型的话语快乐主义者。他是进入幽深曲折的思想世界。我在台北、在上海、在杭州，都多次听过他的讲演。周密的逻辑，严谨的推导功夫，最后是令人惊叹的内在力量。他讲得最好的时候，里面尽是层峦叠嶂。演讲思想义理，能得层峦叠嶂之美，我以为毓生先生为第一人。一旦进入这种情形，他脸上会出现思索的神情，这是长期脑力工作修炼而出的一种神情，类似于古代人由腹有诗书而来的一种知性的迷魅。一旦他处在这种时候，不管周围有什么好玩好吃好看的，都不能影响他。今年初夏在杭州刘庄，湖光山色，风景如画。而林先生视若无睹，因为他一谈起话来，就进入自己那层峦叠嶂的天地，以至于元化先生要叫我们停下来，给林先生一点休息。这个时候我就觉得，似乎西湖的水软山媚，与林先生的调子总有些不太一致。

　　我说的层峦叠嶂之美，也是表明林先生的思想世界的深处里，只见"山"，不见"人"。如禅宗说的"高高山上行"。金岳霖先生说熊十力的哲学里"有人"，而他的哲学里"没有人"。这是中西方哲学的一个区别。有一次在上海图书馆，林先生看到一段熊十力关于"孤往精神"的语录，低首吟叹，后又说："不过，这与西方不同。西方思想大家，到头来，都没有这么强的自我。"但是我看林先生讲思想史，看到后来，依然"有人"。

　　中国美院的许江院长，请林先生和王先生做名誉教授，他们在那里讲了三天的思想史。林先生讲的题目是中国思想的创造性转化，从胡适、鲁迅讲到他自己，很有些近代人物的气象格局，只是"舍我其谁"的意态，已化入森严的理性架构之中。美院史论系的学生思想活跃，使林先生颇觉"过瘾"。有一天我和他沿着柳条依依的湖边，谈了很多。尤其是林先生与他的几位西方老师的关系，使我很感兴趣。

林先生很老实地对我说，他不喜欢玩，写文章不说废话，做事认真，这些特点，已与五四人物不同了。"五四人物西化浅，而我的西化比胡适他们深多了。这是多年在西方熏出来的。比如西方人开会从不浪费别人时间，话都说得很精炼，这是尊重别人的一种好习惯。"

"我们也常常以为西方人没有中国人讲究秩序，其实不然。"林先生又接着说，"有一次博兰尼教授来学校里讲学，席尔斯教授在欢迎会上毕恭毕敬致辞，然后大家都不作声，安静地等待着哈耶克教授开口……从那时起，我知道什么叫权威。"林先生反复说，权威有三种：政治权力的权威、传统的权威、心悦诚服的权威。这关系到现代社会的生活祈向、精神秩序，以及传统与现代的关系在今天的意义问题。

我讲到二十世纪反传统的现代性运动中，中国现代思想的文化批判，可能同时带来对士大夫的否定、对精英文化的否定。林先生说，做知识分子就是要做精英，而精英与平等是相容的。"只有口号式的了解才不相容，我这几个老师都是西方最大的精英，西方贵族，那真是平等。"他讲了一个读书时代的故事。

"我读书的时候有三个学生选了哈耶克先生的课。哈耶克先生当时已经六十岁了，一头白发。课上大家讨论很热烈，哈耶克先生不常讲话，每讲必到点上，几句话分析清楚，安排下次的讨论，下课。老先生马上站起来为女学生穿大衣。我们三个学生中一个女生个子很矮，老先生个子很高。第一次，这个学生有点紧张，老先生给她调节高度，半天才穿上，第二次学生就很自然，等着老师低头俯身。你说尊重不尊重？这是世界大师，全世界认为是大人物。这就是真正平等的文化。只有教条式地了解，才认为精英和平等是冲突的。"

林先生海外得名师，席尔斯、史华慈、哈耶克、阿伦特、博兰尼，他都直接师从过。年前，林先生以一个月之功，校译史华慈先生两千字的临终遗文，宗教般的虔敬与近乎严苛的精心，闻之令人一震。

我常对学生们说，中国的人文学生和想做老师的人，都该读读《殷海光林毓生书信录》。那里面，对人文学术权威的诚服，对美于黼黻文章的学理嘉言的深心欣悦，尤其是师生共同求学问道的一幅真朴恳挚之心，师生心灵的平等交流相通相契、一幅亦师亦友的浓厚情感，流荡字里行间，具有永远的魅力。所以我想林先生虽有这么多大师级的西方名师，然而他与中国老师殷海光的师生缘，更是可以传世的；师生缘中所含有的文化意蕴，更有不朽的价值。在西湖畔时，林先生对我说："我的第一个孩子出生时，殷先生写诗祝贺，很高的诗情，很高的意境。现在不可能有了。我与殷先生，既有师生情，又很理性化地讨论学问，很严肃批评，现在也似不可能有了。这是很西方的，同时也是很中国的，这是中西方的一种奇妙的结合。你应该把这个写出来，这也是一种资源吧？"记得新竹清华大学的沈君山先生，曾用一个"古"字，来作《书信录》的评语。这既包含了一种价值的深义，又有着对传统的温情，对某种越来越远去的流风遗韵的追思向往。

（原刊笔会2002年12月7日）

记舒传曦

> 松下问童子，言师采药去，
> 只在此山中，云深不知处。

　　我到了老龙井，才知道这首唐诗的好处。"舒教授呢？""等你不来，他已经自己上山了。"舒教授的夫人唐玲，在一棵高大松树下喝茶。茶几旁有一眼井水，有苏东坡旧题"龙井"二字石刻。杯中的龙井茶叶漾开了，汤是茶绿茶绿的。在上海，打电话都找不到他，知道他喜欢晚春的老龙井，看松、看泉、看山、看云，一去就是一天。

　　顺着茶坡的小路，范景中和我，上山去找舒教授。

　　这是五月初一个星期六的下午。站在茶坡上俯看，好大的一个山谷。三面都是绿汪汪的茶树，从山腰绵延到山顶，山顶上有一朵白云正往东边飘。谷口子却向着西湖，好像要把西湖的灵气吸进来，滋养这块中国最好的茶园。远远山脚的村子里，有鸡鸣，狗吠。茶坡上三三两两的采茶女，山谷传响，她们的嬉笑声，清晰可闻。

　　通往啷当岭的路有些歧乱，舒教授走的是哪条路？

　　西子湖畔，竟有这样的去处，山静似太古，日长如小年。西湖近年来修来修去，投资亿万，其实都不如这里得其本然的西湖。老龙井，这才是淡妆西子的点睛之处？

岭上山花争发，有杜鹃、百合、山茶，都是野花。涧户寂然，纷纷开落。不因人的赏爱而自喜，不因人的遗弃而自怜。三十里湖山，竟藏有这样粗服乱头、恣肆快意的野色天香。游山至此，也一如写文章的妙手偶得之，给人意外的欣喜。

下山的路上，见舒教授和他的公子、学生，捧野花而归。教授遥遥相呼，中气甚足，恍然就是那唐代采药归来的禅师。一路上听教授述说老龙井的一草一木，亲切有味，一如收藏家娓述多年储藏的珍宝。"这种树，越来越少了，古代是取来做大旗杆的。""你下次雨天来，雨中老龙井，好呀！采茶女忽然一个个从坡上下来，真像是仙女从云端上下来！"苏东坡的好朋友，辩才禅师埋在这里。墓前一株树，如槁木朽枝，一年之中，却独逢盛夏而绿意葱茏。"这真是辩才禅师的化身。"也许是西湖的山水，面面都有灵性。舒教授讲述这个事情，语气平实，并不当作一件多么了不起的奇迹。

舒传曦教授这些年醉心于杭城山水，"振衣千仞冈，濯足万里流"，完全唾弃名利、超越技术，以廓然胸襟，亲近自然，只将湖光山色作他生活中的止泊灵魂、洗沐生命的教堂。这几年，我在我的老师王元化先生、林毓生教授、舒传曦教授他们的小共同体里，得见真正的知识分子不辱身不趋时的风骨，得见中国学术文化的真山真水，也因缘际会，几番得与西湖真实本然的灵性相照面。

第二天，我去给杭州商学院的学生讲座，路上等红灯时，路边有一个小男孩，双手玩一只瓶子，在背上身上抛接、滚翻，瓶子如有神助，男孩旁若无人。我给学生们讲中国文化的"文"，大约就是花样的意思。讲到那个自信自乐的小男孩。讲一个最有魅力的城市，其实就是最多元、自主、从容，最有花样的城市，是最有自己独立品格、自己寻找乐趣、因而富于充实的人生意味的城市。讲到苏东坡送给辩才禅师的诗,当然,也讲到老龙井的蒸红薯、手剥鲜笋,以及炖土鸡(想起了儿时老外婆的炖鸡,那真是满街香呀,呵呵),最后讲到舒夫人称大家都当了一回神仙,众笑、众鼓掌。那天晚上我梦见舒教授正画梅花,画着画着,老龙井八百年的宋梅就忽然开了。

舒教授长于画梅、竹、松。这三样,都可传世,已无需由我来饶舌。

只是,我一直想找个机会,说说我初看他的画时那一份错愕惊异。本来那完全是一种个人的美感经历,是私人的收藏秘密。在绘画与音乐方面,我习惯独自领略,不长于与人分享。如果说文学与学术的欣赏是我的专业,所以会留下一些文字,然而画论与乐评则几乎阙如。而且,一个人怎能把他所有的好东西都与别人分享呢?那岂不是在自家的客厅里,拿出他收藏的好酒,还要一一打开所有的瓶盖么?

然而若是已饮醇醪,那就是注定了与人分享。就说说读舒教授的《墨梅》吧。先是,我们看多了一般的冻蕾含香与疏影横斜,看多了一般的雪中江南人吹笛,忽然面对这一幅幅老梅图:奇崛古淡、丑怪妩媚,仿佛远古苍龙出没于深山老谷中,仿佛千年海月冷冷挂在深深海底的珊瑚丛枝间。这时,我们也在错愕之余,不期然而然,与那"耻向东君更乞怜"的花中君子、月中烟里的幽谷佳人、羲皇时代的清逸上人,觌面相见了。我们不期然而然地领略了天地之清气、神明之庄严,借着画家的灵指而显现出来的这一花一枝,而与这一大生命灵魂相呼吸。然而,读到最后,我们还是像古时赵师雄过罗浮山:天寒日暮,雪意满山,林间酒肆里,有缟衣人与师雄共饮,那赵师雄无论如何欲仙欲神,一觉醒来,仍在舒教授的梅花树下。

所以,看舒教授的画,是一种比较特殊的读画经验,有很大的挑战,如对高人、临大士,又如见自己梦中的真身。我们读他的《风竹》,唤醒太古深处的声音、满山春笋生长的消息,谛听午夜月色空山里的虚籁,以及千年寂寞湘魂美人环佩玉玲珑。我们再读他的《松》,何等的清奇古直,又何等的龙腾虎跃。背景又是那样的深山大泽,巨灵藏焉、惊涛涌焉！依我个人之见,中国文艺中的松,一直有两个系统。一是绘画系统,一是诗文系统。绘画中的松,一如中国画所表现的树,"画树之窍,只在多曲。虽一枝一节,无有可直者。其向背俯仰,全于曲中取之"（董其昌《画禅室随笔》）；画松讲求卧龙盘根,枯枝萝蔓,老松偃蹇之美。诗文中的松,则放笔直干,拔地凌云,有"霜皮溜雨四十围,黛色参天二千尺"之美。舒教授的松,是借力打力,力破画松传统,直以诗文为画,更近士人文化精神。隋末的王通说过："大厦将颠,非一木所支也！"然而千年的中国文化精神,仍然是"大厦如倾要梁栋,万牛回首丘山重"。我从舒教授的《松》,不仅得诗画合一的新鲜刺激,更感受到来自遥远古代元元混混的生命能量,是当今少有的伟大艺术的震撼,也是当代精神生活中少有的英雄豪杰气。

这结果即是产生很强的"气场",很大的"共鸣"。因而观画的后果,常常有一种深心充悦、内体和厚的大欢喜。更重要的是,这一份欢喜与共鸣,原是属于同一个文化共同体的；换句话说,即画家所传达的心灵体验,其实与我们所得到的美感经验,原来正是来自同一个根源性的生命灵魂。这一大魂灵,亘古而存,却隐而不彰。我未来观画之时,画与我心同归于寂；我来观画之时,画家仿佛听从神灵的召唤,无私地表达,为我们一一开启那天地之美、神明之容,唯其有这样的创造,我们与画家,都平等地、共享地,与天地神明,觌体照面了。我常想,我们的日常生活,是生命的"行到水穷处",是平庸琐碎,忙乱飘荡,缺乏震撼的体验,缺乏一个英雄,来带我们暂时离开一会儿,去那古色古香的世界,与那些岩栖谷隐、抱道自尊的高人韵士,交流对话;而我们读古老的经典,诵先贤的诗文,观古时的书画,则是"坐看云起时",是兴发感动,正是重新唤醒我们的真身,回到那个从背景中渐渐退隐消失的文化共同体之中,以提升我们的生命,以使天地之美与神明之容,又重新成为我们的生命存在中一个重要的部分。

如果山水真有"国色",西湖的老龙井可以算一个;如果真有"国画",舒教授的画,气味纯正,兴象深远,正是古之所谓"国士之画"也。是为记。

(原刊笔会2004年11月19日)

清园书屋笔札叙

丁卯年秋，余游太学，从清园元化先生学为文论。先生于清华国学四师之名，念兹在兹；于南院童幼嬉游之地，常萦寤寐。犹喜诵义宁陈氏独立精神、自由思想之语，长言永念，兴感淋漓；哲人芳菲，于今未沫。先生曾牵于冤狱，非罪见羁；于奸邪乱政，瓦釜雷鸣之际，抱道自励，孤往沉潜，后以道德文章学术，震耀寰内。今先生以清园笔札，集成楮墨；缥缃锦帙，汇为一展。析骨还父，契人文之深义；火尽薪传，写大道之辉光。天下久裂，张神明于九霄；鲁殿巍然，播灵光之一赋。移情长松之前，寄兴尘埃之外。运腕行笔，神情所至，人天凑泊，先生之乐大矣！与夫刻镂风月、徒工字画、酬应世故者，谅有间焉。先生将展其墨迹，嘱弁其端，因略述先生之墨缘，岂唯区区之私见云尔。甲申九月初十霜降时节受业胡晓明叙于沪上日就月将斋。

（原刊笔会2004年12月15日）

一生探索自由的义谛

噩耗在一个春天周末的午夜突然而至,元化师说走就走了。先生的脑子其实是非常清醒甚至健朗、富有活力的。不久前他还可以与林毓生先生有较长时间的谈话,内容颇多精思,据说发表前还经他阅正。这段时间,我每次去看他,都还有一些交谈。去年底有一回,谈及学馆的筹划,他说,等我回到庆余时再细说吧。他还有很多读书计划未完成,还有回忆录要提上日程。上月我去,还谈了关于读什么样的书的很重要的看法。而就在大前天中午,孔令琴忽然打电话过来,说先生要我去一下,有重要的事情给我交代。我匆匆赶到医院时,先生又已经在病床上安静睡着了。这一周以来都是这样不声不响地睡着。旁边是先生的碧清姐,九十三岁的老人,也安静地睡着了。("碧清姐"与老弟元化的相依为命,也是极令人感慨的事情。)我和小孔坐了一段时间,先生睁开眼睛了,招了招手,要我坐过去,费力地从嘴里挤出几句话,大意是要将我八年前发表在《南方周末》的一篇旧文中一段话挑选出来,"你做点删节,用三四行字,写在学馆门口的石头上"。这个意思,先生在一周前洪森来看他时,其实就已经表白过了。那么,今天又把我招来,再一番慎重嘱托,可见,这是他的一个未了的心事。而且,他要将它置于学馆门口,这一举意,表明了这段文字,比较能够概括他这个人。因此,我愿意将这段话的大意,

抄在下面,或有助于理解先生:

  这种知识人的特征是这样的:他们精力充沛,思想活跃,永远有着讨论不完的问题。他们敢言,从不谨言谨行,从不习惯于陈规陋习,该批评就批评,该反对就反对,但是他们却并不自命为"战士"或"先知"。生活在一个道德标准和文化意义渐渐崩解失坠的时代,他们通常喜新而不厌旧,既召唤着变化的精魂,又时时流露出对旧日的好东西的一分留恋。他们对思想的事物十分敏感,对于经验世界和现实政治的事务却往往不太在意;沉思的心灵生活其实才是他们最为珍视的。他们是那种为思想、为观念而生的人,而不是靠观念谋生的人。(《当代思想史的脚注》,载钱钢编:《一切诚念终将相遇:解读王元化》,有删节。湖北人民出版社,2003年)

  我很快将这个嘱托,转告了学馆的筹建人。但我深感愧疚不安的是,在先生最后的日子里,我没有能像蓝云、洪森、文忠、晓光以及曼青老师那样,或守护在他身边,或常常去看他。我太忙碌于自己的各种事情了。本来,或许先生会有更多直言要跟我说,正如他有一次对我说的:"有我这样对你直话直说,你会发觉,以后是很难得的。"先生说话的音容宛在,而事情已成永远的遗憾。回想医院里每一次见到先生,那情景真是不忍心多看。先生原先那么有英气、思想活跃与精力充沛的一个人,圆睁着炯炯有神的眼睛,能够连续谈话半天而不累,然而缠绵病榻之际,有一天他竟眯着眼睛那样小声地对我说:

"我感觉到很没有力气了。"他的肉身非常沉重地拖住了刚健的永远思考着的大脑,这是一个以思想为最大快乐的人无所逃于天地间之哀,英雄也有深深地叹气之时呵。然而,先生毕竟是先生,最后他以不作治疗的方式来回应死神,顺应自然,终获解脱,这不也应该算是他主宰了自己的命运,为一生探求自由义谛的严肃的生命,有尊严地画上了一个最后的句号么?

这几天,媒体来电话访问,都提了一个问题,先生一生,如何概括?当然,先生是最难概括,而且一直也反对"概括"的。但是如果突出他一生的主线,用几句话来说,是什么呢?依我对先生的了解,他大概是不会只满足于媒体提到他时说的"文章不作媚时语"吧。因为"不作媚时语"其实也可以是一种消极的回避;不作媚时语的人,其实也是很多的。这不是不对,而是可能会忽略了更积极而更具创造性的一面。那么这个积极的、创造性的,是什么呢?我想,还是"一生探求自由的义谛",比较符合他的特点。因为,他最喜欢的人物,是陈寅恪;他晚岁最喜欢读的书,还是陈寅恪的书;他与我之间甚至有一个很大的读书计划,要对陈寅恪的全部著作做一番札记(很可惜由于过于复杂而只进行了一小部分);他最喜欢的话,是独立之精神、自由之思想;他最喜欢的表态,是不参加互助组,只做单干户。而且,"不媚时"总好像有一个"时"随时横亘在眼前,而他却常常是没有"时"的。正如他在病床上最后的自我认同:"沉思的心灵生活才是他们所珍视的。"那么,这个义谛,先生有没有得出答案?这个答案可不可靠?重不重要?他的成绩,可以打多少分?说实话,我没有资格打这个分数。至于先生有没有以他的方式,得到了某些初步的结论呢?根据我与先生相处之久,多次听到先生的自我判断,我以

为是有一些的。譬如,我家里先生最珍贵的手迹,是这样一段话:

> 理性精神和人的力量,虽然使人类走出了黑暗的中世纪,但是一旦把它加以神化、又自以为掌握了终极真理的时候,他就会以真理的名义,将反对自己或者与自己有分歧的人,当作异端,不是去加以改造,就是把他消灭掉。

这段话后来发表在我与先生的一篇对话里,收入先生的论文集。取消了真理的终极性、唯一性,恰恰正是凸显了人的生命的真正自由。先生晚岁有此体会,足可贵矣。可以说,先生这辈子,打了两个"神",一个是中世纪的"神",一个是绝对化的"神"。黑格尔说过:"老人讲的那些宗教真理,虽然小孩子也会讲,可是对于老人来说,这些宗教真理包含着他全部生活的意义。……构成理念的内容和意义的,乃是整个展开的过程。"先生为了讲好这句话,用了他的一生。

先生在病床上给我讲的一句话,是"要把眼光转到思想的大事上"。从他与林毓生先生的谈话可以看出,先生临终还是在关心一些思想史的"大事"。所以,我在他去世后写的这每一篇文章,都应该把他思想中的大事尽可能写出来,这样才对得起先生。他与我们这些成天"腌制"在现代建制之中,拘拘于"学科建设""课题""项目"中的人不同,也与进一步"生产化""消费化""碎片化"的文人景观不同,晚年尽管有来来往往的人看他,我想他还是寂寞孤独的。有一次我一大早去医院,他梳洗清洁,端坐于轮椅上,一言不发,眼神非常宁静。电视机播放着新闻,却没有一点声音。上个月接到远在美国的林同奇先生的电话,说:"我与元化先生是差不多年纪的人,他的思想非常可贵,我非常理解他,能懂得他这样思考的人,已经不多了。"远隔着太平洋,这话让我心头一震。

现在,先生已经走了。也许回到他魂梦萦绕的清华园。当初陈寅恪先生,也是梦回清华园,对着一枝春日的海棠,伤叹中国文化的花果飘零:"天涯宁有惜花人?"一问问得直入历史深处。16号要开追悼会了,我想好了一副挽联,也可以作这篇文章的结尾:

> 文章老更成,笔鼓元化,世上谁知言外意
> 大德困弥坚,魂归清园,天涯宁有惜花人

2008年5月11日

(原刊笔会2008年5月13日)

那些苍凉而温暖的声音

上海电视台戏曲频道的柴俊为兄做了一档节目,约我谈谈元化先生关于京戏的思想。先生一生爱戏。爱英国的莎剧,当然最大的艺术享受还是中国的京戏。先生生前,我们常受这方面的影响。经常举行的京剧小沙龙,吹拉弹唱,请王佩瑜等名家来演戏,以及秋宴赏乐、春游助兴,甚至晚上忽然一个电话,提醒不要错过某个精彩的电视节目,等等,但当时这些似乎都没有让我有特别深的印象,因为那就是先生生活的一部分,听戏如吃饭,我们生活在他老人家经营的京戏空气之花香中,久而不觉其芳。因而我从来没有多想其中有什么文化大义。但今天仔细想来,其实也包含着一些值得认真解读的东西。

先生湖北人,又在上海生活七十年,然而他的家庭用语及日常谈话,却是一口京片子。因而京戏语言的魅力,是他最直接的享受。我常常听先生用普通话吟诵杜甫诗,苍凉而温暖,很有韵味。他的北京话,是童子功。自小北平长大,他的小学、中学时代,都是在京城最好的学校度过,儿时常常由父母带着进剧院听戏,这都是跟国语结缘。京剧是以北京为中心的北方方言,十三辙的悠扬、四声的顿挫、上口字和尖团字的朗朗上口,唱念起来跌宕起伏,一唱三叹。京剧也就具有了"国家音调"的象征精神。这对元化先生而言,不仅是童年体验,也是北京话的老皇城根意味儿。这里有一种语言政治,俯视群伦的优越感。北京方言所代表的,不仅是丰富全面细致的艺术享受,也是古老的贵族精神、贵族修养、贵族训练的自我陶醉。当然,这种贵族感与欧洲的不同,非常有民间气息。譬如京剧在京城,上到皇室,下至士大夫,以至平民,都有听曲儿的爱好。又高贵,又平民;又平实,又丰富。生活中,寿宴、婚丧等事,搭台唱戏不可或缺。元化师不喜欢一切文化享受都变成平民主导,但是他也喜欢京剧中某些粗糙的东西,因为那些来自民间的活力。

京戏毕竟是文明结晶,文化修养高的人对此有很大的享受。今天一般知识社会对它的了解,其实还是相当肤浅。京戏深深融汇了诗歌文学的创作、音乐戏剧的结晶,无动不舞、无声不歌的美学、唱念做打生旦净末的程式,有规矩、有方圆,有内涵、有功夫的优美传统,其中更有南北中国融合的艺术风格。从中映照着老人的古典情怀,犹如美酒,历久弥芳。先生一生,瞧不起没有功夫的现代艺术。先生一生,也是融合了南北中国的文化趣味。这里有点保守主义的政治意味。

先生谈戏,动不动就谈中西比较。因而中西神交,亦是他的戏魂。他历来反对中外文化之间,为结合而结合,变成"四不像""鸡肋",或作秀的工具;而是主张中西之间不期然而然的相遇,内在生命世界的神似与融合。这就要求对双方都有深切的同情与了解,最看不起"仰慕西方而不知西方文化的底蕴,憎恨传统而不知传统为何物"。整个二十世纪,中西结合是一个潮流。斯大林"旧瓶新酒",是一种结合观;毛泽东"古为今用、洋为中用",是一种结合观;鲁迅的拿来主义,是一种结合观;李泽厚的西体中用,也是一种结合观;

但都不是先生的想法。我以为,陈寅恪所说的,"一方面尽量输入外来之文明,一方面不忘本来民族之地位",主张对双方都有深入的懂得,而不是浅碟子的实用主义,以及汤用彤主张的如盐溶于水的中西文化结合观,可能更符合先生的想法。那是对双方深切了解之后,自然而然的化合,生命气息的相通。这当然是很高的境界,所以,先生透过京戏与莎剧的对话所表达的中西思想,仍有待更深入地解读。

老派、厚重、重内涵、丰富、保守、贵族等,最后,也是最重要的是,元化先生喜好说戏,非简单消闲风趣之旨,而是有着更大、更重要的思想意义,即在他那里,是借戏说史,寓思于戏,审美与艺术的背后是政治。他提出"传统思想的根本精神",主要针对二十世纪上半叶最权威的阶级分析以及下半叶流行的解构思潮。他提出"戏中人物的思想感情高于技艺""崇高精神、优良品性、善良人性"意义重大,主要回应二十世纪对传统儒家思想的根本否定。他提出"艺术无古今中外之别,只有崇高渺小之分",强调价值关怀。他反对"新的一定比旧的好",反对激进主义、功利主义、庸俗进化论,意义重大,标志着从政治教条中解放出来,为二十世纪被压迫践踏的中国传统文化,清洗烦冤,发皇心曲,恢复名誉,而不仅仅是为旧戏本身。

我们看二十世纪中国的时代特点,是走马灯一样的革命和运动,中国像一个旋转的舞台,没有停下来,慢下来,更少有回过头反思自身的机会。这导致的一个结果,是文化的"认同"没有了,穷也有理,富也有理,破坏是对的,批判是对的,就是没有建设,失去标准,迷失价值。社会与历史,好像缺失了一种普遍理性了,只是剩下一些此时、彼时、这里、那里适用的功利。我们看元化先生表彰京剧,其实更重要的是表彰传统价值的理性精神,对什么是善,什么是恶,什么是忠,什么是奸,什么是崇高,什么是渺小,什么是尊严,什么是污秽,要有一种深切的肯定。这是重建中国政治与道德基础的一种努力。

这导致的第二个结果,是自主性的丧失。在有形及无形逻辑的不断加强下,自主性不断丧失。先生是两面作战,一方面反抗"左"的毛病,另一方面反抗来自"右"的市场一元化主义的压迫。后者的表现之一,是一味对娱乐的放纵。先生喜引歌德的话:"广大观众应该受到尊重,不能像小贩从小孩那里骗取钱财一样去对付他们。"我想,京剧寓教于乐的传统,自由活泼的声腔,回肠荡气的人物,兼容并包的精神,以及超越现实的古典意境和中西神交的深邃魅力,多少可以抒放一些他的自由呼吸。从早年的自觉否定京剧,到晚年的回归京剧,其实正是他用以抵抗各种有形与无形桎梏的一种审美。

"晓明来,我向他谈到《李尔王》与《长生殿》两剧中在帝王蜕变这一点上颇有近似处,他认为这意见很值得写出来……"这是先生晚年最后刊印的《清园谈戏录》中的一段话。那是我看了连演三夜的昆曲《长生殿》之后,与先生长谈心得,先生纵论比较莎剧与京戏的人物心曲,深切动人。他认为"李隆基与李尔王一样,在失去帝王的权力之后,经历了一场人性复归的蜕变",透过中西比较,为《长生殿》的"政治谴责"与"歌颂爱情"之争,提供了一种极有价值的参照。先师当时的神情动态、音容笑貌,都宛在眼前。再也听不到他的谈论,听不到他苍凉而温暖的杜诗吟唱了。谨以此浅学的议论,拾取先生遗言中的思想坠绪,以为纪念。

2011年4月22日

(原刊笔会2011年5月15日)

去加油站买杯咖啡

亚洲图书馆五点钟关门,我们在下面等来了叶嘉莹先生。她一身蔷薇色,毛外套,毛风衣,拎着一个大纸袋,满面春风,精神比我前年在北京时见到还要好。本来讲好是中午与叶先生吃饭,后来张充和一个亲戚有事来,我们就改成了晚上。

叶先生几乎每天都自己开车来亚洲图书馆,作为终身荣誉教授,图书馆给了她一间独立的办公室。往车库走时,我想扶她一把,叶先生不要,她步子很硬朗。叶先生居然还为我们开车,真让人不敢相信。我还想帮她系安全带,她不肯,"我自己来。我今年八十七,这也没有什么,胡先生你开车多少年了?""才两年。""我开了四十年了。为生活所迫。我们一切都自己来。"

UBC(注:加拿大不列颠哥伦比亚大学。下同)往城里开的路很直,旁边是峭壁,再外边是望不到头的太平洋。叶先生车开得很快,变道肯定,反应敏捷,还超了两部车。小钟在旁边打趣:"先生从来没有出过什么事,唯一被罚,就因为超速。""是的。我那一阵子事情多……"叶先生的文章是"临行密密缝",而叶先生开车却是"超迈绝尘驱,倏忽谁能逐"。别误会,叶先生遵守交通规则。刚才路口遇红灯,是那种要人揿一下路边按钮才转成绿灯的,不然就会等很久,小钟就要跳下车去揿,先生不许,"这是行人才能行使的权利,开车不可以,我们等不及可以右转嘛。"

一座日本式大屋檐的一层楼房子,掩映在花木宛然之中,这就是叶先生住了近四十年的家。前门有一棵奇松,一树樱花正在绽开。叶先生说,这樱花是两个品种嫁接的。再细看,树是两树缠绕生,花是深红间浅紫。而左边的一丛深绿,齐肩高,上有一串串立着长的小花,状如宝珠,仿佛印度王宫前璎珞的迎宾宫灯,一盏盏亮晶晶。

叶先生的家是一个曲尺形的格局,客厅、餐厅、厨房、小卧室,环环相连,大玻璃门窗都与中间的庭院相通。通透开敞,负阴而抱阳。房间的家具陈设,简单而舒适。一进门有个感应式的锅炉,铁皮管都显露在外面,一点也不遮掩,一切都以自然、舒服为原则。客厅里摊满了书,小钟正在帮先生整理书籍,噢,先生准备离开住了四十多年的温哥华,定居祖国大陆了,几千册的书,要运往大陆。

先生这些年在南开大学除了带博士,居然还带硕士,桃李满园,得天下英才而教之,诚晚年人生一大快事。学生就像春天的花与草,鲜绿晶莹,生生长长,是天地间美好的新新不已之气息。譬如跟股票打交道,你的心就难免受到股票波动的影响;做地产,与房子打交道,你的欲望就跟房价一样疯涨。跟什么样的对象交往与交流,你就会激发什么样的生命状态。无怪乎先生身体这么好、生命能量这么充沛。看到叶先生这个样子,令人悟到教师生命中某种快乐的奥秘。先生越来越喜欢她的这些学生,越来越离不开他们。她为学生的工作写推荐,甚至会为学生的婚事操心。某弟子没有对象,某年某名校请先生讲学,先生带上他,名校名花,接待先生,学生往来,先生牵线,竟成月下老人之功。先生越来越有童心,这不,刚才开车经过加油站时,对我们说:"你们要不要看看加油站有个打工女孩,是个UBC的女生,介绍给小M,我觉得合适。"于是我们故意吵着,要去加油站买杯咖啡,其实是看看叶先生看中的女孩,究竟长得什么样子。

加油站卖咖啡的女孩,一个秀鼻、圆脸、甜甜的笑容的东方女孩。于是这句话是一定要问的:"Can you speak Chinese?""Yes!"笑意一下子漾到咖啡里了。小钟坏坏地问:"有没有一个老太太跟你联系?""没有呵,我最近四个月不在这里。"女孩困惑地回答。噢,尽管我们知道这不是叶先生说的那个女孩,但似乎也有点叶先生谈北宋词说的那种清纯、婉转的味道!

从叶先生家去餐馆,换成曾先生开车了。曾先生是退休的计算机工程师,毕业于UBC电子工程系,六十八岁了。叶先生的讲座,从来没有缺席过一次。所以,不要以为叶先生只有年轻的学生,她的学生遍天下,医生、军人、外交官、商人,各行各业的都有,像曾先生这样的学生,几十年如一日听着先生讲课,平和、持久、不图任何好处,其师生情谊真有如老酒一样深醇。我就想起了我与一位新加坡学生杨先生的交往,从杨先生那里,实在学到很多东西,这是另一种师生相处的美。

先生点了一份南瓜烧小排,再加上我们点的香煎蚝饼、豆腐焖鱼、清蒸带子,我们四个人四个菜,简单的美食。我给先生谈起大学生诗词竞赛的评选情况,谈命题作词《咏杜鹃花》,还是有家国之思的作品为好。这引发了叶先生谈她对李清照词的新思考:

你说的家国之痛,女性也有独特的表现形式。李清照自己叙述她的生活,是流离漂泊、辗转不安的,按照常理,她的词中应写有不少离乱悲伤的内容才对呀。但是我们今日看见,她的作品中竟然完全没有正面写到乱离生活的。虽然她强调"词别是一家",但她毕竟亲身经历了战乱,我发现仔细读她的词,在并不正面触及乱离生活的词作中,透过一些极为纤细锐敏的女性情思,而隐现了一份家国之思、沧桑之痛。

譬如"天上星河转,人间帘幕垂"这两句,我慢慢读出其中有一种明显的对照,这里似乎隐藏着某种的悲伤。记得小时候在北平,我的老家是一所大四合院,每当夏天的夜晚,我会搬一些小凳,随家人坐在院中乘凉,看天,看星星。天气转凉了,北京的老话说:"天河掉角,要穿棉袄了"我们就也不再乘凉了,收拾夏天的东西,要进到里屋去了,而且还把原来在夏天房门前的可以舒卷的竹帘摘下来,换上了沉重而下垂的棉帘。

这种寻常的儿时景物,当时我就有点时序变换、美景不再的感受。但也不过是少女的感觉罢了。只是我饱经忧患,重读李清照这两句词时,有了更大的体会。看看,"天上星河转,人间帘幕垂",一句"天上",一句"人间",这样的空间对照,一个"转"字,一个"垂",那样无从逃避,也无从挽留的无常的哀感呵。如果不是时代、家国巨大的苦难,哪里会有这样深切的哀伤;但是如果不是清照这样含蓄、要眇,极富于女性情思的表达,也不会这样美妙。

先生的娓娓讲述，使我记起我二十世纪八十年代初，在安徽读研究生，通夜捧读先生《迦陵论诗丛稿》时的亢奋心情。那时候我对同寝室的师兄吴家荣说："你一定要找到一本非常适合你自己性情的书，反复精读，与之俱化，作为入门古典学问的看家本领。""那是什么书呢？""要自己去找。"我把先生的书，作为一个心灵的秘密来珍藏。从这个意义上说，我也算是叶先生的老"粉丝"了。尽管，我后来跟王元化先生，开展了学问世界另一面更大的意义维度。

今天听先生一席话，至少仍有两点是可以再记取的，一是，一种极为纤细而锐敏的女性情思，这不能不说是中国文学的特美，不懂此种美，终身是中国文学的门外汉。二是，文学，是心灵的事物。要懂得文学，绝不光只是知识的获取，更要有真切、丰富的人生感受。在文学的世界里能走多远，就看你打算在人生里承担多重。

噢，席间，在温哥华春天夜晚温暖的灯光下，我还看到了一本很宝贵的书：枣红色的厚绒面精装，那么熟悉的风格！打开一看，正是先师王元化先生的《文心雕龙创作论》，1979年版本，先师签名盖章，"叶嘉莹教授指正"。蓝墨水的钢笔字迹，宛然如新。这时，叶先生缓缓讲起了这本书的来历，1981年某日，到上海，与蒋孔阳先生联系，蒋先生只请了两个人，一位是王元化先生，一位是周谷城先生，在锦江饭店吃饭。叶先生送了先师两本香港出版的著作，《王国维评论及其它》和《中国古典诗歌评论集》。叶先生慢慢地，一边说，一边回忆。

小钟告诉我们，叶先生听说我要来，前一天晚上特地找出了这本书。我抚摩着先师的遗著，想象着叶先生头天晚上找出这本书的情景：暖暖的灯火,沐浴着书房里的书和人。叶先生心里一定充满了温润的怀旧之念。呵,那些纤细而锐敏的女性情思……

（写完此文才发现一个更令我惊诧的事实：看到先师签名本的那晚上,正是先师王元化辞世三周年的纪念日。）

2011年5月12日于温哥华
（原刊笔会2011年6月25日）

今生证果是梅花
——送别师母张可

"师母走了。"我正在贵州开会,妻的一个短信幽幽发过来了。"张可么?"我有点不相信。"是。"真的是她。虽然已经鼻食数月,我们去看她,她在病床上早就不视不听,但是也许已经习惯了她总是温和地存在着,我们从不以为她会就此一走了之;元化先生也几乎每天都要去病房看她,有一次被我们撞见,只见他静静地守坐在一边,默默感应着她的呼吸。现在,先生还在守她么?她就像一条清澄而平静的小河,缓缓,无声无息地流过去了。

我写这篇文章时,元化先生正沉浸于失去最亲的亲人兼一生知己的巨大的悲痛之中,不该去扰动他的心情了。我只能根据我自己对师母的了解与印象,写成此文,但是我提笔之时,又只是一些隐隐约约的感觉而已。回忆就像一种非常亲切的、淡淡但是持续的清香的意味,就像经冬的大地浑然浮出初春暖暖的气息。也许师母给人留下的,就是这样缓缓的、轻轻的但又是深深的、温暖的怀念。

噢,那清澄而平静的小河水,缓缓,无声无息地流淌着,那就是师母的形象。我想起第一次去先生家,注意到师母的眼睛,像山间清溪一样的明亮。一头银发的老人,竟有那样一双不大、黑而亮的眼睛,安静、清澄、总含着柔和的笑意。当你看到这样的眼睛,你会恍然进入一片清洁、阳光而鲜花遍地的真山真水,全然忘记了你刚才是如何从一个滚滚红尘的地方走过来。

记得那里的客厅非常明亮洁净,家具简单而有品位,地板一尘不染,桌布有素花,桌上有鲜花,书房有新书,似乎每一处都有阳光,也都有女性的精心照拂。那些年,我不断穿过崇山峻岭,穿过挤满人群的列车,穿过熙攘的闹市,穿过走马灯一样旋转的时代潮流,从外面世界来到那个客厅,听先生的讲论,看师母的眼睛,心里都有一种奇怪的安静。想来我是何等的有福呵,岁月的背后总是有着一种中气十足的声音与一种爱的眼光,伴我度过了博士生的三年学习生活以及九十年代前期的教书生活。直到先生搬出去另住,我就只能单独与先生见面,去那里也是每有所获,然而总有那么一点点不甘,那双安静、清澄,总含着柔和的笑意的黑眼睛,总是不能够忘记的。

其实我是一个非常恋母的人。十五岁就离家去当工人,想妈妈想得躲在被子里哭。与母亲的两地书写了整整八年、几大箱子。后来又求学而背井离乡,终成不孝之子。也许心里一直有深深的缺憾甚至罪感,在师母的慈爱里得到了一种替代的补偿;看师母与看母亲之间,似乎得到了一种洗赎。所以,当我看见先生的儿子承义从背后搂着师母,宣布:"妈妈是世界上最好最好的母亲!"我心里真是又认同又嫉妒。从那一刻我知道我与承义都是"母党",我曾很老实地给先生说我是"母党",先生也一点办法都没有。

然而我知道,其实,尽管天下人不必都把张可师母作为自己的母亲,张可师母却对天下人都有一腔慈爱的母性。她真的给我母亲一样温暖的关爱。十多年前,我在一篇写先生的文章中写道:

去先生家,师母总是要留饭的。她留饭的方式跟一般不大一样。如果她不说,就表明你是要在这里吃饭的了,而且往往有好菜。如果她说:没有什么菜,你吃饭不?这是表明她希望你留下来,却因真的没有什么菜而又感到有点不安。为了解除她的不安,我说:有面吃面,有酒喝酒。这时她笑了,开心得反像一个被教师宽宥了的学生。最忘不了我当学生时每个周末到先生家去改善生活。师母总是换着花样,把或烤或炖或蒸的鸡、鸭、或鱼、蛋,撅到我的盘子来,然后在一旁惬意地看着我像一个灾区的饥民一样吞咽。还记得当师母站起来为我们分菜时,先生总是不高兴:"你不能总这样,人家有人家不吃的权利嘛。"

后来我知道,师母留饭的习惯,几乎是对每一个人同样的。师母还喜欢送东西给客人。我以为,她这个习惯,正是因为中风后不能言辞,而用物品来代替沟通的另一番"言辞",也是她那慈爱本性的替代性表现。她是那样一个"关心他人的人(one-caring)",对每一个远近来访的客人都充满了善意,人家走了,她总要找一两样小东西送送,非如此不足以表达她对人的感情。尽管我常去,她对我更是这样。东西多是吃的点心、果品、补品,也有工艺品之类。有时候实在没有什么东西了,她会叫我去里面的房间里,她一个一个打开柜子,费力找一两件衣服,或小盒子之类小孩玩具,说"送给小圆圆"(我女儿);或药材、洋酒、文具。那时候先生还能饮酒,有一回先生也怪她,"不行不行,你把我要的酒也送给晓明了。"我只好又从门口提回来,师母就有点失败感地看着我,因为她看见我喝酒的样子是那样贪杯,就宠我呵。圆圆去，也宠她，送她很多东西，有挂件啦、耳环啦、胸针啦、小狗的烟灰缸呀，等等。圆圆后来有收藏小盒子小东西的习惯，就是"张可奶奶"养成的。

去年她在医院里时，我们去看她，她总是用手比划着，嘴里念着："那个小、那个小……"意思是：桌子那么高的那个小女孩子，她还好么？因为她多年都这样问，我就凑到她耳边，你问小圆圆呀？她都那么高了！这竟成我与她最后的对话。

师母走了，在送她走的那天，龙华大厅自顶而下，我张了一副大挽联：

平常心是道本分事待人　　弟子永念无言教
掬明月见影沐清风牵衣　　师母长留天地心

师母不仅是清风明月，而且是窗前月夜里的梅花。"师母吴人，先生楚人；师母如吴侬软语，先生如楚骚汉赋。师母是静的，先生是动的。有了师母在边上，显得先生的性格尤为鲜明。"这是我十多年前写过的性格分析。其实我哪里知道，师母的品性，更代表着隐忍、不恨、守待、柔退，区别于压迫与反压迫的另一种抗争的历史；也代表着关心、关怀、体贴、爱护，给人间带来阳光，区别于男性存在的另一种女性哲学。

1955年到1979年，从先生因胡风案而隔离的那年，到师母突然中风倒地的那年，是中国知识人由摧残，而毁灭，而复苏的一段痛史，犹如经由漫漫严冬而冰雪初融。在狂风暴雨的夜晚，长冬酷寒的岁月，师母以她的坚韧、仁爱、悲悯与苦难担当的精神，支撑着一个弱小家庭的生存,支持着一个人文学者的坚守,支援着文明与文化的基本价值。她相夫、教子、敬老,以妇道守人道;译莎评、编刊物、教学生,以文明驱野蛮。没有一句怨语,没有一点倦意,没有一丝放弃。然而一阳复始之际,她却只把春来报,再也不写,再也不读,也再不参加讨论发表任何意见,寂然淡出历史。

她不参与历史了么?毋宁说,她向历史的造孽出示了受害人无声的审判。毋宁说,她又以她永远美丽温柔的微笑,敞开另一种历史人文真正的可能。

先生的好友,画家舒传曦教授书一大副挽联,上联说她的文,下联说她的人:

飞鸿响远徽　异代知音传莎史
明月照积雪　今生证果是梅花

2006年8月13日

(原刊笔会2006年8月18日)

略论钱谷融教授为何爱读《世说新语》

钱谷融教授终身喜欢读《世说新语》，这是一个大家都知道的故事。他自己的说法："一部《世说新语》，一册《陶渊明集》，一杯清茶，此生足矣。"他生前将几乎所有的藏书都散尽，却依然在身边留了一部《世说新语》。

一个教现代文学的老师，却能兼容并包，对传统有感情，对古典有深知——我以前只是从古今贯通的角度来欣赏钱先生的特识，正如周法高所说的：理想的汉学研究人才应具备四个条件：教研相长、中外兼通、古今并重、新旧汇参。然而我越来越发现这是不够的，这里面大有深义，跟李叔同为什么要出家一样，是一个现代文化之谜。

大家都知道，钱先生最喜欢说自己是一个散淡的人，无求无执，云淡风轻。但是我们也都知道，他对于现代经典文学作品的人物、风格、用语，都掌握得十分深刻，他所作出的鉴析、评论、判断，都使人感到不可移易。并不是那么云淡风轻的。这时候，我就会想起《世说新语》里的那些高妙简淡的人物，一个个表面上古井无波的样子，其实内心很清楚，也很强大，对于自己要守住的东西，守得牢得很。因此，又散淡、又坚确，正是钱先生与《世说新语》不少人物的共同特点。要做到这一点，是很不容易的。

钱先生的思想来源是中央大学时，或许是受他的老师伍叔傥先生的影响,向往魏晋风度的人生。不过我今天不讲钱先生,也不讲《世说新语》。"钱先生为何喜读《世说新语》",是值得钱先生的学生去做的一个大题目。然而这个题目有没有言外之意?在钱先生和《世说新语》的背后,有没有更大的东西?

我想先从一些小故事来引起。过去东北大学有一个老教授,叫林损,教中国哲学史,自称"林先生"。他有一次对学生说:"你们看林先生是何等人?"学生答:"是讲中国哲学史的。"他说:"错了,那是抬轿子的;林先生是坐轿子的。"意思是自己是哲学史上的人物。他一个教中国哲学的教授,竟然有这样的自负;林先生是否成为中国哲学史上的人物,那反而不重要,重要的是为什么他会有这一份自尊自贵?

从前四川大学叫成都大学,有个诗人教授叫吴芳吉,二十几岁,身材不高,架着深度近视眼镜,双目炯炯有神,第一堂课,学生行礼坐下后,只见他反身向黑板,运笔如风,写下"佛云不可说,不可说;子曰如之何,如之何"两行大字。意思是他讲诗学,就是要把"可以说"的尽可说,"不可说"的不可说。他这样讲诗学,为什么要从佛与儒说起?为什么承认有的是不可说的?

黄季刚先生有一回批评刘师培的《中古文学史讲义》,说那里面"没有空气"。看过这本名著的人都知道,这本书写得相当有见识,材料密密匝匝,观点影响了鲁迅等人。然而为什么说它"没有空气"?"空气"又是什么东西?

著名目录版本学家王欣夫为购得善本,常举债,或当家产,或卖首饰,但是当二十世纪五十年代初,郑振铎要以三千大洋买他海内孤本的《周易说略》时,他说他"还要白相白相"。性情、兴趣、游戏、玩乐在古今学术中,如何有不同的意味?

我们要注意到,古代具有文人气的学术传统,与科学主义传统、启蒙主义传统,有着完全不同的性格。古代学人不像现代科学传统中的人那样,纯以科学为学问的最高境界[傅斯年提倡"纯粹客观史学与语学",提倡"以自然科学看待历史语言之学,以敬谢与此项客观的史学、语学不同趣者"(《此研究所设置之意义》),是最为典型的例子]。

文人气比较典型的学人是钱锺书。正如他最重要的治学名言所说:

> 大学问家的学问跟他整个的性情陶融为一片,不仅有丰富的数量,还添上个性的性质,每一个琐细的事实,都在他的心血里沉浸滋养,长了神经和脉络,是你所学不会、学不到的。反过来说,一个参考书式的多闻者(章实斋所谓横通),无论记诵如何广博,你总能把他吸收到一干二净。(《论交友》,《钱锺书集·写在人生边上 人生边上的边上 石语》,生活·读书·新知三联书店,2002年)

这就是承认性情、生命、个性,在现代学问中的意义。之所以我觉得现在的中文系越来越没有意思,不正是缺少了性情、生命、个性么?大家都忙着申报课题、争取经费、评估排名,老师是这样,学生也战战惶惶,如履薄冰,似乎三年的学习生活,就只是为了完成一篇能通得过的学位论文;而古典素养的熏陶,文学品位的沉淀,性情器宇的修习,这些,似乎成为已陈之刍狗与无味的鸡肋,完全没有哪位老师还瞧得起、顾得上、想得到了。我亲眼见到在学生的预答辩、开题会上，有老师把学生一顿臭骂，原因是标点符号和错别字以及未能有创新观点、未能有新的材料的问题。标点符号和错别字，在研究生那里还不过关，这确实该骂；然而未能有创新的观点，未能有新的材料，是否就该挨一顿臭骂？学习古典文学的学生，如果未能养成优游从容的心态，心旷神怡的习性，游心以远的风度，他拿什么品质去传薪、传道？

更不要说，文学写作更是鸡肋。而钱谷融先生的老师伍叔傥先生，就写得一手好诗与骈文，有《暮远楼自选诗》传世。传统中的学人，常常有孔子所谓"游于艺"的特点。马一浮、陈寅恪、钱仲联、饶宗颐、钱锺书、刘永济、程千帆、沈祖棻、夏承焘、林庚、徐复观、方东美、余光中、林文月、齐邦媛都既是教授，也是诗家、文学家。王叔岷教授诗云："风雅人何多，学者遍朝野。落落一书生，自足无所假。"自足，就是学问与书生性情自身为目的，不以别的东西为目的。如果艺术、绘画、音乐、戏剧成了某种手段，某种达到其他功利的工具，如果现代文化成了一大竞赛、一大机心，那么，李叔同就没有必要再去搞什么艺术，宁可清清净净地出家了。所以，李叔同之出家，成为现代文明异化的一种反叛。

我的老师，王元化先生最喜诵老杜诗，常常大段给我们背诵。他说："不懂得什么是沉郁，就不懂得什么是好的诗。"我后来才意识到，他所玩味的"沉郁"，哪里只是老杜的风格，更是他自己最真实的性情。他在给我的信中说，"最近你的评论文章有进步，更能从一个人的心理深处去理解人了。"他说评论他的文章中，钱谷融先生的写得最好；甚至全上海的文字，也是钱谷融的最好。

我还想起我在四川的启蒙老师赖皋翔先生。有一回在老家的后院，给我们讲八代诗文，背诵王壬秋的"空山花落十二秋，车辙重寻九衢路"，说好诗，却不说好在哪里。又背诵徐祯卿的五言律："洞庭叶未下，潇湘秋欲生。高斋今夜雨，独卧武昌城。重以桑梓念，凄其江汉情。不知天外雁，何事乐长征？"以及高子业的"二月莺花少，千家雨雪飞。可怜值寒食，犹未换春衣。积水生空雾，高城背落晖。忍看杨柳色，从此去王畿"，也不说好在哪里。至今，犹能想见赖先生的神情音容。其实我过了好多年才领悟到，这两首古诗所传达的意境，以及八代三唐诗的意境，重要的不是诗艺如何，情景如何，语言如何，而是指向一种人的性情风度，人的风神意态。这才是古典诗的精妙之处。呵呵，那些飞花令，真是为诗益多，为道益损呵。

赖先生的老师是林山腴。林先生是成都尊经书院的山长，成都大学国文教授，四川文学教育的祭酒人物。赖先生晚年在《忆林山腴先生》一文里写道："先生最注重识度，他说人要培养自己的气度，《世说新语》《颜氏家训》，不可不看。"(《赖皋翔文史杂论》卷五《缅怀》)嘻！识度、气度，这不正是钱谷融先生终身喜读《世说新语》的缘故么？这不正是现代中文系越来越稀缺的一种"空气"么？我没有想到绕了一个圈子，我快到退休的年龄，竟然又绕回到了最初文学启蒙的初心与本然？"蜀人好文"。赖先生说蜀学"明敏豪华"，这四个字真是令人神往。

2020年1月23日

（原刊笔会2020年3月4日）

最好的时光

黄山谷说:"儿时艺木,今憩其荫。"我今天自认是一个懂得了读书享乐的人,这是长期以来读书习惯的一个自然结果。如果把儿时的读书生活比喻成栽树,那么和我一起辛苦培育幼苗的人,正是我的母亲。

要说母亲如何教我读书的,我一个故事也想不起来了。但是只要一提起小时候的生活,那拂不去的记忆深处,就是母亲所营造的一种空气,我正是呼吸着这空气长大。每天饭做好了,母亲或阿姨要喊:"吃饭喽!"要是父亲在家,丢下书就得去,动作切不可耽搁一分钟;只是母亲在家,则可以继续埋头于书,喊到饭菜都凉。睡前,父亲是绝对不许看书的,一旦发现房间天窗还透着灯光(我们有时候在被子里用电筒读小说),少不了拍门痛斥一顿。母亲则会一边掖掖被子,一边关切地说:"再看十分钟,就关灯。"我小时候哪怕是犯了错误,母亲也没有说过一句重话,她总是讲道理,讲一些寓言故事。有一回打碎了母亲心爱的花瓶,母亲只说,不要以为这是一件坏事,只要做事情小心了,坏事不就变成好事了么?可我后来还是不断在生活中打碎花瓶,坏事总是变不成好事。唯有一样东西,是可以肯定的好事,那就是讲道理本身。母亲的言传身教,就是书香的见证。我是从母亲娓娓的讲理中,感染了做一个读书人的好。

在我的少年时代,父亲力图灌输一种劳动最光荣、好逸恶劳最可耻的观念，所以他对我们兄弟家务劳动抓得很紧。院子里原有一块荒地，就是他老人家，要我们兄弟去河边挑又黑又臭的河泥，来改造土壤，种之以瓜豆。父亲虽然崇拜劳动，可是自己却总不像个劳动人民。而母亲并不崇拜劳动，却有活自己做，拖地、洗碗、打水、晾衣，一副劳动者的形象。只要看见我们在读书，就从不喊我们做事，养得我们好像古代那些贵族公子：母亲拖地的身影从我们的书边晃过，我们合理地享受着一种书本带来的特权。久而久之，以"母党"自居的我们，读书自由、读书高贵的幼芽，就在心里种下，而且也与母亲的温良勤俭、一团和气的形象不可分。我想后来我在工厂里当工人，为什么那样渴望着重返读书生活，想尽办法要弄到一个工农兵大学生的名额，为什么后来总像羁鸟念旧林、池鱼思故渊一样向往着学校，大概这是原因之一。

我向来认为，要读过足量的大部头，才有资格算是"文学少年"。但是母亲从来没有要我看长篇小说，她就只是摆一部她正在读的长篇在窗明几净的桌子上，很快就会引起我的好奇心。小学三年级时我看的第一部长篇，陈登科的《风雷》，就是从母亲读过的地方读下去的。我之所以终于没有变成"贵族"，跟母亲那时的书单很有关。我的好奇不仅是对小说好奇，而且对农村好奇。六十年代，母亲常常下乡，一去就是两三个月。母亲去的地方，究竟有什么好东西，为什么她总要下去呢？她那时看的小说，也多是农村小说。进入母亲的农村小说世界，我才发现农村是那样困难，又那样美好，充满跌宕起伏的故事。而那里的男人特别英雄，人情特别温暖，女人特别母性，一草一木总关情。又困难又美好，就是我们成长的精神背景。也不知道是因为思念母亲，然后把情感投射到小说里去呢，还是小说里描写动人，也连带着思念母亲了。后来我也觉得写农村的小说才好看。

《苦菜花》《红旗谱》《播火记》《火种》《山乡复仇记》，都是那时很好看的。情节都忘了，可是长长久久、不衰的体验是一种大地情怀，分不清是母亲的爱，还是中国农村小说的文化品质。

在我们的生活中，严父慈母，对比强烈。尽管曾是中央大学的高才生、高中毕业曾考取三所大学、号称将莎氏乐府背诵了大半，但是父亲在"洗澡"中却洗了脑，完全以读文艺书为耻，"龟儿，又看小说了"，成了父亲呵斥的口头禅。而母亲虽然只有初中文化程度，我的印象中却似乎一直是一个"文学青年"。那几年在团市委的图书室里，她"泡"在十九世纪的西方文学名著和苏联文学的天地里，来往于各重点中学音乐与美术教师的圈子里，终成正果，修成了"文革"大字报揭发的"修正主义分子"。

也因此，母亲长期为我定了《少年文艺》和《小朋友》，这两个刊物大大成全了我的童年。我是那样依恋这两个刊物，以至于一直想象哪天遇到这两个刊物的编辑，要深深一鞠躬，感谢他们不懈地把这么好的精神套餐，经妈妈的手，送到我的眼前。新一期到手时的那一份欢喜呀，源自母亲创造的莫大幸福，在潜意识里几乎相当于吃奶的快感。至今仍想起刊物里的许多故事：一个善良的木匠刨出的刨花，如何神奇地成就了他通往天上世界的路；一个小女孩手拿七色花，许了七个愿，最后一个花瓣换来的面包，如何被跟着的一只狗悄悄吃掉；宝葫芦的故事、聚宝盆的故事、斗鱼的故事，等等。除了刊物与童话书，印象较深的还有《三国》《说岳》等大套的连环画，母亲把书藏起来，看完了一本再拿一本，像吃什么好东西似的。杨再兴的回肠荡气，小梁王的飘逸俊爽……接下来就是逃学，下午常常到都市路或甲秀楼租书小屋，靠墙根长条凳一坐，一分钱一本，看到黄昏时才高一脚低一脚回家。母亲也绝不管那么多，她创造的空气是让人自由呼吸。最后发展到把实在是喜欢的书偷走。幸亏知道后怕，只偷了两次就收手。所以那时想的只是，生活是永远看不完的连环画有多好。

无论如何，我的想象力的天空毫无疑问是母亲为我打开的。在我十五到二十二岁的青年时期，是迄今仅有的一次充分回报了母亲，就是那一大箱母子通信。其中借助于海涅与伊萨柯夫斯基的诗、托尔斯泰的小说和马恩的议论文，倾诉了过量的青春期不安、忧郁以及恋母与乡愁与时代困惑混合着的情绪。可惜的是，也正是读得太多、眼高手低，也过于将书本世界神圣化了，我毕竟不能成为一个小说家，来回报至今还沉迷于小说的母亲。我不仅没有找到通往天国的刨花路，而且我的七色花许完了最后一个愿，却也没有给母亲带来多少改变，她还是日复一日地拖地、买菜、洗碗，在越来越像劳动人民的生活里，仍戴着一副老花镜读书。更何况我现在写的文字，她大都不能看懂。我拿什么来报答儿时无处不在的春晖？

钱宾四先生有一段话，意味深长："人文界可以卓然独出于自然界，而与其他生物大相异，以自臻一妙境，正为其有一较长之婴孩幼童期。故婴孩幼童期之在人生全过程中，乃有其至高无上之意义与价值。亦老庄道家所谓无用之用。"

别的都可以忘记，永远也不要忘记的，青灯有味是儿时，默默地营造了读书空气，创造了一较长的、无用的婴孩幼童期的母亲，像大地一样浑然不觉，又像大地那样无所不在。我们也因此而有遥远的向往。

（原刊笔会2012年11月2日）

我是一个铁杆的"母党"

一

医院里的早樱开繁了,却开了一个寂寞。母亲住院的这家医院人很少,贵阳人都不大知道它。花园里稀疏的小树都是刚移种的,一条小路弯到远处,有两个工人,正在平整小路上的泥土,卡车运来了成捆的地砖,等着铺上去。在我的想象当中,还可能有那么一天,小路修好了,我在后面推着母亲,在医院的花园里晒太阳。呵呵,七十岁的老人推着九十岁的老人,一直是我幻想的亲情画面。

医院的大厅里有一架白色的电子钢琴,有时候它会自动弹响,空旷的大厅里回荡着的音乐,显得天真而一厢情愿。

从医院的窗户可以看得见上秀路,那里有一组红绿灯,却永远只打黄灯,一闪、一闪、一闪,不红,也不绿。

过完年了,医院里有一只大灯笼掉在地上。起风的时候,灯笼就在地上起舞,顽皮、恣意而放肆,烂漫、活泼的样子,就像年轻时候的母亲。我读过母亲的自传《她的岁月》,她十四岁参加工作,在干校里号称"舞会皇后"。跳舞到后来,干校同学都嫁给了北方来的老干部,只有母亲年纪最小,组织上介绍这个介绍那个,但是所有的老干部她都不爱。后来阴差阳错,来了一个团省委指导工作的年轻干部。母亲给团省委的投稿,都落在他的手上。这个有些瘦弱的干部爱上了她,每周一封信,长长久久,母亲就这样掉入了这个情网里面,最终嫁给了——用她的话来说,"那个文人"——我爸爸。母亲的这个抉择,表现了她在一生中最重要的两个性格特征,一个是自己对自己负责,做一个要强的女人;一个是终身学习,热爱文学,向往文明与文化。

二

母亲常说,你写的那些书,我都看不懂,你什么时候能写一本小说嘛。母亲常年订阅的刊物有《小说月报》与《收获》。曾经在年轻时,管理团地委机关的资料室,看遍了当时能找到的翻译小说。母亲最喜欢的还是中国农村小说。我小时候好奇,母亲把我们哄睡了,挑灯夜读小说,那些书有这么好看么?《风雷》《火种》《播火记》《山乡复仇记》《红旗谱》等,妈妈摊在桌子上的这些书,使我也成了小说迷。

这些天母亲的精神难得有好的时候。年前有几天,心衰和利尿的药,对她都有效,慢慢可能有些耐药了。精神好的时候,会想起来给我讲点什么,我就断断续续地记下,但是多数的时间都是默默地坐着,她没有力气再讲,闭目养神或者在睡觉。有一回我拉她的手,那手绵软得很,两只手都插满输液的管头,淤血暗红的手背,上面绑着的胶带,护士还记有时间。我也好久没有这样拉着母亲的手了,上一回还是十三岁的那年。

那天,我们共同回忆了那年去花溪区天鹅大队的事情,母亲还补充了重要细节。

母亲是去工作。我不到十二岁,因为父亲希望我从小培养爱劳动的品德，要给我创造一个向农民学习的机会，因此也跟去了。我现在还记得跟母亲睡一个大床，懵懵懂懂地记得，母亲的腿又白又大。每天早上队里给我配备了一把小锄头，一个带把的簸箕，每天早上起来，就到附近的山上路边捡牛粪。然后就近垒起来，一堆一堆的，这些牛粪是可以烧火用的。我记得我做这事很有点成就感。

那几年要连夜传达文件。母亲带着我去附近的村子里宣传，她想让我参加一些这种活动。记得有一天很晚，从山里的一处远村回来，两里多路的山村小道，虫声起伏四处，就只是我们母子两个在走着。一只电筒的亮光微弱，只看得见面前的几步路，偶尔举起电筒照射周边，只见阴森森黑乎乎的丛林或者是一个个凸起的坟包。忽然间电筒不亮了，电池用尽，母子二人紧张地手牵手，弯着腰，拼命睁大眼睛，几乎是看一步走一步，突然还发现旁边一个很大很深的土坑，刚刚擦边而过，惊出一身冷汗。回程的方向，在麻麻黑的夜里根本无法辨认，只能小心翼翼沿着小路走，不敢离开依稀可见一步远的小路，逢到有岔路的地方，又要停下来想很久，白天来的时候，是怎么样的一种方向？这一晚上，我们两个到了半夜凌晨才摸回大队。母亲说，我一路上像一个男子汉那样，拉着她的手，不仅没有一声撒娇、害怕的呼叫，还不停地对妈妈说："不要怕，你不要怕。"

这个细节是从母亲传记里读到的。其实我当年的勇气，来自拉着妈妈的手。

三

母亲的病终于不治。昏迷了一天之后，两个儿媳妇仍然不相信母亲从此再不睁眼，反复大声在她的枕边呼喊："老妈！老妈，你睁开眼睛呀！……"她们不信老妈从此丧失了意识。然而医生说只剩下心跳和呼吸了。尽管如此，我还是希望母亲有所谓"濒死经验"，而且，有两个细节证明母亲可能会有。当我一面叫她，一面将一个食指伸入母亲微温的手掌时，母亲的手掌会微微拢过来，分明她已经无力握、更无力拉住我的手，然而这微微合掌的下意识，或许，有可能是濒死经验中，关于六十年前花溪山乡之夜残留记忆的闪回？

另一个令人震动的细节是，昏迷三天之后，二弟有一个片刻惊呼："快看，老妈流眼泪了！"只见母亲紧闭的双眼，眼角竟渗出许多泪水。

母亲厝柩的灵堂名为"五义厅"。知道的人都明白这似乎是天意的安排。她十四岁离家，与人结伴往峨眉山求仙访道，后来由七侠五义而移情革命，她怀抱的基本理想，是做苦难人间排难解纷的女侠，为天下人平等、仁爱、有情有义的社会而打拼。抱此初心，成为最年轻的少共。这种人道主义、理想主义的情怀，伴随了她的一生。

两天里络绎不绝来吊唁的人，除了亲友外，最明显的有两类人，一是如今皤然老矣曾经生龙活虎的共青团干部们，他们一定要等与我见面后才走，娓娓表达他们的感情与怀念，每个人都有很多个人故事。

另一类是母亲一生中帮过的人以及他们的后代。母亲菩萨心肠，最同情弱者。我们家的保姆，没有不受到过母亲的种种救助的。除了经济上的救助，还有医疗待遇、就业安排、催欠工资等，跑关系、托熟人、想办法，甚至向市人大写"人民来信"。因为她天性善良，又有长期的农村工作体验，天下鳏寡孤独，疲癃残疾，穷而无告者，皆是她同情的对象。记得三弟的保姆，一个心地十分纯良，却长相奇丑的跛脚姑娘,母亲不仅帮她安顿了工作,而且居然解决了她的婚姻。我记忆中有一幅画面:跛脚姑娘抱着三弟,在夏天的草坡上敏捷地快速跳跃,与三弟一起发出开心的欢笑声。

老妈弥留之际眼角渗出的泪,是她慈悲心对人间的最后系念。

四

王先生生前有一回愤愤地对我说:"你居然敢说你是一个'母党'!?"我在《一切诚念终当相遇》一文中公开写过的。

我跟先生解释,我从小遭遇过一个有暴力倾向的父亲(父亲后来在他的传记《人生四部曲》中表达公开的道歉),如果不是母亲的保护与母爱的深细,可能我早已成为一个坏人了;我十五岁当工人的生存环境极为恶劣,母亲每周写一封家书,用温情、文学、情理兼融的文字,一点点引导我读书写作,如果不是母亲的教育之恩,我可能成天喝酒打牌摆烂下去了;母亲永远支持我往人生的高处走,无论是求学还是事业,用她的理想主义鼓励我,拉着我的手往前,尤其是夜晚没有光亮绕过大黑坑时;我一生最能谈得来的知己也是母亲,如果没有母亲,那么多的心里话讲给谁听呢?

王先生是能理解人的,他最终没有怪我。

在此樱花飞落的清明节日子里,用我的文字祭奠于万一。

在遥远的天边,一切诚念,终当相遇。

(原刊笔会2024年4月18日)

好老师王建定

我常常想,一个教师,如果要让他的学生欣赏,更成为他们记忆中"不老的大学"的宝贵财富之一部分,那是什么呢?说简单点,那就是要活得有尊严、有个性。

王建定老师,就是一个活得有尊严、有个性的普通教师。

我刚到华东师大时,眼光向上,只认老先生有学术传统。除了如饥似渴地读诚之先生、锺山先生、声越先生等的大著,就是去结交健在名师。寡言而微笑的冯契先生,辞锋逼人、头脑清楚的施蛰存先生,眼光炯炯有神的程俊英先生等,都是我崇拜的偶像。我像入宝山觅宝的游子,呼吸着残余的一点大学的气息,而完全没有注意到身边的王建定老师。现在回想起来,王老师他也太不像高校老师了:黑脸膛、大肚子,总是穿一件半旧的蓝色中山装,上面斑斑点点的,粘着粉笔灰。总是拿着一只大茶缸,里面有浓浓的茶卤儿。手不停烟,声如洪钟。啊啊,他走在校园里,不被学生们当作看自行车的老头子才怪!直到后来,在一起开会学习、聊天喝茶、听课监考、春游节聚,多少年下来,大家熟了,才开始一点点被他特立独行的个性所吸引。因而开始认识到,除了老先生外,还有那些不求闻达、不尚表现的普通教师。他们当中有的人,其实有着丰富的心灵,多样的兴趣,阔大的胸襟,以及有尊严的生活态度。这些教师,共同构成了一个学校深厚而长久的学术传统,成为维系一个学校精神生命的大经大纬。王建定老师无疑是其中一个突出的代表。

就让我这支拙笔尽可能描述一二吧。他愤世嫉俗,爱憎分明,在学校里是一门有名的"大炮"。同事们都晓得他,说他是骂得最多,其实心里爱国家爱民族爱文化,爱得最深。他的骂正是他活得尊严的一个表现,面对无力、无理、无序,他活出了中国知识人的一口"气",在他的身上,最能见出古之所谓"风骨"。有人曾问梁漱溟先生:儒家思想什么最重要?梁说:"如好好色,如恶恶臭。"王老师就是一个好恶真切的人。

他又是那样一种"古板"的教书人:不跳舞、不打牌、不上网、不饭局,甚至连电话也只是有事了才打打。他之所以从不趋新附时,那当然是由于他出身清寒,厚重质朴,也由于他腹有诗书,毕生传道解惑,深受中国文化传统之熏陶,推重功夫、造诣、学养等古典价值,瞧不起不动脑筋、不费力气、浮夸轻薄的事情。我就多次听他斥责"贪图享受"的"现代懒人""病人""儇薄之士"。看看很多疲于各种诱惑与选择的现代年轻人,他活得很肯定、很自主、很有自我力量的,因为他其实深知一切时尚,一切新潮流,都隐藏着一种巨大的力量,是无从控制的,是引人舒适的,不须受教育和花工夫,完全成为一个被控制的"懒人""浮人""无根之人",这就不是他的造型。

相比高校的一般老师,他还有一点很特别:不开学术会议,不写论文(除了古典文学鉴赏文),不申请课题,不参加评职称。这"四不主义",使他显得与时代潮流非常不谐。他的聪明才智,全副投入教学中去了。学生刘竑波说:"每次上课,他总是早早进了教室,但是沉默寡言,并不和我们说什么,有时面向窗外,默默地抽着他标志性的粗雪茄,像是在酝酿情绪。但是,一开讲,他就像换了一个人一样,完全沉浸在自己所讲述的经典文学的世界里:语言标准,声音洪亮,激情澎湃。渐渐地,我们也忘记自己是坐在文史楼简陋的教室了,我们仿佛看见汨罗江畔忧君忧民的屈原,南山之下淡定自适的王维,对江揽月、酒胆诗心的李白……"(《我的老师》)赵丽宏也这样写道:"介绍宋词时如数家珍,他对宋词的熟悉程度,使我们大家都感到惊讶,我们能想到的作品,他都能倒背如流,背诵时那种摇头晃脑陶醉的样子,引我们发笑,但也赢得了大家的尊敬。"(《不老的大学》)但这个时代是不太鼓励他的。教师的本分即是讲好课,王建定其实是正常,反而这时代有很多不正常,这要等到过去很多年才会看得出来。

除此之外,王老师之所以长期不参加评职称,用他自己的话来说,是"非常厌恶竞争"。大家都好好的,一到评职称的关头,一个个乌鸡眼似的。"要是我,就让给某某算了。"王建定的世界很单纯、很干净,容不得一点没有尊严的活法。但是,由于他终身未娶,又是一个大孝子,身为兄长,有弟妹六人,他一直侍奉着年高多病的老母亲,经济条件并不好。也是到了快退休时,大家都劝他评一个职称吧。噢,要知道前些年退休的老师,完全不能跟后来的比,与在职教师比更有很大差距。考虑到此,到后来他终于"妥协",说:"家贫亲老,周身是病,增加点收入,也好呀。"面对人生的复杂处境,英雄也有叹气的时候。正常即是伟大,我只有如实写,才能看出有道之士在大时代的艰难以及身心挣扎之苦。

又何况,正是在这样经济条件并不好的情况下,他居然奉行一种

"严进宽出"的用钱政策：一方面慷慨大度，乐于助人，为灾区捐资，为同事付房租，为病友赠款，出手全无计算，佳话广为传诵。另一方面，一毫不苟，哪怕是生病找研究生代课，他都要清楚付代课费。陈寅恪先生曾说：社会变迁之时，巧者往往以大斗入而小斗出；而贤者拙者相反。王老师就是后者。

然而王老师是那样一个有情趣的人！他热爱简单生活，富于艺术天赋。生活在大都市，却极喜欢大自然，有一次他很认真地说："在上海待长了，一到郊外，就闻到混合着泥土的大粪香味！"他的家在闸北的一个棚户区，父亲搭的棚，正是他养花种草的小乐园。这些年城市发展，四周高楼林立，光线为之遮挡，而他养花养鸟不辍。我一想起他，就想到水泥森林里那一方绿意葱茏的小天地！

王建定出身底层，却深为中国文化所化，这是一个谜。也是一个文化与人心的证明。他最喜欢的两首诗是：

> 为爱名花抵死狂，只愁风日损红芳。
> 绿章夜奏通明殿，乞借春荫护海棠。（陆游）

> 浩荡离愁白日斜，吟鞭东指即天涯。
> 落红不是无情物，化作春泥更护花。（龚自珍）

在中国文化花果飘零的时代，他做到的，只是一个抵死狂的爱花人。

王建定有一种特殊的方式，凡系里的老师有结婚迁居等喜事，他就要亲奉一盆花，以示祝贺。现在，他那一方花草，已化成家家户户的绿荫海棠之美。年年岁岁，花开花落，华夏文化花落而春常在，正是有王建定老师这样的护花人。

去年冬天，一个寒冷的日子里，他去了另一个世界。细雨霏霏，路上很滑。那天我很想问一声，那个世界里，还有花么？

2005年9月9日教师节前夕

（原刊笔会2005年9月20日）

神 交

题记：

　　我与豆豆的交往，是神交。豆豆讲的话和做的事情，好像他有个前世来头似的。所以我写的豆豆日志，肯定与豆妈写得不一样了。虽然我写的每一事每一句话都是绝对真实，但我总是不免就在豆豆的故事里，浮想联翩。

《红楼梦》

豆豆从小就有个习惯：将树叶捡起来，丢到水中。

进托儿所了，这个习惯一直保持着，总是很忙地，匆匆来往于草地与水池之间，捡树叶，丢到水中。

带他去玩，无论是长风公园，还是西子湖畔，只要有水，他就会重复这个动作。

"豆豆，你在干什么呀？"

"丢树叶。"他头也不抬。

忽然有一天，我终于懂了。

我一直认为，黛玉葬花，还算是有福的，她还有花可葬。花果飘零之后，留给我们后代的，除了败叶，还有什么？

想不想到月亮上去?

傍晚时分,牵着豆豆的小手去散步。

夜色湛蓝。明月如舟,穿行于茫茫云海。我们爬上一座寂静的桥,好像是向着当空的明月走去。

"豆豆,想不想到月亮上去?"

一阵沉默不语。

"豆豆,爸爸带你上月亮吧?"

"不去!"豆豆绝然而答。

"为什么?"

"船要碰碰的。"

噢,想起来了:上个月去长风公园划船,跟一个女孩子的船相碰。至今我还能想起那女孩慌慌的眼神。当时也没什么,过后几天,豆豆老是说"要碰碰的"。

噫!豆豆的眼睛里,没有月光,只有那小女孩慌慌的眼神!

有鸡有鸭有小狗

阿姨对豆豆说:"暑假里到阿姨家去吧,阿姨家有小鸡,小鸭,小花狗和小黑狗,有猪,有牛,有羊,还有池子里的鱼。"

豆豆拍起小手,嚷嚷:"阿姨家的书真好看!"

看书就是人生,人生就是看书,豆豆就是大乘。

有个女孩叫英英

有个女孩叫英英,才一岁半,小脸,小眼,小区的人都知道她。

英英虽然小,每天都念着豆豆。到了豆豆家的窗下,就喊豆豆。豆豆在家,她就笑,不在家,她就不开心。英英小豆豆半岁。

小区里大家都知道她和豆豆关系好。

英英大老远就看见豆豆,又是大喊,又还挥手;豆豆眼神不好使,英英走到跟前,他也总像是没看见。豆豆从来不和英英疯起来。

不过,豆豆也从来不抢英英的玩具,而且,把别的小孩手中的玩具抢来,给英英玩。

有一天,豆豆搬家了。窗框被拆下来了,里面换了主人。英英每天还是到窗前喊豆豆。

终于,豆豆又回来看英英了。英英过来,就坐在豆豆的身上,吃饼干。

豆豆一句话都没有说,就让她坐在身上吃饼干。

大 树

开始看图说话。爸爸翻开一本书,指着一幅图,按照书上的问题,问:

"这是什么?"

"大树。"

"大树有什么用?"

"没用。"豆豆不假思索。

爸爸的眼光缓缓从书上移开,看着豆豆,好像犯了错误。

小鸟小鸟你当心……

豆豆两岁了,妈妈带他去报名,读幼儿园小小班。

远远地看见,豆豆在草地上撒了一泡尿。又在那里叫嚷。

原来,草地上有一只小鸟飞过来,豆豆手指着尿,连声叫:"小鸟,小鸟,你当心,不要踩着豆豆的尿!"

换水吧!鱼又死啦!

家里门口有鱼缸,大家都忙,有的忙打电脑,有的忙上学,有的忙找钱。不看鱼也不换水。

只有豆豆常常去看,常常喊:"换水!换水!!鱼又死喽!"

"妈妈,鱼游不动了,游不动了。"

豆豆不到两岁,何以一副先知先觉,悲天悯人的样子?

儿童节

今天儿童节。豆豆来到世间第二个儿童节。豆妈带豆豆去少年宫看表演。

红衣服的,黄衣服的,跳呀唱呀。豆豆看得眼睛一霎不霎。还把妈妈的手拿开。

演出结束,小演员们走来走去,他一会儿跟跟这个,一会儿又跟跟那个,台前台后忙乎一阵。

小演员们走啦。送到门口,送到街口,车都走了,豆豆还不愿走。

豆豆拉着妈妈的手往回走。说:"再去看看吧,再去看看吧。"

豆豆又指着空空的舞台,很认真地说:"一个都没有了,一个都没有了。"

豆豆造人

一天，豆豆坐在地上玩泥巴。

妈妈过来观赏，豆豆静静坐着，搓泥成条，放在一边。

妈妈又过来观赏，问："豆豆，你在做什么呀？"

"做人。"

妈妈大惊，忙叫爸爸也过来，也问。豆豆头也不抬：

"做人呀！"

豆豆神情端然，元气淋漓。教人瞥见太初有道，混沌初开的光景。

（原刊笔会2005年8月8日）

辑三

教育

给女儿的一封信

作者小识：

今年春天，女儿到浙江乍浦，参加学校组织的成人礼仪节活动。临行前，学校要求家长给孩子写一封信，由老师在成人日转交给孩子。我由此想到，一些古老传统的习俗，是可以经过现代价值的提炼，转而成为现代社会生活文化一部分的。只是，我们在作这样的转化时，一方面要保证现代价值的先进性，另一方面又要小心避免过于实用主义的意识，伤害传统的可贵的资源。兹事虽小，意思甚大。现在来看我写的这封信，不过是借题发挥，无关乎家常琐细，惟表达对现代思想的一点理解，并真诚希望下一代能真的受用。

亲爱的女儿：

今天是你十八岁的重要一天——成人仪式日，祝福你！我没有去过乍浦，那一定是个很精彩的渔乡小镇吧？有带咸味的海风、待发的风帆么？还看得见那收拢来、又准备着撒开去的大网么？我想那些海边嬉戏的孩童，他(她)们的眼睛里，都多多少少，映现着海的波光天的云彩——他们迟早也要由孕育生命活力的港湾，迎向自由的大海。一只只向着远方太阳的漂流瓶，正是希望与探问的信物。你有没有发现早晨海边的太阳特别新鲜,似乎告诉人们那里的每一天都是新洗沐过的?

古人有所谓"冠礼",戴一种帽子,以示成年。西方人也有成人礼。每年的某月某日,是你的自然生命的节日,表示你来到这个世界;而今天,才是你的精神生命的节日,表示你是一个大人,进入这个社会。珍惜这样的节日,生命中这样的节日,带着"上帝"(姑且说)的指令,传达着关于自身的命运、目的地的信息。要带着一种小心护持的、清新自喜的心意,想一想自己的生活、自己的事情。生活中这样的节日是不多的。静下心来想,这一行为本身,就具有了神意,生命中有神意的时候是不多的。与同学一道,少不了热闹嬉戏,忘返流连,总不要在过于轻快随意的打发时间中,错失了这样的时刻才好。

平时忙,很少谈心。现在借学校这机会,又不知写什么。两代人的人生有太大的不同,时代变得那样快,那样纷杂和捉摸不定。我们说的,你们会信么?又值得信么?如果只是为了完成学校的任务,敷衍交差,那我做不来。因为有上面说的理由。我真的不敢轻慢、不敢形式主义地糟蹋了这样的时刻。

那么,就让我写几句心里最想说的话吧。我想说的其实只是四个字:学会自主。

自主,就是自己主宰自己的命运、负起自己的责任、实现自己的潜能,维护、伸张自己的权利。是爱自己,又是将自己变得更可爱更好。是自己管理自己,又是自己完成自己和享受自己。从今天起,上帝给了你自主的权利(rights)。当然,这里首先有一个认定:因为你由少年而成年的岁月,已经积蓄了自己管理、自己爱,以及初步设计、实现自己的"资本"(理性的、情感的、意志的等),因而具有了这样做的权力与理由(right)。

学会自主,也表明了自主力的积蓄是一过程,是像充电一样永不停歇的过程。当你面临抉择、矛盾、困惑时,你要问:有没有面对生命中最真实的自己?当你无力、怕、弱之时,你要问:有没有真的爱自己、有自己、珍惜自己?人生会有种种无奈、困厄,然而懂得自主,生命就是一枚可以重新鼓满电能的电池,在灰黑的旅途里重新举起灿烂的亮光,心因此而清新美好,而宁静致远。

殷海光说:有些人活了一辈子也不知道他是谁,不知道自己究竟要做什么。——这正是没有学会自主的悲哀。

爱默生说:上帝一旦取去了一个人的自由,那么犹如他把太阳从天空中拿走一样。——你看海边的太阳那样的新鲜、真实,好像正是这样一个十八岁的天机。

珍视自主,同时也珍视他人的自主,也就是从此懂得维护、努力去创造一个尊重人的权利的社会文化。要说十八岁的责任,这是最大的责任;十八岁的稳重,这是最大的稳重。

我终发现,要说的话其实很少,也只是这一个词而已。

但是,确是经过了千辛万苦而得来,这真不易言也。

我现在才体会到古人说的入门须正。生命的发端,真的是《诗经》所说的一番兴发感动。

昨晚翻看海子的诗,有一首说:"天亮我梦见你的生日,好像羊羔滚向东方——那太阳升起的地方。"

我就用这首诗来祝福你。

爸爸
四月五日

(原刊笔会2002年7月9日)

出于什么理由要考语文

都二十一世纪了,原本几千年不变的东西竟也会拿出来讨论讨论:母语的考试要不要废掉?

上海有好几所高校自主招生,决定不用再考语文,在社会上引起很大反响。他们随后解释说:一是英语可以方便找资料,有利于学生将来学科上的发展;二是为了切实减轻学生考试的负担。然而减负难道就只减中文么?而"考语文"与"找资料"分明不矛盾嘛,何况谷歌的研究部主任诺维格都说了,不出十年之内,网络搜索会自动将所有检索到的不同文种的文献译为中文。看来,这两个理由不仅能表明教育管理者的语文水平,而且也反映了他们缺乏科学前沿感觉。

但是问题并不那么简单。网上民意汹汹,大部分网上意见反对弃考语文,然而言辞激烈,刀光剑影,譬如说上海因此就成了"新的租界",不考语文即是民族文化精神的"挥刀自宫",甚至其后果"超过三聚氰胺,将损害下一代婴儿大脑"。属于典型的网络语文秀,无益于理性冷静地探讨问题。我们要注意反面的主张不是没有道理。譬如主张废考语文的人,说语文学科的区分度不高,不像理科那样对错分明,是一门不太能彰显"公平"的科目,因此考试不能起到预期的效果。但也有同样主张废考的人,却又反过来认为语文考试的方法像理科一样有很多死的东西,语法呀修辞呀,过于僵硬呆板,真正语文素养好的人反而选拔不出来,因而不妨废了考试,以减轻学生的负担。后一种意见是因为洗澡水不干净而连婴孩也干脆一起倒掉;而前一种意见重视考试的"区分度"貌似合理,但如果进一步深究,却只是将程序的公正视为目的,认为语文考试不过是一种体现"公平"的手段,"公平"地追求分数的一种活动,这就不仅是过于天真地看待考试,也完全有昧于语文教育的真谛了。更有某种假借着"公平"的旗号,骨子里重理轻文、歧视语文,跟自主招生考试中挥舞着"改革创新"的旗号一样,旨在取消语文考试,其实背后都是同一只看不见的手:功利主义、实用主义的教育观。而那些因为考试有待改进而干脆废了考试的议论,更混淆了焦点,加深了中文教育的危机。因此,有必要从根本上先说说究竟出于什么样的理由我们需要语文考试,然后再来讨论我们需要什么样的语文考试。

首先,我们要知道,母语考试不是某个机构、某个集团或某个地区的选择,而是民族利益最大化、长远化的选择,是发自民族生命内部的指令。人生在世,有一些与生俱来的"首要的美好事物",母语即其一。德国哲学家和文化历史学之父赫尔德(Johann Gottfrid Herder,1744—1803)也早就说过:"语言表达了群体的集体经验";"诗人是一个民族的创造者","我们生活在我们自己语言所创造的世界里"。我们要不要生活在我们自己的民族主体性所打造的文化精神世界里,这已经成为我们迈向现代不可否认的重大选择。广义的中文(而不是"汉语")融汇了民族思想价值,是民族精神典型的载体。正如陈寅恪先生早就说:"吾民族所承受之文化,为一种人文主义之教育,虽有贤者,势不能不以文学创作为旨归。"可以说母语就是民族本身，因而母语尊严是发自民族共同体生命内部的神圣命令，是不容轻视、抹杀、变相贬损的。因而，通过考试等制度来强化母语地位，就是一种绝对命令，取消了母语考试，就会减损其地位。母语是超学科、超知识、超时代的，因而语文考试的政治性不是一种学科、地域、时代的政治性，而是一种神圣的政治性；透过有效的制度手段来达到加强母语地位的目的，其理由具有不容讨论的至高的正当性。

其次，母语考试是用制度的力量来保障每个公民的母语能力得到充分的生长。母语能力是公民创造世界最有力的工具之一，是公民确立其自我尊严、实现其自我价值、回报民族国家最重要的条件之一。毋庸置疑，在一个开放的国家，外来语能力当然也能很好地实现自我价值，然而道理是很简单的：只有外来语能力，而没有母语能力，却无论如何不可能最充分实现自我价值，以及最大限度地报效民族国家。众所周知，母语虽然与生俱来，却并非来之即优，来之永优，并非不需要强化与发展的。任何语言能力都是后天学习进步的，所以，母语还需要制度来保护么？回答是肯定的。殖民主义者深知如何通过毁灭被统治民族的语文来从根本上消灭其反抗力，只有愚蠢短视的民族才会放任外来语压垮本民族的母语。我们只要想想十八世纪的法国殖民者如何消灭越南的汉喃文字，强改为拼音文字，我们只要看看当代的法国社会，如何保护自己的母语，就可以得到启示。我在巴黎生活的时候发现，连日常生活中的常用文字，譬如医院的挂号室、地铁的出入口、公厕的位置、街道的名称、交通的标志、火警的提示、公共电话的使用以及教堂的开放时间等，都几乎是没有任何英文标识的！更无论卢浮宫每一幅画边上的说明文字，以及密特朗国家图书馆的卡片目录。通过耳濡目染的语言环境来加强母语、保护母语,这确实是很有战略眼光之举。母语需要保护,是不是母语今天成为弱势了呢?回答也是肯定的。我们只要看看遍地开花的英语学校与培训机构,从小到大的英语教育历程(而语文教育大学里就没有了),无处不在的外语考试规定,用人标准的英语霸权以及崇洋媚外的社会陋习与潜规则,我们就知道母语仍处于弱势;我们只要看看科学主义的崇拜、功利主义的盛行,以及市场一元化主义的霸道,就可以想见主张素质优先并不带来直接实惠的中文教育,在今天的中国其实一直处于弱势地位。因而,通过考试制度来强化中文的社会认同,保护其教学、研究与推广普及的资源,增加其社会关注度与社会投入量,可以一劳永逸地创造良好的语言环境,有助于增强公民的母语能力的充分生长,是一件有利于文明国家千秋万代持续进步的大事。我们可以从反面试想一下,如果从此弃考中文,教师也大幅流失了、学生也逐渐轻视了、社会也越来越不关注了,久而久之,一些精英逐渐都变成了所谓"香蕉人",更多的百姓则只不过沦为洋人及香蕉人的奴隶,就像一些语言濒死的民族那样,那么我们还称得上是一个悠久伟大的文明国家么?我们有文明与文化的尊严么?

第三,用制度的力量来确立人文教育的尊严,保证人文素养的价值导向。前面说了中文其实是弱势地位,不要看孔子学院有多么风光,国学讲坛有多么火热,其实并不能改变骨子里的功利主义与实用主义,不然,就不会发生如此高分低质的事情:一个高分考上美国著名大学的奥数学生,理直气壮地回答上大学的目的就是为了赚大钱,他竟然完全不知道西方的大学也是要用制度来保证它的学生是有志于奉献社会回报国家的人才。有人说,大熊猫就是因为弱势,所以受保护,呵呵,你们是大熊猫么?这个说法暗含着嘲讽:你们不就是风花雪月么?不就是大熊猫那样的观赏之物么?其实这正是长期以来社会上某种占据主流的中文观,除了实用就是娱乐,除了八股就是八卦,在很多人的心目中,语文的素养与人文的内涵,完全是可有可无、自娱自乐、不能来钱的花花草草点缀升平而已。更可悲的是,今天,人文精神的重要,人文价值的尊严,已经成了社会习惯性的陈词滥调,当官的知道为政的要诀是什么,老百姓也更深谙实惠主义。但是我不能不说的是,这次自主招生中的弃考语文事件,恰恰反映了中文潜在的危机。而一些好心的教育工作者以为这只是自主招生中某种探索的过程,是可以争议商榷之事;一些过激的网络批评将其过度阐释为民族文化与外来影响之争。其实在我看来,这都不足以洞其里、号其脉,事情的实质,正是如王元化先生生前所忧思的那样:是这个时代人文素质进一步往下滑动的新征兆!我们看到北方的国学讨论越来越流于高校利益集团争学科设置的利害之争,我们看到《孔子》电影将儒学变得进一步口水化娱乐化,我们看到曹操墓争论中地方以文化争利益的真相,我们看到中国足球原来成了老话中所说的"万恶赌为先"的牺牲品,我们看到"中国崛起"与"中国模式"将"中国"这一符号虚脱地放大,我们看到教育的讨论中将钱学森命题的重要性,扭曲为落后就是要挨打的所谓新GDP主义,最好笑的是,我们看到山东已经将《论语》的格言印上了彩票,命名为"孔子彩票",将"孔夫子"变成了"孔方兄"。我们越是看到这些,就越是能体会到王元化先生的为中国文化的命运担心不是没有道理的。

最后,用制度的力量来加强厚植语文存在的生命。语言存在的生命在于，鲜活地存在于人与社会、人与自我的交往实践活动之中。正如皮亚杰认为代数存在于人与自然交往的精神结构中，语文也同样不仅是客观的知识、博物馆的古董与语法题中的规则，真正的语文是一种生命方式，真正的语文考试要让语文的生命活转过来、流动起来、站立起来，成为考生生命中的一个部分。好的考试制度，注重理解力，注重创造性，注重灵性与感觉，注重平时的语文素养，恰恰可以促使这样的语文生长，而不是压抑它。中国古老的教育思想中，诗书礼乐往往是为了人的教化，直而温、宽而栗，温柔敦厚，背后是活生生的人的生命。中国的诗文写作，不讲究机械的语法与修辞，而是抑扬顿挫、一唱三叹、手舞足蹈，是生命的神采飞扬！而现在的网络写作，是不假思索的搜索与巧妙或粗糙的复制与粘贴，是抄袭与偷懒，是论文造假的产业横行，同时有体制里的官僚们用数字的管理、形式主义的目标以及亮闪闪的勋章来鼓励这样的虚假的繁荣。不要小看语文考试，考试本身当然不能保证促成一种活的语文能力与语文生态，但是考试是一个集结号，是一个动员令，是一个社会的风向标。没有了它，很难说不会军心涣散，队伍不整，甚至丢盔卸甲，溃不成军。某种意义上说，抽掉了考试的语文教育与中文社会，就好比是孙悟空从东海龙王那里拿走了定海神针。我们决不能自乱语文生态的基本秩序，我们只是需要将考试变得更好，使良好的语文与生命一体同在，金针度人，可久可大，使定海神针变成每个人生命中的得心应手的绣花针！说到底，解决与渡过危机的密钥，仍然在语文工作者的手中！

2010年2月2日

（原刊笔会2010年2月8日）

与友人论梁漱溟《中国文化要义》书

缘起：

梁漱溟《中国文化要义》，是他九十二岁高龄在中国文化书院作的讲辞。与他二十七岁时写的专著同名。然而奇怪的是，山东人民出版社1990年出版的《梁漱溟全集》，竟然失收了这篇如此重要的讲辞。广西师大出版社出版的梁的年谱，也未有记载。以至于我一开始也竟不敢相信梁先生那么高龄，还有如此重要的讲座。直到有同学找到并传给我电子版的讲演，我才相信。我认真读了这篇文字，也以友人通信的形式，写下了一点体会与意见。

××如晤：

我真是有眼不识泰山北斗了。梁先生如此高龄，居然还能讲这个讲座。范忠信先生的文章，真切记录了当时现场的气氛："1985年3月20日上午，九十二岁高龄的梁先生身着深蓝色对襟短褂，头戴黑色瓜皮小帽，摆脱了北京大学哲学系讲师鲁军伸过来的'搀扶'之手，步伐稳健地走上讲台。会务人员搬来椅子请梁先生坐下，先生摆摆手说：'不要，不要。我就站着讲。'此情此景，引得台下两百多学员报以雷鸣般的掌声。接着，梁先生以他纯正洪亮的国语开始了他的演讲。"当梁先生讲到中国为什么落后时,他说:"中国为什么落后?我想,中国不是走得慢,不是落后了,它只是走上了另一条岔道,跟西方分了岔儿了('分了岔儿'重复了三遍,全场鼓掌),没有往着征服利用自然的路子上走。"

我以为,比起今天一些学者,依然持简单进化论或发展至上论,还在有意无意,将"落后就要挨打",等同于"落后就该挨打",梁先生的识见,依然是不可及的。我那点常识的推理,简直是可笑了。谢谢你让我又更真实接近一点前辈大师。我补读了这篇过去从未读过的文字,梁先生真是豪杰之士,字里行间,精气神都那么足。这篇讲辞的中心观点——"中国文化的重心,放在人与人之间的关系上,以人与人之间如何相安共处友好地共同生活为先。中国文化精神,互以对方为重"——是他年轻时写中国文化要义的观点,半个世纪不改初心,不能不令人为之感动。

然而我也因此细读,而有一点新的体会,不妨也说给你听听,如何?我仔细对读范忠信先生当时的听课笔记,与先生后来发表的修订本(收入1988年三联书店出版的中国文化书院讲演录第一辑《论中国传统文化》)比较,后来的修订本增加了几句话:在"近代西洋人,我以八个字概括之——'个人本位,自我中心'"这一句之后,更增加了"要求平等、自由,都是由此而来,这恰好与中国不同";又在"而我中国是'礼让为国',是'伦理本位'"这一句之后,更增加了"这一精神与'个人本位,自我中心',刚好是两回事,刚好相反"。由此可见,后来的修订本,更强调了中西方文化的截然不同,明确认为西方的平等自由,是不以对方为重的文化。我不知道,这后来的修订,是先生的手笔呢,还是编辑大胆所为。

我以为，先生讲中国文化的礼，讲以对方为重，都讲得很好。但是，如果真是他自己的修订，延续了五四时期"中国文化是静的文化，西方文化是动的文化"这样简单对立二分论式，那么，这表明了，他们那一辈老人，毕竟还不是很懂得西方文化，有的地方说得很有道理（譬如"物支配人"的社会），有的地方就不一定了。比如说美国自由平等，就一定是绝对的个人中心，自我本位，是尊重别人的反面么？这样说，对么？我就拿我个人的小故事来说吧。我在美国的三个月，从哈佛大学的图书馆回到家里，路上常常要碰到的事情是，每到一个路口，一旦有车，必定让你先行，无论黑人白人，无论男女老幼。这是什么道理呢？一般人都说，这是西方人比较"以人为本"。一开始我也这样想，但是后来才知道，其实，在他们的交通规则里，有一个"路权"的观念是我们没有的。路权，就是眼前这条路，人人有权。而且这个权利是平等的。怎样体现这个平等呢？他们不是空喊口号，而是基于平等的理念，设计一个补偿的制度，即：凡是交通工具优势的，就应该补偿交通工具弱势的，如货车补偿客车、大车补偿小车、小车补偿摩托车，如此类推。"补偿"，就体现为"让先"，体现为"以对方为重"。所以，很多情况下，哪怕是，我比汽车慢了一拍到路口，他本来可以踩一脚油门，一下子就过去，但是不，他停下来，在车窗里摆摆手，让我先行。我一旦了解到这个"路权"，以及补偿的制度设计，对他们的平等观，以及这种观念是如何透过各种办法，化而为具体的操作，落实到生活之中，不禁大为感叹！我们有很多好的观念，但可惜我们没有想一些办法，让它进入活生生的生活中。这个例子表明，美国文化中的"平等"，不仅不是不尊重对方，而且尊重得有章可循，有法可依。如果我们都有这种配合着平等观念的权利观念，不仅不会不以对方为重，反而不会动不动欺负弱势人群，任意强行闯入私人住宅，耀武扬威，暴力拆迁，或践踏公民权利，非法跨省拘捕，等等。所以我想，中国的礼让与仁，不是不好，而是强制性与操作性不够，道德建设，更要配合现代"权利平等"的观念，以及"弱者优先，强者补偿"这样有效有力的制度安排，才能更有办法，更能落实，更有利于重建一个现代公民社会的秩序。我这样说，也许有心粗气浮，唐突前辈的地方，但确实是经过我的真实生活的真实体会，也是我对文化问题一直如此的在心在意，梁先生有知，当不怪我。有的问题，还要你批评，以及我自己更多地深入思考。暂写此。

2010年11月19日

（原刊笔会2011年1月2日）

与中学生论唐诗精神书

××同学：

你妈妈转来了你对我文章的批评，老师给你打了"优"，老师的批语很巧妙："虽然不同意你的观点，但我捍卫你表达观点的权利！我约你一年之后再谈今天的话题。"你妈妈让我也写几句批语。首先要感谢你们老师推荐我的文章给你们读，因此我才有机会听到你们这一代人对我的批评声音，因此才有这样的交流对话的机会。现代社会，你们和我们都忙，大家很难得有这样的机会彼此倾听，我很珍惜这次与你笔谈的机会。

你说，唐诗"更多的时候""只是诗人的一时兴起，只是诗人用来抒发感情的工具罢了，只是在那个时代的背景下，文人习惯用诗来记叙心情，仅此而已"。因而你不同意这样的说法：唐诗可以表达中国文化精神，以及唐诗可以提升人的人格。

你这里提到的"一时兴起"，确实是唐诗的真实秘密。好诗大都是一时兴起，冲口而出，自成天籁。比如李白的"床前明月光"，比如白居易的"晚来天欲雪"，王昌龄的"寒雨连江夜入吴，平明送客楚山孤"，甚至老杜的"正是江南好风景，落花时节又逢君"，都是一时兴起的诗。一时兴起，才有真切自然的情感，才有元气淋漓的灵动，才有新鲜唯一的创意。关于这个特征，唐诗学术界已经写了很多文章，研究得很透，变成一种常识了。我这篇谈唐诗的文章，为了避免陈陈相因的重复，有意不谈这个特征。

然而唐诗的一个让人有些困惑的地方，恰恰正是"一时兴起"的诗，并非没有厚重的内涵与深切的情意，并非与中国文化的重要涵义相隔绝。我们一方面承认唐诗的感兴真切自然，一方面也承认它并不等于一些碎片化的感觉、即时反应（如在QQ上聊天时的回复）的心情，以及一些很个人的偶然的情绪。唐诗毕竟有更大、共通的人心、人情、人性的内容存在的。你说老杜的"落花时节又逢君"，是心情记叙，难道不也是对大唐帝国繁盛局面一去不复返的锥心之痛么？这种感时忧国的感情，不是中国文化精神么？你说王昌龄的"洛阳亲友如相问，一片冰心在玉壶"，仅是一时兴起，没有对于自己人格的自尊、自爱、自赏的精神么？晚清有一个著名的诗人叫王闿运，他说，"辞章知难作易"。意思是：好诗写起来还容易，但你要知道它是什么意思，好在哪里，却是比写作还要难的一件事情。中国文学批评传统中，很多人都认为创作与批评是两回事。所以，我们不能用创作上有关"一时兴起"的美学，来取消阐释与理解上慢读深思的美学。创作的高境界是倚马可待之才，而阅读的高境界却是好学深思，心知其义，是沉潜往复，从容含玩。朱子论读书，像拉弓射箭，如果你用五斗弓，只用二斗力气去拉，拉得开么？结果可想而知。如果你用四斗弓，却用五斗力气，就可以拉满弓。钱锺书也说过，读书是灵魂的冒险，是发心自救的事情。你读文学，首先要懂得将创作与阅读分成两件事情，其次要知道生命原本了无意义，读书是自己的发心自救。我很同意老师的批语，说到底，文学的阅读不只是知识与学养的试炼，而且其实更是一种生命的修行。你的修行如何，生命到达哪一阶位，你看到的世界就不一样，你读到同一文学作品的意味也不一样了。我刚才提到"即时反应"的情，这也是一种情，但是却是放弃了更深更慢的思考，抹煞了更远更大的价值，甚至牺牲了更丰富、更无拘的想象力之后的一种结果。我不以为九〇后或〇〇后的一代人，愿意放弃、牺牲，或者不开发你们身上想象更大、更远的事物的能力。如果放弃牺牲了这样的能力，说得轻点，那是可惜；说得重点，那其实是一种自我的奴役。可能你又要批评我给你们"压力很大"了吧？然而生命没有一点压力，反而是不能承受之轻呀。你不是也要"体会厚重与博大"么？好了，暂写此。我们这代人也有我们的问题，上面的说法也只是我的一面之辞，只是提供你读书写作时的另一个参考的可能，或许，另一种批判的可能。你是有思考锐力的少年，新年来临，祝你愉快，写作阅读取得更大的进步！

晓明上

（原刊笔会 2011 年 2 月 28 日）

家书，失落于忘川

那年我十五岁。往离家两百多公里之外的一个大三线工厂，去当工人。半夜想家呵想得睡不着，心头莫名地揪痛，又不敢哭出声来，只好在黑暗中咬住被子啜泣。没有办法，那是少年时代对妈妈的依恋。后来有一件事情救了我，那就是每星期写一封家书，然后从妈妈那里也得到一封家书，家书抵万金呵。有时候是沉甸甸的，有时候也只是讲一些简简单单的家事。我母亲也是一个文艺青年，读了不少十九世纪的文学作品，我可以跟她在书信里面讨论海涅的《新诗集》、伊萨柯夫斯基的诗歌，以及泰戈尔的散文。每个星期有这样一封信，就像大旱时逢雨露，荒漠里遇甘泉，点点滴滴，润泽着年轻感伤而焦渴的心。然而十分诡异的是，八年工厂，几箱家书，越是刻意珍藏，越是命定要丢失。世间好物不坚牢！几次搬家，就奇怪地失踪了。我在图书馆，有时会为学校购入一些日记书信等老旧文献，外面有人专门收藏这些老东西。于是幻想着有一天，会不会也与我遗失的几大箱家书，不期而遇！

八十年代到九十年代，又到外面去读书，硕士、博士，更行更远，那时候作为周末的标志，不是看电影，而是可以到中文系的办公室去取回一封家书。这样一来，这一周就算真的过好了，比吃什么美食都补人。家书带来的是家乡与亲人的气息，那是真正意义上的心灵遥感。如果这一周没有收到家书，日子就过得惶惶惑惑了。拆开信封的那一刹那，见字如面的感觉，就像通了电一样，身心都化开了。

后来爸爸退休了，也加入了家书的写作。爸爸的形象在家书中变得柔软，贴着父子之情说话，不苦口而仍具婆心，当然也有说教。特别像曹操《诫子植》"吾昔为顿丘令，年二十三，思此时所行，无悔于今。今汝年亦二十三矣，可不勉欤！"的语气。家书不能只有母爱，也应该有父亲的说教，甚至有些话，是过来人讲的经验，书上看不到的。长江边上的小城，快放假的时候，每一声汽笛，都像是家书字里行间的叹息、励志或召唤。记得1994年我去香港访学，十岁的小女儿也给我写信："爸爸，我在上海很好，不过只有周日下午能休息，其他天，我不是上课，就是被妈妈骂起做好多好多的作业……""你不在家，发生了许多事，多得就像沙滩上的贝壳……"稚嫩端正纤细的笔迹，想见她戴着近视加散光校正的小眼镜，俯身写着写着，眼睛又离纸那么近了。当然不能不提到，四川的启蒙老师，上海的元化先生，北京等地未见面的朋友，都留下了许多珍贵的手书，——某年孔网上曾经有我与某名教授的通信拍卖，拙书因他而增光价。——最珍贵的是我那挚友兄弟，跟我一起读过硕士，后来各分两地，我们就一封封地通信，谈学问与思想、生活中的感悟，思接千载，把"家书"带入了一个又幽深又高远的美妙风景。

然而不知道什么时候开始，家书这件事情就这么消亡了，失落在忘川之中，再也没有写信的习惯，全都是电子邮件，老父老母用不来电子邮件而被边缘化，而键盘起落，朋友之间，也几乎没有了手书里面的感情交流，也无暇叙事议论，公事公办地交代事情，大家时间都宝贵。就像时代一下子从自行车发展到了高铁，慢不下来，书信悠然的节奏,也成了废品站生锈丢弃的破自行车。至于微信时代,那更是快速反应:你如果上午收到信息,下午才回复,人家都觉得你是怪物。

有一天我终于想起来要写一封家书了,可是远方的儿子却再也不回复我的信,我由怒而生怨,又释然,终于明白了他们已经习惯了一种没有家书的生活,一种从来不让时间慢下来的生活,家书对于他们来说是属于遥远的古代了,我们忽然变成了书写文化时代的孤独的遗老。而儿子从微信上传来的信息,就像遥远的太空当中很微弱的信号,一闪一闪、若有若无地浮动在茫茫的夜空之中。

家书的当代意义,是重建一种手写的文化,敬正的书写,留下一些真正的情感心情,严肃的思考,而不是即时反应式的浅碟子思维。

家书的第二个意义是它的非虚构。五四新文化的时候,小说与诗歌前所未有地抬高了地位,我们先辈们认为真文学最根本的是要虚构,要创造,要想象力,这样舶来的文学观与理论,轻易遗弃了几千年中国文学非虚构的主流,讲求形象化、典型化、浪漫主义、幻想、虚构、虚拟、假定性……元化师给我说过一件事,某年他跟作家团出国,与一名作家发生争执。元化师说文学是"说真话",那作家偏说文学是"说假话",这番争论,除了概念的不聚焦不论,这背后当然有新旧文学深刻的区别。韦勒克和沃伦说:"如果我们承认'虚构性'、'创造性'或'想象性'是文学的突出特征,那么我们就是以荷马、但丁、莎士比亚、巴尔扎克、济慈等人的作品为文学。"(《文学理论》第二章《文学的基本特征》)。我们不反对虚构,这样的文学可以拿大奖,可以当大作家,但是距离普通人的生活较为遥远。我们还是怀念一张纸一支笔的家书时代,我们的中国古代作家有那么深厚的家书传统,但是都被我们遗忘于忘川之中。

家书的第三种意义，是日常人生可以普遍使用的文学，可以细腻地记叙心情与人事，生活中琐碎真切点点滴滴的感受，所谓百姓用而不知，然而极高明而道中庸，天理不外人情，当中可以内化古已有之的圣贤消息，陶渊明的《与子俨等疏》，从"柴水之劳"与"时鸟变声"，说着说着，就说到了如何是"羲皇上人"的感觉，以及"四海之内皆兄弟"的古训，看起来是小，但是实际上不可小看，很多家书都能见其大。

我们现在发现小孩子怕写作文，他们觉得作文没东西可写，课堂上教得比较假，不是他们的生活。所谓好的作文，喜欢用一些好词好句，长于浮华的表现，书上得来终觉浅，这些东西不是不好，而是缺少一种人生实在的在场感。像黄山谷写给他外甥的家书，居然讲苏东坡的坏话，叫他不要跟他学坏了。——这样的书写，表达很本真。而如果一个孩子平时有家书的训练，作文摇笔就来，他的作文一定不缺少饱满真切的生活实感，一定会是优秀的作文高手。

当代家书的意义，还可以语文扶贫，帮那些困难群体写信，那些没有文化的农民工，没有办法写作的残疾人和老人。年轻的大学生能不能去帮他们代写家书，寄给远方的孩子和亲人？我的一个朋友，台湾的一个名教授，他说他之所以走向文字工作的这条路，就是因为在七八岁的时候，搬一个小板凳，在村子的大槐树下面坐着，听那老奶奶老爷爷们，一个一个地口述，代他们写信、疏愁、问候……每当想起这幅画面，我就会怀念那个村庄，那是一个多么古朴真淳、有人情味的村庄。

我们再往大处说，家书可以复苏一个重视家庭的文化，中国文化的基本价值就是从家开始的，仁心感通，从亲亲之爱推扩出去，到整个社会的关爱，将冷漠的现代陌生人社会，变成有情有义的社会。林毓生虽然严格区分家庭与社会,但依然承认:"在家庭伦理架构中发展出来的亲情,是人生中最可珍惜的情感之一。""絜矩之道,是指家庭成员要站在其他成员的立场为别人着想。家庭是人生中情感发展的自然场所,纯正的亲情呈现了人生中最高贵的境界之一。"融入了现代人权观念的家庭,"构成子女身心正常成长的环境,同时是儒家所揭示的以人生最可珍贵的亲情为基础的家庭观念,因此能够进一步合理地落实而获得新的认同。这是中国家庭观念的创造性转化。"(《"创造性转化"的再思与再认》)

最近一本新书,法国两个哲学家更进一步,几乎完全印证儒家的道理,他们认为"人道主义的思想源头就是那句古老的名言:己所不欲勿施于人。……人道主义拒绝冷漠,这份爱渗透在私人生活里,也显然影响着我们的集体生活"。这本书既继承又批判了尼采、海德格尔等后现代主义对现代性的解构,提出以"爱的哲学""爱的政治"为宗旨的第二次现代人文主义,在家庭感情与公共领域间搭起桥梁,从家庭对亲人的爱、对孩子的爱开始,然后让整个社会富有爱心。"我们留给孩子的世界与我们留给全人类的世界,这两个世界已经无法区分。"(费希、卡佩里耶《最美的哲学史》,上海书店出版社,2021年)我们这个社会正在越来越走向一个现代性的社会,现代社会是一个祛魅的社会,家书这样的价值可以让它重新返魅,可以让空心化的社会具有心肝,这就是儒家所谓仁性感通的社会。

往深处想、大处想,家书可以做的事情还真不少。大家一起努力。

2022 年 3 月 17 日

(原刊笔会 2022 年 7 月 29 日)

略说志业、事业与职业

每逢毕业季,种种美好的励志、修身、劝学话语流行。有一种说法认为:一等的学者以学术为事业,二等的学者以学术为职业,三等的学者以学术为副业。

初看起来,这个说法并不错,有敬畏学术之用心。尤其在今天,年轻一代的学人如何认真治学、不混青春、不为功名利禄,越来越不容易的情况下,有这样严肃的提示,尤为重要。

然而,我不主张,一定要把学术隆重地看作是一番人生的重大事业,敬慎戒惧,才是一个好的学人。原因有二:一是谈这个话题,需要换位思考。二是在"事业"的上面,还有"志业"。这当中陈义甚高,但其实也可以由浅处讲来的。

古人无今日之专职学者,将著述当作学术大道,以勤勉终身,代不乏人;也有通过科举以取利禄者,更滔滔者皆是。前者是而后者非。应该承认,现代社会以学术为事业的学者,既是前者的传承,也有后者的遗绪。所以,褒贬都未必得当。褒义而论,以学术为"事业"者,对应于古人的"经生之业""著述"家云云;以为"志业"者,则对应古人所云"身心之学""为己之学"。区别在于,前以"学"为身外之物,勉力建功立业;后以"学"为修道之方,期以"学"成人。

志业与事业,古人虽然在文献上不一定有明确区分,难以在文本上——举证,但一定有长久相承的观念上的高下之别,中国文化是崇尚"心"的文化,因而发于心、蕴于内的"志业",与表于外、立于功的"事业",有高下之分,这是可以确定的,可以说是中国文化中一种隐含的价值取向与潜在的集体认同。事业的同义词是"功业",东坡为何说,"问汝平生功业,黄州惠州儋州",而不说"问汝平生志业"?前者带有自嘲与很深的感慨,后者则说不通,也无人知,更不必说。总之,"志业"有时而不彰,抑而难伸;"事业""功业"则可大可久也可速朽可嘲弄。"志业"是内在于士人内心,就是孔子说的"士志于道",是让自己的生命融入学与道之中,与学共在。故孔门三千,身通六艺者七十二人,而唯称颜子("德行"之科)为好学。程子《颜子所好何学论》:"夫《诗》《书》六艺,三千子非不习而通也。然则颜子所独好者,何学也?学以至圣人之道也。"

其次,如果"志业"得遂,无论是事业职业或者是副业,都如长空中一点浮云,甚至是把学术当作业余的都是有道理的,因为学术成为一个"事业",就变成了一个功名,不能相忘于江湖,有一个东西在那里执着了。庄子说的忘足,履之适也,忘亲,亲之永也。其入佳境,则学之于身,犹鱼之在水,如朱子所论:"一身之中,凡所思虑运动,无非是天。一身在天里行,如鱼在水里,满肚里都是水。"这虽是往高处讲,道理却又极为平实。

第三,虽然在现代社会,学术分化为职业,往往志业与职业冲突,但基本价值,志业发于内心,高于事业,高于功名,古今并无疑义。近人吴宓《我之人生观》一文中辨析:"志业者,吾闲暇从容之时,为自己而作事,毫无报酬。其事必为吾之所极乐为,能尽用吾之所长,他人为之未必及我。而所以为此者,则由一己坚决之志愿,百折不挠之热诚毅力。纵牺牲极巨,仍必为之无懈。"这其实就是古人所谓"为己之学"。这也是往高处讲,牺牲极巨,而为之无懈,已经看到,为己之学与为人之学,在近代社会,两者往往冲突不可调和。

先师王元化先生说:学问是一种快乐的事。"什么是乐呢,就是达到一种忘神,你不去想它,它也深深贴入到你心里边来了。使你的感情从各方面都迸发你的一种热情,激起对这个问题的学术的研讨。"(上海文学贡献奖获奖辞)往浅处讲,学术是内心的欢乐。先生一直说他是一个"为思想而生活的人"。学术使他遭受厄运,也从厄运中救了他,此中的纠缠与执着,绚烂而平淡,浅处中的幽深,真非片纸能办。

今人扬之水老师,业余出身,著述极富。她自述学问甘苦,讲得真好:"'且要沉酣向文史,未须辛苦慕功名',这是陆游六十八岁时写下的诗句。此后九年,放翁诗又有'学术非时好,文章幸自由'之句,两诗各有寄慨,且不论。断章取义,乃觉得这里的意思,都是教人喜欢……"——有一回扬之水老师对我说,"有人说我应该写文学论文才对,可是我发现我喜欢写自己研究的问题,怎么办?"往浅处讲,做学术,就是听从自己内心的声音,做自己喜欢的事情。

那么,副业不副业,甚至业余爱好也行,都不是重要的区分了。饶宗颐先生对我说,"我写文章就是好玩,常常同时摆着几个桌子,同时进行几篇文章写作,一会儿写这个,一会儿写那个,搞七搞八。"他像一顽童,以游戏的心态,无所谓出世,也无所谓入世,天机自发,而得大自在。孔子说的"游于艺",饶公可能是最后一个"游于艺"的文人。

钱锺书先生更有一番关于学术的话,事关灵魂。他看不起那些以著述为目的的经师。他说，你们不要以为那些老师宿儒，白首穷经，就真的能够传承文明的事业了。其实，真正的"读书是灵魂的冒险，是发心自救的事情"。——说到底，人文学，不一定或不只是追求真，但一定是要追求"意义"。人生本无意义，就看你是否在追求中赋予其意义，有意义即有发现的欣幸、表达的愉悦。

可是，再回到开头的第二义，这个话题，需要换位思考。我说年轻一代越来越不容易，是说尤其在大城市，要兼顾成家立业、升等考核、敬德修业、生存与发展，个中甘苦，一言难尽。曾经有某名牌大学毕业的研究生对我说，毕业十年，一天都没有好好读过书，时间都耗费在培训班里了。因为，无钱则无房，无房则无婚，"丈夫生而愿为之有室，女子生而愿为之有家"……没有室家的人生，岂止是不完整。——而已经有室有家、有功有名、有房有车的老师宿儒，每每大言谈及年轻人如何要用心学术，好好读书，不要太功利，于理何安、情何堪、心何忍？我想起最近看到范景中老师的一番获奖发言，不是讲自己如何励志勤学，反而是劝学生不要做学术，学术的路，步履维艰，须先将生活落实好。个中滋味，也只有过来人、体贴人，才能懂得。

那么，是不是就劝学生把学术当作一份职业来对付，甚至一种副业来混混，就是正确得体的赠别话语？我不这样认为。上面的引证，事关学术的原动力，内在而非外在，这个要讲。同时，我也不主张把学术的职业与志业对立起来。吴宓《我之人生观》的讲法，把二者对立起来，我也不赞成："职业者，在社会中为他人或机关而做事，藉得薪俸或佣资，以为谋生糊口之计，仰事俯蓄之需，其事不必为吾之所愿为，亦非即用吾之所长。然为之者，则缘境遇之推移，机会之偶然。"博士越来越多，学术职位越来越少，求得一学术职业，机会与境遇,何等不易,我主张充分珍惜,不然就干脆放弃,让有志于此的人来做学术。此外,职业有职业的操守与规范,以学术为职业,就要遵守学术的职业道德,这个也不可轻忽。美国克瑞顿大学袁劲梅教授,给她被开除的研究生写过一封很长的公开信《我就不该录取你》,其中有一句说得好:"你可以成为一个很好的商人、公司老板或其他什么职业人士。搞学术,和经商或当清洁工,没有职业高下的不同,但明显有职业要求的不同。"做学问的职业要求首先就是真诚第一。所以,学术作为职业也不是可以轻易做好的。

我还主张,于职业的磨折历练与无奈无力之中,既要能动心忍性,空乏其身,为吾所不愿为、不甘为;也要不改初衷,时时倾听内心的声音,唤醒自我,回归游于艺与感发生命的本然。其实,只要认真对待学问,一定会发现,职业的平凡琐碎苍白之中,抑或有发现的欣喜;职业的渐进困顿泥淖之中,抑或有真力的累积;"为伊消得人憔悴"之时,不妨抑或"蓦然回首、那人却在灯火阑珊处",或许,"深深海底行",方有可能"高高山上立",庄子说真正的高人,"其为物无不将也,无不迎也,无不毁也,无不成也,其名为撄宁。"(《大宗师》)"撄宁"就是虽受干扰而安宁如故,与天为一。既如此,为何要将副业与职业、事业与志业,打成四截,块然对立起来呢。

2022年7月2日

(原刊笔会2022年8月13日)

三十年前的那个冬天

记忆中的几个片段，来自三十年前的那个冬天。这句话还是要说的：小平同志，是他的决定，改变了我这一代年轻人的后半生。写下这些文字，为了回报美好生活的诱引，也是为了知恩感念。

数　学

2002年的那个夏天，女儿也要参加高考了。为了帮她填好志愿，我到上海大学去参加一个咨询会。记得走到机械学院的那条小路时，忽然看到路上有粉笔写的一长串数学算式，很长，细看不能懂，却又不禁为之而感动——空旷宁静的校园，一个周日的清晨，不知是谁，曾在这里那样投入地思索与演算，写下了如此复杂的数学题及其解答。——当时油然而生的，正是知识与学问的庄严、一种无言之美。恍然间一幅记忆唤回：将近三十年前的那个秋天，贵阳山城，我为高考补习数学的情景。

我从父母那里及时知道了即将恢复高考的消息，专门请了病假，从工厂回家补习。由于没有念过高中，而初中也没有数理化课，只读过《工基》《农基》(《工业基础》和《农业基础》的简称，作为课程改革的新课)，所以我那时的数学底子几乎是零分(后来也果然没有得几分)。所以我当时最大的任务，就是在短短一个月的时间内，补完初中和高中的数学与物理。然而这对于我来说,十分艰难。

然而那些日子却是紧张而兴奋的!我并不是一个不喜欢数学的人。至今还记得,在小学,在初中,一旦有习题课,总是我出风头的机会来了。因为,早做完早交,我可以在众多苦思疾写的同学面前,背着书包扬长而去。但是,在上山下乡的巨大阴影面前,我并没有选择继续读高中,而是选择了离家去做工人。须知,工人是多么令人羡慕的身份!一个招工的名额,是多么来之不易。那年我十五岁。虽然,我的班主任范老师,曾经为此专门到家里来,给我母亲做工作,说我是一个读书的种子。范老师的嘴唇很厚,说话的语气,特别恳切;为我不能升学,他惋惜的神情,至今历历在目。

而我补数学时,已二十三岁,已在工厂里干了八年的车工。原先那点数学的兴致,早已消磨殆尽。我常想,抗战,也不过才八年。怪谁呢?能读书的时候,不给读书;过了读书的时节,又要读书。我以及我的同时代人,后来一直在这种时代错乱中生活。恶补恶读恶写,仿佛是我们的命运。

事实证明,要在短短一个月时间里补完初中高中数学,那是一个天大的美梦而已。而我当时,竟然是凭着这股做梦的精神,天天十几个小时悬梁刺股般地苦读。为我做饭的外婆,常在一旁心疼:"一天到黑弓腰驼背,脸也白卡卡像张纸,你也去外面晒晒太阳呀。"

感谢我那好心善良的表叔表婶,他们不仅没有戳破我的美梦,而且以他们极为专业负责的精神和良师的善诱,一个公式一个公式,一道题一道题地,耐心为我补习。每周的两个夜晚,我蹬自行车,穿过寒风凛冽的山城,赶到省商校宿舍。踏上他们家吱吱作响的木地板楼梯,走进那间有着柔和的台灯的房间时,心里总是会充满了温暖。

随着进度的加深,也一点点地唤回了我的记忆里,数学世界那庄严的美与意想不到的奇妙。数学思维之纯美,以及知性人生与学问世界,作为一种美好生活的诱引,就是在这不知不觉之中,与那温暖的灯光、娓娓的话语一起,点滴浸入心底。

可是,不知是我与高考数学的差距实在太大,还是我复习过深,没有对准靶心,总之,我记得我经历了两个月的复习,拿到卷子的那一刻,我竟完全没有感觉了。

后果可想而知。数学呵数学,我那样爱它,那样追它,它却那样无情地放弃了我!生命就这样地不断离弃自己。这无疑成为我知性生命中,最早诱引,而又最早破灭的乌托邦之一。

窗 子

考试是在1977年的12月里举行的。那年的冬天真冷,当天天又下凌,就是贵州特有的冬季天气:天上一边下着小雨,地上一边结成凌冻,走路不小心就滑倒。

我记得参加考试的人特别多,厂里派了两部大卡车,把我们满满地拉到市里的某所中学。开考之前,虽然天下小雨,那操场上,还是站满了人。可是大家看起来似乎还平静,有的三三两两,有的念念有词,其实人人心里都有一种兴奋不安,每人都揣着一个秘密。跟我一起去的一个同学,瘦瘦的,像个豆芽,小小年纪,可是人家报的第一志愿却是北京外国语学院的国际政治专业。另一个年纪大一些的,《诗经》竟全都能背诵。说实话,那真是一操场的藏龙卧虎,是中国十年积累下来的人才精英呀。只是当时大家还没有这一份自觉。

遇到一个熟人,才知道这个考场竟有从四五十公里开外的083

系统赶来的考生。083系统,那是贵州深山老林里的保密军工厂。我去过一次,很深很深的大山里,进去了就出不来。有一个女生,能歌善舞,周末从那里出来,到市里去玩,中途拦车,被司机强奸了,后来再也没有出来。类似的事情很多。我庆幸自己招工时没有选择去083系统。

考了整整两天,数学、语文、史地、政治。那年没考外语。中午,我吃了一碗米粉,多放点辣椒,因为可以抵御寒气,人一紧张,就更是怕冷。吃完就到邮局去,那里还有坐的地方,可以再抓紧最后的时间温温书。

考试本身不堪回首。除了语文和史地稍好,其他都很糟。语文,记得作文题是《大治之年气象新》,我一激动,写成了一篇抒情散文,感慨唏嘘,面面俱到,内容不知有多么空洞。出来追悔莫及。

数学,只记得有一题,是求一半圆形的面积,那个半圆形,像是一个教堂的窗子。我哪里会这类题,太难了,只瞧着那"窗户"发呆,冥冥中看到自己竟变成了一只鸟,如何从教堂的窗子里艰难地飞出去。这么多年了,这个图像还深深记得。

考完等待的心情特别漫长而焦急。中间不知有多少故事,譬如"调包"的故事:

同学W,本来考取了本科,却被换成了大专,他坚决不去读,打起了官司。

同学Y,上海知青。名字与当地教育局某官员的儿子,只有细微差别。也被调包了,上面故意出个差错,把她从一个重点大学,调到省内一般大学。她问:"是本科么?"答曰:"是。"问:"出来是干部么?"答曰:"是。""工资是五十一块五么?"答曰:"是。"于是她就没有去打官司。

等到那个不打官司的Y同学毕业,当干部了;而那个打官司的W同学,还没有打赢他的官司,继续当他的工人。Y同学至今还庆幸她没有打官司。

考上大学后,好多年,我几番梦到大学毕业又回到那个阴冷的考场,回到工厂的车间里。了知这是梦,心里还怦怦乱跳。

(原刊笔会2006年11月12日)

时光的漩涡与回澜

四十一年前,我跟吴家荣兄好不容易在四十多名考生当中脱颖而出,成了安徽师范大学首届文艺学硕士研究生。祖保泉、方可畏、严云绶、周承昭四位教授联合组成强大阵容的导师组,家荣成为我的师兄。我们于1983年至1986年间,一同上了祖保泉教授的《文心雕龙》课,严云绶老师的文学理论课,选修了文秉模老师的西方哲学史课等,我们也同住一个寝室,有三年的朝夕相处岁月。家荣长我几岁,性情温和,为人友善热情,治学认真踏实。这本书是他的第二本文艺随笔,除了怀人记事,更多的内容是对当代文艺理论和美学的一些思考。家荣教授的研究偏于当代小说与叙事文学理论,偏于中西比较、当代美学。他的一些专著已经证明了他对当代中国美学和文论的辛勤探索,有独到的见解。这本随笔集则以轻松漫谈的文笔,留下了他四十年文艺学岁月的学思痕迹,有助于完整了解他的学术思想。

然而读他的这本随笔,更多是勾起了我四十年前读硕士的记忆。虽然我们同一届,但家荣兄的方向与我不同,专治当代文论,而我治古代文论。这一区分,是我主动选择的结果。因为,我当时对于学习文艺学,内心里产生了一大危机。虽然我在其他文章里写过,但今天仍有一些新的想法,愿借着为家荣写序的机会,将往日之所思与今日之所虑，再作笔谈，就正于家荣学兄，也算留下岁月流波所漾起的一点漩涡。

我当日思考以及至今仍在思考的一个问题，如果用一句话来说，即：究竟什么是中国文论？

我当时有很大的困惑，当年如走马灯一样流行的西学，在学术界尤其是文论界最为惊心动魄，对中国当代文艺思想有颠覆性的极大冲击，各种各样的主义和思潮此起彼落，泥沙俱下。一方面是新鲜生猛，给文学界甚至思想界，带来震动，不断有启发与灵感，对于冲破那些陈旧的僵硬教条，毫无疑问具有思想解放的重要意义，然而，我的导师组的几位教授似乎对此不加理会，他们开的阅读书目和上课的讲义，多半还是多年来积累传承的一套。这不免使我感到，芜湖这座安徽江南小城，既从容淡定，又闭塞隔世。

另外一方面，如同大浪淘沙的这一时代大潮，对于中国文学，到底能够沉淀多少建设性的思想与理论？这里面到底有多少是我们自己的思想传统、文论传统可以去消化、把握，可以接得上的东西呢？我当时对学习文艺学，越来越产生了一种困惑，那种认同危机，仿佛每天的食物在经过了一番大火猛煮之后，才发现能够真正入味、入心的东西毕竟太少。日常读书写作时的浮躁不安情绪就渐渐地起来，此起彼落、飘游东西的观念，究竟要指向何方？况且，理论的东西多了，人与文皆容易空，浮泛、空洞，好像缺少有扎实文本内容的东西留下来。我那时已接触了熊十力的书，接触了新儒家的思想，开始怀疑八十年代如五四一样越来越激烈的反传统，是不是应该停下来冷静想一想：古代中国自己的思想，究竟是不是那样一钱不值，要在八十年代反传统思潮当中完全被废弃掉？这是我对文艺学的大困惑和危机感。

我的导师组给我拟定了一个阅读书目和培养方案,我一看,全是现代文艺学的书目,并没有我想要学的古代文论。我就去跟方可畏老师商量,说我是来学古代文论的,这个书目可能适合我的师兄吴家荣,不适合我。那天晚上,我去找方老师之前,我在心里面其实已经做了决定,那就是:要按照自己的要求、自己的标准来读书,读最重要的书,古代的经典。其实那个时代最流行的并不是古代文论,而是西方文论,我在本科时也读了大量的翻译过来的西方文论的书,但是我已经有些厌倦了那五光十色走马灯式的外来理论,我决定要读中国的东西,从中找出一条路来。这很有点狂,当然跟我的启蒙老师赖皋翔先生的影响有很大的关系。我决定不完全按照导师组开出来的那个书目来读书,我在心里想,如果读了三年的硕士,没有拿到硕士学位还是次要的,没有好好地读几本重要的书、自己最想读的书,才是最可悲的。所以我决定按照我自己的目标,好好读三年书,至于学位,那并不重要。

这里讲的"没有拿到硕士学位",是指当时教育部还没有将安徽师大的文艺学硕士授予权批下来。所以我为了转方向这个问题,专门去找方可畏老师谈,他是导师组组长,我把他们给我的书目几乎否定掉了,自己提出来一套偏重于中国古典文论的阅读书目和读书计划。方老师相当宽容,不仅没有批评指责(这是这个有人文传统的老学校的大气),反而让我根据自己的读书规划去写读书笔记。于是我的研究方向就跟家荣的不同,他偏向于现代文论,我偏向于古典文论。三年后,我的硕士论文《唐代意境论研究》,获得了答辩委员会主席蒋孔阳先生的好评。我记得他的评议书第一句话即说:"这是近十年来我看到的最好一篇硕士论文。"此外,加上我硕士毕业第一年在《文学遗产》头条上发表的论文《传统诗歌与农业社会》,算是为当初的选择,画上了一个较完满的句号。

但是今天我们来看整个古代文论学科问题,我又有不同的思考。经过了差不多四十年的沉淀,中国古典文论无论在文献的整理、观念的深入、体系化的探索和批评史的重建等等方面,都做出了毫无疑问的成绩,做出了对得起这个时代的贡献。我们已经越来越多地有了自己的文学理论、自己的批评框架,有自己的话语体系来书写,渐渐摆脱了西方文学理论框架的影响,尤其以罗宗强教授的文学思想史、王运熙教授的文学批评通史以及吴承学教授的文体学为其中的重要代表,这是非常令人欣喜的现象。但是不能不看到,四十年之后事情似乎又产生了一个偏向,大家都去做还原式的批评史研究,都去重新整理、发掘古代的资料,把中国文论变成了一门较为高冷的古典学,变成了博物馆里的东西,"中国文论"的身份又发生了一种令人怀疑的尴尬:它究竟是中国文学批评史还是中国古典文论?如果包含后面的话,那么,我想我们还是要从完全绝对地"照着讲",经此由西返中之一役,再走回到"接着讲",即接着中国文论传统讲下去,将其中的重要内涵、精神实质讲出来,更好地回到以现代中国文明为目标的文化建设这样一种方向上来,像我们的先辈王国维、鲁迅、朱光潜、宗白华、钱锺书那样的路子。这就是我看了我的师兄家荣这本文集之后,我个人的一点感想。至于如何更好地去"接着讲",我个人接下来可能会更多地在这个方面做一点努力。

感谢家荣的"微痕",激起了我的往日时光的漩涡与回澜。我越来越意识到,作为中文系的退休教授,在经过了大半辈子为他人作嫁衣裳的写作生涯后,最重要的事情也许是多写随笔散文。这是为己写作,应有更多的独立思考与个人品位,也为创造性的生活去生产真正的快乐。所以,我们必须写作。愿与家荣共勉,在接下来的退休生活中,身体和文笔双健,继续撰写与出版更多更好的随笔集。

写于贵阳孔学堂,2024年处暑

(本文是吴家荣《岁月微痕》序,原刊笔会2024年9月7日)

启动生命的责任意识

记得王世襄的《锦灰堆》,里面有一篇赋。作者回忆,要不是当年的老师命他写,这辈子可能都不会再有机会作一篇赋。有些文章留下来了,要感谢学生时代师长的逼迫。

我前几年在复旦,遇到一个女生,已经在那里念博士了。她竟认出我来:"噢,我怎么忘得了,你就是那个逼着我们写赋的老师呀!"的确,做一篇赋,叶韵、对偶、藻采、典实,甚至双声、叠韵、连绵……一点都不能少。他们辛苦了。花上几星期,在图书馆恶补,也只能得几行字,像炼丹一样。暗地里不知骂过我多少回吧。

我对学生们说:任何一种文体,小说诗歌甚至戏剧,对于才子才女的你们来说,自己都可能会去写的,但是你们这一辈子,真的只会写这一篇赋。所以,很难得,知道么?在传统中国,一个读书人,能写不能写,不是看几首诗词、几篇古文而已,而是赋!没有哪个文学家,不把赋作为他的文集中最有分量的作品,摆在前面。千金买赋、洛阳纸贵、秦皇汉武恨不与作家同时,都是写赋人最尊贵的故事。而体国经野、义尚光大、囊括天人、牢笼百代、汪秽博富、气骨雄健,罩天地之表,入毫纤之内,皆是王国维所谓"一代之文学"最美妙的品题。宋人诗话说:"读退之《南山》诗,颇觉似《上林》《子虚》赋,才力小者不能到。"因而"才力的傲慢"才是中国文人最独特的傲慢。

然而,中国文人最尊崇的文体,难道只是"才力"的美妙么?"语言拜物教"时代的经典传统,难道就只是恐龙时代一样的过去了么?

这个学期我给学生出的题目是:《二十岁赋》。人生没有几个二十岁,最美好的生命季节,应该用最美丽的中文来加以表现。

一个月之后,作业收上来,披阅之际,惊喜莫名。做老师的,跟农夫一样,最愉快者,莫过于收获了耕耘的回报。一篇篇像赋的文字,也显示了师大中文学子的底蕴。其中还有马来西亚、韩国的学生,难为他们了!

我的惊喜是,尽管二十岁并没有多少人生的经历可写,可是同学们花样翻新,创意迭出,有的透过二十岁的游历来励志,有的展示个人的爱好来自秀,有的假设主客对答,表达今是而昨非的自省,或不负父母、不负名校的自我期望。他们或访江南温柔富贵乡或壮游中原名山大川,或抒写马来中华之行或记叙北美游学经历……当然,也有同学收不回来,结果是境大于人,叶多于干,喧宾夺主,二十岁赋,写成了《江南赋》或《出蜀记》。然而情词双美的佳作不少,如这样的感兴:

  春将半百,恰草木之华岁;年值双十,如桃李之佳期。花逢节候,被春风而馥郁;人当时日,沐晨光而情怡。既逍遥以沉醉,奚徜徉而怀思。

又如这样的励志:

> 乳虎啸谷，雏凤清声。射桑弧之蓬矢，登长途之初程。昔懵懂之怠息，似平公之昧行。今幡然之孜矻，犹老泉之晚鸣。既笃志以潜研，俟发奋以经营。仰琢磨之君子，瞻淇奥之竹青。

写得多好！然而，我在讲评课上更提出来讨论的是，你们竟没有人知道，二十岁是传统中国的"士冠礼"，是古代中国的成年礼。这样重要的文化意象，竟然在你们的作品中只字不提，多可惜呀。

想一想也不怪他们。一个世纪的毁经灭道，经学在中国当代的教育中，已经扫荡殆尽，中国文化最有内涵的传统，在大学生的成长资源中，看不到一点影子，就是自然的了。然而，成年仪式是世界各民族皆重视的人生礼俗。从犹太律法的受诫礼，到非洲部落的摔跤节，从刚果的锉牙礼，到墨西哥的负重游海峡，从南太平洋岛国瓦努阿图（Vanuatu）的"死亡跳"，到台湾电影《赛德克巴莱》的"出草"，文野各异，重视则一。转换其中的野蛮与繁文缛节，成年礼的精神核心是启动生命的责任模式。《礼记·冠义》说：

> 弃尔幼志，顺尔成德。

请放弃你嬉戏的幼年心态，发展你成年的精神品性。什么是成人？《冠义》又明白说："成人之者，将责成人礼焉也。责成人礼焉者，将责为人子、为人弟、为人臣、为人少者之礼行焉。将责四者之行于人，其礼可不重欤？"成人，正如哲学家波兰尼所强调，是一种"新的生命模式"：

通过仪式，在遭到神灵的恐怖之后，青年便即死去，死别童年，亦即死别无知以及不负责任。……一旦由森林重返，他就是另外一个人了；他不再是从前那个孩子，……主要是强迫他担负起新的生命模式，适当的成人模式。(《意义》,1984年)

二十岁的门口，问一问：你有没有只是一味接受爱与关心，享受大人的呵护，有没有放弃沉迷于电子游戏与网络聊天的心志，而想起做儿女、做兄长、做学生、做公民的责任？有没有意识到生命的重量、厚度与担负？因而，在生活中书写《二十岁赋》，请发挥中国文化的想象力：超越春花秋月的吟唱、车迹穷途的矫情，以及凿壁偷光、焚膏继晷的陈词，以责任伦理与生命情怀，弃尔幼志，顺尔成德，反省心灵，自致远大。

（原刊笔会2012年6月8日）

梦中的橄榄树

中秋前后，我去外地探望我们学校正在实习的师范生。学生们都很优秀，实习学校的指导教师大都十分负责。但是不知道为什么，我总感觉学生心情压抑、缺少自信、士气不振。再深入了解下来，一个最明显的问题是：面对就业的压力，面对应试教育的大背景，他们往往会跟着主流的标准打转转，变成一个受形形色色鞭打而旋转的陀螺。

譬如，他们会问我这样的问题："班上一些成绩不是很好的学生向我反映，我的指导老师课上得太快，他们跟不上。而我知道我的指导老师其实是只对成绩好的学生负责的。你说，我该对指导老师说呢还是不说？如果我说了，她会不会不喜欢我？"

又譬如，"我的指导老师经验非常丰富，送出去的北大清华生不计其数。当他对我讲：'你只能把知识点一一讲清楚，此外都是废话。''你必须把历史课本的每一个细节、每一个答案都讲到，因为学生平时是根本不会看的，不讲到他们考试就会丢分。'这样，我想发挥的个人特色以及触类旁通的优势，根本发挥不出来，完全变成了一个对题目的答案机器。我是应该听指导老师的呢，还是不听？"

甚至个别指导老师对实习生说，你不要上课，上不好学生不高兴，家长也会找麻烦。到填表时我签个字就行了。"同学，你需要的，也就是在简历上写上，曾在××中学实习，就会为你加分。"有实习生说，我们确实需要这样的简历。也有实习生说，学校应早些派我们来实习，实习一年，为中学代课，适应中学的各种现实，这样，就业就更有优势了。

如何当好班主任，也是实习的一项重要内容。但是由于"牛校"的学生太牛了，稚嫩的实习生根本搞不定他们。班主任们大都劝实习生不要管班上的事。甚至有个别指导老师说："学生厉害得很，你们去的时候开开心心，却常常是哭着回来的！"

如此等等。面对形式主义、功利主义的"有经验"老师，面对只追求分数与成绩的教学主流，只知道"管理""管教"学生，不知道教育的初衷是生命成长的学校体制，面对那大门口、校园墙上炫目的金榜题名，面对家长关心学生成绩，动辄找学校"反映问题"的买方教育市场，面对"牛校"周边的房地产飞速飙升，面对就业、面对积重难返的应试教育大背景，学生，尤其是那些来自贫寒家庭背景的免费师范生们，能不士气低落么？

呵呵，我也绝不教他们要处处批判，随时抗议。首先是承认现实，教学过关。做好作为毕业生的规定动作。同时，是不是就放弃对教与学的真诚与敬意？能不能寻找到顺从与抵抗之外的道路？譬如，委婉地向指导老师展示成绩差的同学的具体的作业情况，让教师心里明白，有学生无法跟上你的进度；譬如，问一问自己，如果在教学中不能与学生分享知识的快乐，你如何获得学生的真心尊重？譬如，在做好规定动作的同时，能不能用五分钟或十分钟，做些自选动作，发展出自己教书育人的个人特色？而且，能不能不要总是在知识类的科目中，只将现成的答案塞给学生，而更多地提出一些值得思考的问题？能不能理直气壮对那些不主张实习生参与学生工作的班主任们，说："让我试一试吧！我将来当老师，不会只碰到听话的学生，也会碰到强势的学生的。"能不能主动对那些只管填表签字的指导老师说，"给我多一些锻炼的机会吧！"能不能对那些金榜大声说一句："亲爱的牛校，你们不要太牛，据教育专家的统计，二十年后，真正做出成绩的大都不是那些状元，而往往是那些成绩不一定好、却很有创造性的学生！"

我对他们说，试着从主流的喧嚣与浮躁中沉淀下来，倾听一下内心真实的声音，想想我为什么要做老师，想想我们成长的道路上，曾经遇到的那些好老师，是如何循循善诱，把枯燥的课本讲得那么津津有味，是如何不离不弃，以爱心关怀学生的成长；想一想学习的真谛原是探索的过程、发现的欣喜及知识的分享，而绝不是仅知道现成的答案；想一想教育的核心价值，绝不应该是分数、成绩册，不应该是学校的金榜题名，以及因为学校金榜而来的择校费、学区房、火爆的生源，令人艳羡的商业性评价，以及其他教育产业的大发展。噫！听听那首歌是怎么唱的：

> 为了天空飞翔的小鸟
> 为了山间清流的小溪
> 为了宽阔的草原
> 流浪远方……
> 为了我梦中的橄榄树

不忘教师的身份与教书育人的初衷，就是不忘心中梦中的那棵永远绿意葱茏的橄榄树,无论在什么样的流浪与远离故乡的路途中。只要有这棵树,你们就一定不会心情郁闷、士气不振,你们会像一枚电池,永远充有满满的能量,在黑暗中持续发光。然而,写至此,我的题目本来是《不要忘了心中的橄榄树》,而一个更残酷的问题跳到眼前:那些实习生们,在他们自小至今的受教育生涯中,究竟曾经有过"橄榄树"么?如果没有,如何"不忘"?因而我当修改这篇文章的题目。一个很简单的理由是,当一代一代的老师与准老师们,包括笔者在内,心中无梦,梦中没有"橄榄树"的时候,教育的沙漠化,就已经真正来临了。

2013年9月29日

写于西南地区探访实习生的途中

(原刊笔会2013年10月15日)

我教AI读古诗

如所周知,在智力角逐上,AI已经打败了人类围棋手;在设计、绘画与音乐方面,AI也不断传来攻城略地的好消息;在写诗、注诗、评诗以及译诗等方面,AI当然已有长足的发展。然而究竟,无感无心的AI,如何进入人类感觉最灵妙也最个人化的诗歌?最近,我尝试了与ChatGPT4共同完成一个古诗鉴赏的小课题。在这个过程中,ChatGPT4的表现让我既喜又忧,更让我产生了不少期待。人脑互进如何介入教育与学习?这个过程中有哪些值得讨论的问题?这或许不失为一个有趣的个案。以下是完整的提问,中间我的插议和说明用括号,最后是我的分析。

第一问:

以下两首题画诗的风格、意境有何不同?

一、心通造化扣幽扃,笔下山河袖里青。不用抚琴山已响,松风谡谡正堪听。

二、心通造化扣幽扃,笔下山河袖里青。无弦琴作山河响,莫使人从指上听。

(我这个题目其实里面埋有两个"地雷":一个是,如何理解诗歌的意境?意境是中国诗歌美学的重要标准,情与景的交融,虚与实的结合,AI能做到鉴赏其中的奥妙么?另一个是,这两首诗其实是饶宗颐先生一首名为"题南田画"的定本与稿本,我当然不会告诉"他"哪一个才是定本。)

ChatGPT4回答:

这两首诗虽然在字面上有相似之处,但在风格和意境上存在一定的差异。

第一首诗:"心通造化扣幽扃,笔下山河袖里青,不用抚琴山已响,松风谡谡正堪听。"这首诗表现了一种与自然界深度融合的境界。诗人通过心灵与自然的交融,达到了无需外在动作即可感受到大自然之声的境界。"不用抚琴山已响"表明诗人的心境已经与自然界融为一体,即使不弹琴,也能感受到山的回响。最后一句"松风谡谡正堪听"强调了在这种心境下,即使是微风吹过松林的声音也显得格外动听。

第二首诗:"心通造化扣幽扃,笔下山河袖里青。无弦琴作山河响,莫使人从指上听。"这首诗在前两句与第一首相似,但后两句有所不同,更强调了一种超脱于物质世界的精神境界。"无弦琴作山河响"暗示了一种超越物理形态的音乐,即使没有实体的琴,也能表现出山河的声音。最后一句"莫使人从指上听"则提醒人们不要只关注表面的技巧,而应更深入地体会内在的意境和情感。

总的来说,两首诗都强调了与自然的和谐共生和心灵的深度触碰,但第一首诗更侧重于自然界的直接体验,而第二首诗则更侧重于内心世界和精神层面的超然境界。

(我没有增减一个字,他的语言如此规范流畅。请注意ChatGPT4准确地区分两首的各自特点:第一首是人心与自然的"直接体验",第二首是精神的"超然境界"。如果更学院派的回答,第一首即是情景合一，第二首是象外之理。ChatGPT4的感觉不错。还可以注意的是，ChatGPT4根本没有掌握关于"无弦琴"和"众山皆响"的复杂典故，也能凭第一感觉分辨出两首诗的共同意旨及不同特点，这一题的回答应该能在诗歌业余爱好者的学习班上得到高分数。有时候，专业训练在知识学习上太过于繁琐，以至于钻牛角尖，反而失去了珍贵的诗感。但是，我还想了解ChatGPT4对中国诗的整体有没有了解。于是再继续对话。）

第二问：

你认为上面的哪一首诗歌艺术性更高，更加含蓄，也更加能够表达中国诗歌的美妙的意境？

ChatGPT4回答：

选择哪一首诗的艺术性更高、更加含蓄，并且更能表达中国诗歌的美妙意境，这在很大程度上取决于个人的审美和对诗歌的理解。

从传统中国诗歌的特点来看，诗歌的美学价值往往在于其意境、含蓄和深远的哲理。在这两首诗中，第二首诗："心通造化扣幽扃，笔下山河袖里青。无弦琴作山河响，莫使人从指上听。"似乎更加符合这些特点。

第二首诗在表达上显得更加深邃和含蓄。它通过"无弦琴作山河响"这样的意象，传达了一种超越物质形态的音乐美学，体现了一种不依赖于外在形式的内在美。最后一句"莫使人从指上听"不仅是对技艺的超脱，也是对精神境界的追求，这种追求是中国古典诗歌常见的主题。

然而，这种评价是非常主观的。不同的读者可能会因为个人的经历、文化背景和个人偏好,对同一首诗歌有不同的感受和解读。因此,两首诗各有其独特之处,都能够以不同的方式体现中国诗歌的美妙意境。

(看来,ChatGPT4还是比较套路,他所说的美妙意境、常见主题与美学价值,都比较根据显性的信息,即文本中明白的提示——如"无弦琴""莫使"句,看来他不懂得单纯的景语,可能更为含蓄,他也不懂得七绝的诗歌文体学,因此才会果断选择了第二首比第一首更符合意境与含蓄的标准。我于是再追问下去——)

第三问:

五七言绝句的最后一句一般是以景结情,而第二首以议论为结尾,并不是含蓄的表现手法,所以不如第一首,如何解释?

ChatGPT4回答:

您的观点非常中肯。在中国古典诗歌,特别是绝句的创作中,最后一句通常用于"以景结情",通过自然景物或情景来寄托或映射诗人的情感,这种方式往往更为含蓄、优雅。

第一首诗的最后一句"松风谡谡正堪听"很好地体现了这一特点。这句话通过描述松风的声音,不仅营造了一种宁静而深远的自然氛围,而且隐喻了诗人内心的宁静与深沉,通过景物来表达情感,符合绝句的创作特点。

相比之下,第二首诗的最后一句"莫使人从指上听"虽然深含哲理,但它更倾向于直接的议论,少了一些通过景物来寄托情感的含蓄和优雅。这种直接表达方式虽然也有其独到之处,但在传统绝句的艺术审美中,可能不如第一首诗的最后一句来得符合绝句的精髓。

因此,从传统绝句的创作角度来看,第一首诗在结尾的处理上更贴近传统艺术风格,更能体现中国古典诗歌的含蓄与深远。

(ChatGPT4的学习与自我校正能力令人惊叹!真是从善如流呵。但是,他是真的改正了么?)

第四问(略)

(我重复第一个提问,只是将"意境""风格"换为"艺术特色"。)

ChatGPT4回答(略)

(他大致重复第一个回答。但是,在第一次回答中,认为第二首"更为含蓄",这里改口为:"最后一句'莫使人从指上听'则以一种较为直接的方式表达了对于艺术和感知的深层思考。"这表明:他毕竟从人脑这里学到东西了!)

我再问ChatGPT4最后一个问题:

请问:以议论入诗的手法是宋诗的特点,以景结情是唐诗的特点,如果不以含蓄为标准,以唐宋诗不同为分析角度,如何评价这两首诗的艺术性?

我的这个问题问得并不高明。因此他的回答不出我的意料之外:几乎是重复回答我什么是宋诗的议论特点、什么是唐诗的以景结情特点,完全没有新意,看得出来是做了很多自考题目之后的答题套路。

最后,我应该公布诗中"地雷"的真相:饶宗颐先生的《题南田画》，表彰南田画风的简淡高逸，所以要用松风作琴来喻人为艺术的多余，画家高明正是在于尽量减去绘画技巧，让观者沉浸于超笔墨的意境。因此，以松风作琴结尾的第一首是定本，第二首是稿本。定本的另一个理由也很重要：稿本不仅过于直白，而且三、四句意思也重复了。言少意多，韵味悠然，才是意境的本然。

好了，我根据这番问答，得出以下AI鉴赏古诗的阶段性小结论：

一、目前最强大的ChatGPT4，极像身经百战的刷题高手，他掌握了大量常识性的、教科书水准的知识，可以较为准确抓住文本材料的主要特点和核心内涵，并作出大致不错的判断。尤其是在需要大量、快速读解，并作出初步结论的情况下，相当生猛有力。

二、在古典诗歌鉴赏方面，进步惊人，然而水平还有待提高。他经不起老法师的细问，多问之下，就会露出马脚。当然，目前如果有老法师这样的训练导师，将"以景结情""议论""重复表达"等精准项目加进去，ChatGPT4也不难进一步提高。

三、他当然是聪明的学习伙伴，不仅效率惊人，而且可以启发直觉，直凑单微，也可以刺激多元开放的思路。看来，人机互参，完全是学习正途，是有待于推进的古诗鉴赏新进境。

（饶宗颐先生作品载于《饶宗颐二十世纪学术文集》第十四卷，第446页，中国人民大学出版社，2009年。感谢多伦多大学数据科学系胡易直同学携ChatGPT4的共同参与。）

（原刊笔会2024年1月22日）

老师们，你们还好么？

上周在复旦大学开会，严锋老师发言时，一脸坏笑对我说："我很想问一句：胡老师，你还好么？"最后的尾音还意味深长地拖了一下。其实，他也知道，我为了"感觉还好"，寒假春节期间，每天与DeepSeek对话，有时一个对话来回数十个回合。写了十五篇系列文章，其中有一篇题目也有点类似，《古典文学的研究生们，你们还好么？》，通过实例，力图证明DS确有强大的写作新旧体诗以及其他文体的能力，宣布一种前所未有的"非人写作力"的降临；同时也力图证明DS虽然超过了很多人，但是在某些方面未必超过了我，——晚上多少睡得着一点觉。

其实我自从2019年夏天，就深度关注了这个不速之客的降临：我在贵州孔学堂组织了一场辩论赛，题目是"李白很生气：人工智能能写诗"，邀请了正方辩手王兆鹏、陈跃红教授，反方辩手严寿澂教授、程羽黑诗人，展开了一场论辩，辩词后来发表在《光明日报》。2023年ChatGPT诞生，震惊世界，我又写了《ChatGPT与中国文论》《我教AI读古诗》等文章，又受邀往香港城市大学等高校演讲《什么样的诗歌不会被取代？》。然而，并未真正引起老师们的注意。他们很淡定，显得我有些一惊一乍的。记得，在香港城市大学讲完，在下面听的某名教授回应说："AI来了没什么事。正如钢笔代替圆珠笔一样，我们一样地读书写字。"我那个时刻感觉自己像那个老是说"狼来了、狼来了"的小孩子。

然而这个春节，狼真的来了。春节以来，报纸和网络天天都在生生不息涌动着DS的消息。复旦大学哲学系成功举办的会议名为"DeepSeek：人工智能的中国时刻？"。研究国际政治学的专家说这是一个需要解读的"中国的斯普特尼克时刻"，研究计算机与城市管理的专家，认为它的开源路径开辟了新机遇，使中国成为AI生态的引领者。网络上民间有说法是"明代以来中国最伟大的科技成果"。我的"心灵诗学"公号文章，从长期以来的三位数点击，眼见迅速升到四位数。人无分老少，地无分南北，大有"开口不说DeepSeek，读尽诗书也无识"的势头了。我也很想问香港的那位教授一句：老师，你还好么？

中小学老师普遍反映：DeepSeek是AI时代的真正"卷王"。它教知识比人快：顶多数十秒钟能讲透200多个知识点，相当于老师备课一周的量。它盯学生比人准：它能分析每个学生的薄弱项，定制84种教学方法，几乎能适配所有学生。它改作业比人稳：批改误差率不到0.05%，还能提前预测学生考试哪里会丢分，准到离谱。传统教学被"替代"，有人说讲课、改作业、分析试卷这些基础活，AI能替代七八成，但情感沟通、培养创造力、教做人道理这些"高阶技能"，AI肯定搞不定，还得靠老师。——且慢！ AI聊天，很能讲人话，也很了解你，甚至能讲情话，严锋说国外AI写作的一大文体即私情小说。谁说它缺少情感沟通能力？你说老师才培养创造力，但十个老师中我却没有看到有一个注重培养学生的创造力。现今的小孩子如果在小学、中学时代,遇到一位培养创造力的老师,就相当于中了彩票。教做人的道理么?韦伯早就在《学术与政治》这本名著中说过,现代老师是不做生命导师的。你说AI不懂思辨性思维,不对呵,譬如:"杜甫是个悲观社恐,您觉得它对吗?"——AI一定洋洋洒洒,从正面反面,形上形下,展开它最擅长的人文思辨……教书这个饭碗,看来有点端不牢了。

好吧,我具体再问候一下:中文系的老师,你们还好么?请闭眼想象一下不久的将来种种学校场景:

——某高校《宋词研究》课程的资深讲师耗时五年撰写《两宋豪放词与婉约词中的政治隐喻比较研究》,心血之作,评教授的代表作,就寄望于此文了。投稿前却发现DS刚刚已生成同主题论文,引用文献更全、数据可视化更精准,且已在预印本平台获三万次下载。

——DS解析陈尚君《唐五代诗全编》5.5万首仅需12秒,自动标注典故、考释诗人生平、流派关联、意象演变图谱、诗人行踪图谱、主题风格图表、地名意象分类、物质文化图解、后代接受情况、东亚版本异文等,比唐诗教授三十年积累的教案还全。

——某学生在课堂上实时输入教师讲解的《西游记》有关《心经》的思想,即孙大圣思想,DS瞬间生成十种跨文化相似观念对比方案(日本禅宗/基督教神学/印度史诗/希腊神话/拉美魔幻现实主义),并标注学术争议点,提供有效参考答案以及延伸理解。老师完全招架不过来,申请校方禁止DS入教室。

——某校及时引进DS教学自动监测系统,AI实时分析教师讲解鲁迅散文诗集《野草》时的情感波动、知识密度,甚至统计学生眼神游离频率,生成"课堂有效性评分"。一位老教授因语速过慢被系统判定"导致学生注意力流失35%",遭教务处约谈。

——DS通过神经网络还原《诗经》原始发音,并模拟春秋时期各国方言吟唱,某校中文系学生认为"比老师念课文更有沉浸感"。又模拟齐邦媛《巨流河》中所忆朱光潜在武汉大学外文系讲授华兹华斯《玛格丽特的悲苦》(The Affliction of Margaret)的声音与情感,学生感动下泪。学校选课网《先秦文学》和《英诗选读》课程点击量分别骤降70%与65%,校方遂令改由AI虚拟讲师授课。

——学生上课戴AR眼镜,实时看AI对《百年孤独》的魔幻现实解构,以及任意回放《百年孤独》最新版的电视剧片段摘要讲析,老师在机器的知识密度、媒介调度、思想厚度、视野宽度面前,甘拜下风。

林毓生先生十多年前写过一篇文章《世界不再令人着迷》,人文学科以及给世界带来那么多迷魅的文学教育,真的在AI的入侵下成为"昨日的世界"了么?

不过,事情也许不至于如此悲观。理由是:第一,DS等大语言模型需要提示词(计算机专家认为应翻译为"激发"——相当于中国诗论中的"兴"——我认为),而高品质的提示词(激发),以及曲折幽深的续进提示,机器绝不会自动产生,需要大量专题与系统的基础训练,包括并不限于想象力、逻辑推理力、共情力、联想力、小学工夫、中外文学知识与素养、文献比对、历史识见、哲学分析力等等,这些,还得靠老师。因为机器会让人过度依赖,让学生变懒,变似懂非懂,今后,中文系可以改造文学史课、作品分析课、文艺理论课,使其服从于提示词的进阶学习,改造后的这些课,将围绕着真正的提出问题的能力,而不是背诵知识与考试的能力来运行。

第二,有些事情,AI再牛也不会懂。仅举一例,譬如,我让它写柳如是《西湖绝句》。崇祯八年,柳如是在西湖春天的风光里走,写下"最是西陵寒食路,桃花得气美人中"的名句,传诵不绝。据陈寅恪考证,这首诗中,有对旧情人陈子龙往日时光的回想留恋,也有对今日新情人钱谦益的接纳,以及对自家生命力与大自然生机复苏的共情。我把所有的提示词都给了DS,但它依然写不出与柳如是标格相当的绝句。这是什么原因?这样复杂的情感心理是它所不能理解的么?

第三,人机共生的时代,相互敌对,也相互赋能,做老师的,可以借力打力,以AI制AI。譬如开黑科技新课:《网络文学算法推荐机制批判》《文言文Prompt工程》等,选课一定秒满;譬如当AI鉴定师:带学生一起给AI生成的"莫言风格小说"打分,教机器什么是真正的乡土文学灵魂;譬如带学生作同题比较诗学,相同的题材,看苏东坡怎么写早梅,DS为什么写不好。这就要求现在就介入AI,欢迎AI,学会与狼共舞。

第四,相信机器毕竟是人造的,它再厉害,我断电它就玩完。于是,我命由我非由机。要懂得"区分的智慧"。有些领域,不必跟AI较劲,譬如《红楼梦》版本考据论文(带注释和引用)、《红楼梦》的续书、初盛中晚唐诗中月亮之异同、明清小说流变、鲁迅杂文里的隐藏互文等,就让它去写罢。再譬如,中学生课堂、诗赛文赛、考试、毕业论文,严格禁用DS。制订系列学术伦理规则。区分,就是分际,你玩你的,我玩我的。该用的用,不该用的不用。

正确的心态很重要,一种人文主义、自由主义的老调子已经唱完，DS的出现已经不可抵挡也不须抵挡，标志着我们正式进入一个人机共生的时代。原有知识权威崩塌是一定会发生的，不要人文中心主义。很多领域、诗人以及若干美好事物的消失是一定会来到的，不要永恒主义。人与机器应成为共同体，不要虚无主义。人与机器，要先"结婚"，然后再相互悦纳，慢慢培养感情。该变的一定会变，不该变的，一定不会变。"万古不磨意，中流自在心"，说的就是DS的中文时刻。

2025年2月26日

（原刊笔会2025年3月10日）

辑四

品书

新春必读

杭州王翼奇先生的《西溪初雪漫成一绝》短信过来未及回复,宏堂的博士论文过了三校再来索序,曹旭教授电话里询问我和太太何时去他的菜园子里摘取有"馀滋"的时蔬,浙江人文大讲堂刚才寄来了今年的邀请,新改版的《上海文化》带着一泓氤氲的春意,与一杯浓浓的马来西亚咖啡一起,放在了早餐的桌子上……噢,一犁春雨、一犁春雨,2009年的《新春必读》也要开笔——

一、《国史大纲》

《国史大纲》是迎新春的首选必备书。几家报刊的书评约稿我都不积极,怪他们只要读新书,《国史大纲》才该是常读常新的书。这样的书使我们目送手挥,游心千载,超越已谈得太多的去年、前年乃至中国百年。钱穆先生对于千年华夏历史与文化的那深深的敬意与久久的温情,沉沉静静,含蓄于字里行间,就像早春时节冰雪初融,小溪缓而明快、不止息地穿流于崇山峻岭间。读那样的书总会让每一个成长与思考中的青年,生命宏大,气息清新,超越平庸琐碎与时尚,向往着君子大人之思,接续二十世纪杰出人物人文传统。再想及一百年前的《国风报》上,十六岁的青年钱穆读到了梁任公雄深雅健"中国不亡论"的大文,大为感动,不禁"深深地为梁启超的历史论证所吸引,希望更深入地在中国史上寻找中国不会亡的根据",由"国风"而"国魂",由旧魂引新魂,从此走上"一生为故国招魂"的不归路,最终于抗战最艰难的时节,在春城昆明神奇地完成了《史纲》。"招魂意识全幅呈露的绝大著作必推《国史大纲》为第一"(余英时语);陈寅恪先生称其中的导论为一篇大文章;钱玄同读了《史纲》,甚至怀疑自己的学问走了歧路。野火烧不尽,春风吹又生,这是何等新新不已的接力。读这样的书让我们不能不信,梁任公、钱宾四,都是国族文化的发力者,呵,只要大电流不断电,我们的那一枚小电池还愁没有电么?

二、《朝话》

生命的充电更是每天内在于生命本身的事情。"朝话"是早晨会面时谈的话,短而平易。二十世纪二十年代头几年,梁漱溟先生在北平什刹海租了一所房子,与十数学生共同居住,每天早晨约定会面交谈。钱穆先生说中国的儒学是"秀才教",而梁先生的"朝会"是我所知道的最有现代儒教意味的仪式了。"朝会自那时就很认真去做,大家共勉互进,讲求策励,极为认真。如在冬季,天将明未明时,大家起来后在月台上团坐,疏星残月,悠悬空际,山河大地,皆是静默,惟间闻更鸡喔喔作啼,此情此景,最易人兴起,特别的感觉心地清明、兴奋、静寂,觉得世人都在睡梦中,我独清醒,若益感到自身责任之重大。在我们团坐时,都静默着,一点声音皆无。静默真是如何有意思啊!这样静默有时很长,最后亦不一定要讲话,即使讲话也讲得很少。无论说话与否,都觉得很有意义,我们就是在这时候反省自己,只要能兴奋反省,就是我们生命中最可宝贵的一刹那。"大自然的发端与生命的发端一样，又兴奋又反省。兴奋是"恻然有所感"，反省是"揭然有所存"，经过了这样春意酝酿的生命，是经得起夏秋与冬天的考验的。同样类型的哲学家小品，有兴趣还可读牟宗三《生命的学问》，以及唐君毅《青年与学问》，都是"一年之计在于春"的开题之作。

三、《爱与意志》

罗洛·梅的在六十年前即被誉为"里程碑式的著作""可能给我们时代以拯救的书"。不同于中国的儒家，西方心理学伦理学更多从负面察人。作者判定二十世纪为人类文明的"过渡时代"。现代人越来越陷入外在的技术决定论、历史决定论和内在的无意识决定论，抽空了自由意志之后，人陷入常态的焦虑，即爱的压抑与漠然，意志的瘫痪与沦丧。这一切，今天读来依然令人怦然心动。作者认为，冷漠一开始是作为自我保护的方式，最后迁延成为一种普遍的性格状态。而生活在冷漠中往往又会激发暴力或冷暴力。当生命与生命不能相接触时，人就会以疯狂的方式、魔鬼的方式自我喂养。作者主张用爱来引导人的原始生命力。其热情与理想，使之成为自由人文思想常春之书。

四、《李白诗选》

牟宗三说，青年人不能没有逸气。"谁家玉笛暗飞声，散入春风满洛城。""故人西辞黄鹤楼，烟花三月下扬州。"青年人不读李白，不知生命原来可以如此飞扬跋扈，如此跌宕自喜。

五、《舒婷的诗》

还是要理解我们的时代。这本诗集，其语态与品质，非常像那个三十年前刚刚解冻的时代。比如其中最为传颂的《也许》,"也许我们点起一个个灯笼/又被大风一个个吹灭/也许燃尽生命烛照别人/身边却没有取暖之火……"诗描述了精神生活的种种命运:得不到理解,错误连着错误,希望总是破灭,一无所有,泯灭了自我,理想注定了要受折磨,以及人在历史面前的无力等,对于真正的理想主义者,必然要接受这一切,不惊奇,不激愤,也不放弃。先是包容它,然后融化它,这正是诗人用内在含蓄的春意以及一种初春般的温和平静的抒情唱出的调子。

六、《给一个青年诗人的十封信》

里尔克的著名书简,诗人冯至八十年前的神妙译品,历代年轻诗人的秘传圣典。文字温润深情,内容精深博大。此书非仅与诗有关。里尔克告诉我们,开花是灿烂的,可是成熟更重要。喧闹不可少,可是真正的生命是沉静而孤单的。"在无边的寂寞中,一切物与人的结合都退至共同的深处,在那里浸润一切生长者的根。""这就叫居于幽暗而自己努力。"译者1931年的春天里第一次读到,"觉得字字都好似从自己心里流出来,又流回到自己的心里……"就像春回大地的气息在心灵里回旋复苏。

杭州王先生《西溪初雪漫成一绝》是这样写的:"雪后西溪一棹回,林园弥望尽琼瑰。不须更问刘十九,绿酒红炉来不来?"如此温暖、有情,而且有琼瑰一般美好的冬雪。我的回复,翛然而往……

(原刊笔会2009年2月1日)

江南大义与中国美感
——花溪随笔续

华夏文化,实为情感文化,伦理文化,对人对事,于景于物,常存一副深而绵长之温情厚意。

一

江南大义与中国美感,为余今年花溪孔学堂驻园研修之两大主题,昕夕读写,时在萦念之中。拟参加第二届江南文脉研讨会,提交论文即为《江南水德七义》。余动念以"水德"言说江南,亦有年矣。略说一义,即水之随物赋形,亦清亦俗,可矜可平,淡抹浓妆皆宜,上可陪玉皇大帝,下可陪卑田院乞儿。江南之水乡水镇,即世间而超世间,郦道元《水经注》,明言水乡区别于水域,后者为"神境",前者介于神人之间,既得山川自然之灵气幽韵,又不离世俗人生之柴米油盐。盖江南之水乡古镇,非为现代人观赏游览而生,有其交通、物流、交易、洗濯、浣衣、避暑、打鱼、灌溉以及取用之类实用功能,为乡人生活所浸润纠缠而不可须臾缺失之环境。白乐天诗"泓澄动阶砌""平池与砌连""池分水夹阶",水与砌与阶之关系,即生活世界与自然世界连接之关系。然正如明人钟惺所论江南三吴水乡:"水之上下左右,高者为台,深者为室,虚者为亭,曲者为廊,……无非园者。予游三吴,无日不行园中,而人习于城市村墟,忘其为园。""忘其为园",

即忘其为美,忘其为景,忘其为佳赏之所在也,所谓真美人不自知其美。藏妙于无,含敛而厚,将美消融于日常,是亦江南水德之一义也。

二

"命名"亦中国美感之特色。西方人取名,动辄托马斯、安德生、约翰逊,吾国则极具一套复杂精致文化。源于儒家所谓名教。儒家以其"名"之自觉,将宇宙、社会、人生之诸多方面,予以命名化。而道家则祛名化,此亦一好,两轮并行也。然文学家命名与儒道二家不甚相同。余尝驱车流连徘徊美国黄石公园七日之久,细读山川草木、广漠之野、蛮荒之林、热泉之地、幽深之谷,以及黑熊出没,稚鹿戏水,野牛挡车,飞瀑渟渊,奇花老树,极人间之绝美,尽天地之伟观,然终有一久长之憾:了无命名,一往荒芜,意乏回味,美则美矣,意兴、观想、神思,均未在场。目击而道不存,身接而心未通,此亦西方风景之大阙失也。吾国极佳之风景,均以诗人命名而来,如辋川之竹里馆、辛夷坞、鹿柴、北垞,而诗人王维又由《昭明文选》中取谢诗之名句名景而来,分明虚构一幅心画,即宇文所安所谓文本化之山水世界,以区别于长安城之贵族世界。余在孔学堂,亦喜命名,曾有"无尽藏台"(又名花溪第二景,暂无第一)、"半山亭"、"酥雨轩"之类命名,与刻石雕楹,了无干系,其心境故事,略同于摩诘也。

三

今日孔学堂开有关生态文化智慧小型学术沙龙。余讲及三义。一曰"返自然",人类当今之于生态文明之自觉,乃一大趋势,一大潮流,一大因缘,即倾科技、宗教、哲学、文学、政治、教育及经济之力,以

"返自然"。此"返",极具人力、极具功夫,绝非无为,绝非消极自然、原初自然,自己而然,随笔曾有札记,理据此从略。至今浩浩荡荡,方兴未艾,文学及古典学研究,恰逢其机,即所谓"预流"也。二曰"破体系",十九至二十世纪之知识体系,学科分割,学术孤岛,专业自限,理性傲慢,科学崇拜,技术专家主义,西方学人早有反省。生态文明及智慧,须更多关注生态行为、生态意识之类潜意识非理性之领域,譬如于一片野生自然鸟语花香之地,忽见"小花真可爱,请你不要采"之标语牌,正是以人类自以为是之所谓生态文明,达成反生态反自然之行为。"破体系"亦指如何解读中国古典文献如诸子诗词赋小品园记戏曲地志画论诗话笔记之中,大量有关空气与光(清晖)、视角(潇湘八景)、四时、物候(动植飞潜)、命名(十景、八景)、风土、风水、书画(书法石刻与绘画)、故事、地景(辋川、桃源、清溪、盘谷、富春江)、美学(清、逸、刚、柔、文、野……)、道境(万川之月),诸如此类,诠释文献,解读作品,建构话语,绝非十九和二十世纪知识体系所能办。三曰"在地化"。贵州花溪十里河滩,即是一典型,其成功示范意义,胜过一百个国家重大课题。贵州已开十届世界生态文明大会,应逐步凝练形成贵州生态文明话语权。

四

"气化"亦中国美感之重要语辞。古今中外,论者夥矣。然略而言之,无非两端,或曰精神,曰物质。精神乃道家所谓宇宙本体之元气,物质即道教主张万物生成之物气,司马承祯所谓"道本虚无,因恍惚而有物气"。"恍惚"者,现代物理学所谓"暗物质"是也。中国思想,本无心物二元之分,强作区划,反生窒碍。举一显例:李太白诗云:"(宇宙)其始与终古不息,人非元气,安得与之久徘徊?"明确肯认"人非元气",即肉身之芸芸,与万物之元气,非为一类。盖肉身渺小短暂,宇宙亘古长存。此气也,精神乎?物质乎?然太白又云:"受气有秉性,不为外物迁";前诗结尾亦云:"吾将囊括大块,浩然与溟涬同科!""溟涬"即自然元气。《庄子·在宥》:"在同乎涬溟,解心释神。"司马彪注:"涬溟,自然元气也。"科,即类、等。诗人既已明白否认"人非元气",安能与宇宙自然为同一存在、同一永恒?然则结尾又云:人可与自然元气为同一存在,岂非自相龃龉?尝试论之:人非元气,故有喜怒哀乐,此为区分,唯有区分,方知未足。唯其如此,人贵有其精神自觉,可效法自然,调适其喜怒哀乐,《庄子·大宗师》所谓"凄然似秋,暖然似春,喜怒通四时"。将人之认知与视角,换而为宇宙自然生命本身之认知与视角,达至去怨羡、忘得失,而自生自化自主;而每一去怨羡、忘得失,自生自化自主之生命,实已达至"浩然与溟涬同科"之境矣。

五

如此去怨羡、忘得失、自生自化自主,真实乎?瞒骗乎?所谓与溟涬同科,与天地并生,与大块为一,痴人之说梦乎?东坡之赤壁夜游,亦云"自其不变者而观之,则物与我皆无尽也"。物我无尽,即与天地为一,与溟涬同科。"物无尽"易解,而"我"如何"无尽"?殊不知,此乃现代物理学常识:人非天地自然本身,人之感官非天地存在之所有形式。人有五种感官,能感知约20种氨基酸,5 000种蛋白,——然则仅能感知宇宙物质之约4.5%。宇宙约23%为暗物质,约72%为暗能量,此乃完全并惊人存在于人类感知之外。唯其如此,人非元气,天地与我为一,并非我与天地具有同样之地位,所谓如实观,即放弃人观看世界之眼光,而为宇宙自然本身之观照。所谓世界是复数(唯识与量子力学同)。由此消除人与生俱来之有限性,获取精神之无限性。牟宗三曰,人非有限而可无限。唐诗发现了无限,李白诗亦发现了无限。非痴人说梦,非自我欺瞒,非精神胜利,而乃如实观照生命与世界之慧觉。此一慧觉,现代人大都未能梦见。

六

李白诗"今古一相接,长歌怀旧游"。盖"旧游"乃意味无穷之语辞。华夏文化,实为情感文化,伦理文化,对人对事,于景于物,常存一幅深而绵长之温情厚意。所谓"温柔敦厚,诗之教"也。诗词歌赋之中,忆旧游、思旧游、访旧游、话旧游、咏旧游、念旧游、旧游回首、记得旧游之类题目,不胜枚举;长篇短什,俯拾俱是。中国古人不自炫于新山新水,而钟情于旧游故地。然细析之,"旧游"有三义。其一,亲身曾经之地,故地重游之所。其二,虽未亲履,然古之诗人贤士,先我游止之所、行吟之地,今我访寻前赏之迹,欲继风雅之思,前引太白所谓"长歌怀旧游","旧游"非一己之旧地重游,而乃当年谢朓《新亭渚送范零陵》之故地也。斯文骨肉,异代知音,此即王船山以为"今古一相接"五字"尽古今人道不得,神理、意致、手腕三绝也"。其三,旧游不止于山水风景,又指人物,或人地兼而有之。所谓"老病愈增,旧游云散"云云,即指人而言。因而"旧游"非重游,更兼古今相接之神理意兴,今昔对比之时光感慨,旧人旧事之珍惜流连,乃美感中国之概念,地因人而化,人因境而兴,生命与生命相通,历史与历史照面,宇宙山川成为有情化之存在。萧驰兄大著名为

《诗与它的山河》,正是此意。

七

　　十里河滩之南段,景色尤为动人。草木葱绿,溪水明灭,栈道深秀,藏莺啁啾。眺远山之浓翠,俯清潭之潜鳞,身行图画之中,人在斜川之游也。然而华夏山水之美无极,神州胜景之诗不尽,九品评人,四品论画,花溪河滩之品,究属何品?试略言之:谢客之永嘉,渊明之桃源,摩诘之辋川,太白之清溪,东坡之西湖,实为中国山水上上之品。然永嘉多峭岭稠叠,飞泉乱流;而花溪远山似屏,碧水如镜;桃源乃壶中天地,避世仙邦,而花溪离城甚近,取静红尘,所谓"入郭僧寻尘里去,过桥人似鉴中行"是也。辋川更涧户无人,花自开落,雨中山果,灯下草虫,处处乃高人心境,凝缩一部中国哲学史也;而花溪一村姑,一少女,一渔人,一书生耳。太白之清溪,天地间得一"清"字,唯与花溪所平分之。然清溪乃无人机所见,如人行明镜中,鸟度屏风里;又如潜水员所见,如借问新安江,见底何如此;更如舟中人所感,如起坐鱼鸟间,动摇山水影。花溪虽无此开阔之境,无此轻舟之乐,无此天光云影共徘徊天人合一之意味,而自有其深秀、神秘、灵性、亲切。鸲鹆、山鸡、鹡鸰之属,一路引领;荷花、杜鹃、山茶之类,四时相伴;松间月下,美人忽来;雨夕窗前,能饮一杯。"接于吾目而感于吾心者,有不可胜数也。"东坡之西湖,吾欲无言,不须比较。花溪之美,究属何品,深情领略,自在解人。

(原刊笔会2019年10月8日)

万山雪尽马蹄轻

——读《钱锺书的学术人生》想到的

在昨天举办的《钱锺书的学术人生》新书发布会上，见到令人尊敬的王水照先生，那样一如既往的温厚谦和与思维敏捷，签名时还对我说他读过我写的两篇论钱学的论文，还问我："我的观点与你的一样不一样？"我回答："不只是很重要的观点，我还从您这本新书中得到原先不知道的重要信息。"

今天想来，由王水照先生这样一位温雅而精审的江南学人，由北而南，传承江南巨子钱默存先生的学问人生，不但是复旦之幸，江南之幸，也真是中国当代学术史上因缘和合的一件大事。钱先生的学问生命，先由是支离漂泊南北西东，终而由水照先生，又由北而南，光大钱学，冥冥中似有天意。自古以来，江南文人士子，有两种回应时代的方式，一是刚健的抵抗，直到牺牲生命；一是隐忍而用力，做自己的事情，做到极致，便成为自己的人生主宰。钱先生是后一种。新书发布会上发放的那一张文学所地图，教我们想象钱先生如何在北方中国，那十几平方米的斗室里，冬去春来，神游冥想，与古人心契神交，完成《管锥编》这部大书；而水照先生每天经过钱先生的门口去食堂吃饭，想象紧闭的房门内锺书的身影，也是一番神交心契，他们之间亲近的因缘，谁说不是江南文人之间古老遥远的神交心契？！

从1979年购入《管锥编》，忽忽四十一年，这部大书已成为我案头常读常新的必备书之一。从1998年招博士生以来,一直到现在每年都要讲一个学期。但《管锥编》如高山大海,仰之弥高,挹之不尽。钱先生说伟大人物是不需要赞美的。我这里试从大的方面来说先生的意义。五四以来,新文化有一项新创造,即将文学研究变成学院派的制度。研究者变成公司职员,以此谋生,更大规模发行课题,成为课题式的学术。将来写中国学术史一定会将这个时期的学术特色,凸显为大规模的课题生产期。这个来源于五四新文化引进的职业化体制化时代趋势,有很高的成就,但弊病也是明显的,文学学术完全变为一种纯粹客观化、社会科学化的模式化生产,与研究者自身的个性情怀生命经历,了不相干,中文学术变得如此枯干无味。而我们看钱先生的世界里,竟是如此机趣灿然,活色生香!水照先生"钱锺书的学术人生"这个书名大有文章。钱先生是化学术为人生,化学术为性情,用钱先生自己的话来说,化而为自家的血肉,一座亘古美丽的意园神楼,一场自始至终的灵魂冒险。这个肯定与课题式的学术不合辙。而另一点值得注意的是,他的西学非常好,他完全可以成为一位西学大专家、翻译大家,然而却义无反顾地钟情于中国旧学。基本上不见他讨论现代中国作家(包括鲁迅在内他也从来没有认真涉及),也基本上不涉及五四文化的命题,如文学与人生,文学与新人,理性与非理性,文学与国家,传统与反传统等,一生所涉及的西学,也最终结穴为中国学问的大因缘。所以,如果说五四要给中国一个新的文化,而钱先生是生长于五四新文化,却又剔骨还父,认祖归宗,逆了五四;如果有一个后五四的中国古典学时代,我认为他是真正的后五四学术范式的开山人物。

钱先生所启示的后五四时代的中国古典文学批评与文学理论范

式,还有如下几项特征:

一、尊传统、守文脉。以西学为参照,而不以西学为标准。回归中国文化自信。这虽然也是套话,但我这里所说的华夏"文脉",是文章、文学、文人、文本,四美集于一身。钱先生是当之无愧的第一人。"文本"是一部部中国经典,一条条原典文献。"文人"是钱先生特有的性情智慧与风神意态。"文学"是钱氏贯穿一生所守的生命主线。"文章"是《管锥编》这部钱先生精心结撰、宝光内蕴、海涵地负的大书、奇书(有人认为钱先生所做的学术笔记只是为自己写,不是为了发表的,——噫!不读《管锥编》之过也,辜负了钱先生的好一番苦心)。

二、用语文学做文论。尊语文,以张扬文学的虚构权力。五四以还,中国文学学术有两大系统,一是文艺美学的系统,注重文学及作品的情感方式、心理结构,朱光潜、李泽厚等,蔚成大国,至今影响深巨。二是文化政治学的系统,现实主义与浪漫主义,国家与人民、社会历史批评等,成果斐然。钱先生是此两大系统之外的另一个系统,即语文学的系统。回到文本,即语文与文学本身,更回到中国语文特色,反对欧化语文(其实是瞧不起新文学只讲白话)。文字与语言,是华夏文化的根脉,这一点对重新认识与发现中国古典学的研究,有很大的建设性意义。

三、地方性知识、具体的文本批评与宏大叙事、元批评的结合。在新发现的钱氏牛津藏书中,比莱尔讨论马修·阿诺德的一段文字旁边,钱先生批注:"从你选择的诗作看来,你没有任何精致的诗歌品位。"后者,正是钱先生所独擅的长处。然而如果只认定钱先生专注于细小具体精致的批评,又是一大误解。钱先生曾讽刺那些只专注于文学作品中的字词的学者,"不禁想到格列佛(Gulliver)在大人国瞻仰皇后的玉胸,只见汗毛孔,不见皮肤的故事"(《写在人生边上·释文盲》)。精致的诗歌品位是"多",而元批评与大判断是"一",一与多的结合才是钱学的真本领。看诗文只见一个个的字,正如看人只见一个个的汗毛孔。这是钱先生讥讽的"苍蝇的宇宙观"。钱先生不是没有大判断,如"东西文化心同理同""雅俗文化可相通""文史哲宗可以互为驿骑""文哲相同相异"(认真理为复杂的多重的),"唐宋诗之分"(反对一代有一代之文学),"诗可以怨","文之二柄"(文学价值的二元性。任何一种意象象征都有相反),"一字之可背出分训、同时分训亦可并时合训",等等,"以管窥天,以锥指地",虽然很小很具体,但所窥指的对象是"天地",又暗含一个俯仰天地的大格局在里面。现在学界流行的趋势是,越来越回到地方性知识,文学理论与学术思想,被弃为已陈之刍狗与无味之鸡肋。

四、照着讲、接着讲与"睽着讲"。五四没有照着讲,只讲创新。我们今天已经认识到,传承旧学,薪火相传,正是华夏文明大业。先要传承,照着讲、接着讲,才谈得上创新。五四一辈对传统还有所了解,如果新一代听信了那些可以任意破坏文化践踏传统的话,让他们天真地相信他们才是新人才有价值,那么就上了当,因为他们根本没有取得讲中国文学的资格。当今讲钱学,其中有非常丰富的中国智慧、非常多的问题意识,是要把他讲大讲深,将其未尽之意接着讲下去。我每年讲《管锥编》,都首先是照着讲,然后是接着讲,生发其中的微言大义。值得重视的是,钱先生在《管锥编》第一册的《周易正义》里,讲到易之"睽卦",其实是发掘了一种极为重要的中国思维方式。钱先生说:"睽有三类:一者体乖而用不合,火在水上是也;二者体不乖而用不合,二女同居是也——此两者皆睽而不咸,格而不贯,貌合实离,无相成之道;三者乖而能合,反而相成,天地事同,男女志通,其体睽也,而其用则咸矣。"第三类是一种积极的"睽",即和而不同,反而相成的建设性进路。我认为这正是《管锥编》的灵魂所在。观钱先生所汲取之古典、所运用之训诂、所切近之思想、所发挥之大义,无不是这样的态度,既不是与古典全无相干,也不是与古典貌合实离,而是不即不离,有乖有合。这也正是钱先生所谓"灵魂之冒险"之正解。我写过有关钱学的论文共四篇,一是《略论陈寅恪与钱锺书两种隐含的诗学范式之争》,这是接着讲,将诗史互证的问题提出来;二是《论钱锺书的以诗证史:以〈汉译第一首英语诗《人生颂》及有关二三事〉为中心的讨论》,这也是接着讲,是补充第一篇论文的观点;三是《发现人类心理情感的深层语法》,四是《真隐士的看不见与道家是一个零?》,后面的两篇,都是既接着讲,又积极地"睽着讲",不是斗胆敢跟钱先生唱反调,而是秉持"和而不同,反而相成的建设性进路",从钱先生的问题里再重新发现问题,我以为这才是钱学的真意所在。不然,"千千万万个年轻的钱锺书成长起来"(某领导名言),跟钱先生一样,那也是非常可怪之事。

附录:题《钱锺书的学术人生》五首

一

素衣京洛风尘地,臣本江南一叶身。
读罢新书人自远,渔歌入浦一篙深。

二

花虽落去春犹在,行亦观云水尽时。
龙蠖卷舒千古事,功名第一是能诗。

三

同器薰莸玉委尘,诗心史意讵堪陈。
谁将寒柳堂中事,说与槐乡梦里人。

四

正气遗篇烁古今,悟空钻入圣贤心。
英雄亦起沟渠叹,道是无情却有情。

五

千年血脉留微明,一语谈谐四海倾。
最爱灵魂冒险句,万山雪尽马蹄轻。

2020年11月22日

(原刊笔会2020年12月23日)

天水文章照眼新

在十多年前一次开会时,第一次跟王先生接触,也是第一回向先生要书。很快先生就寄来了自选集的签名本。当时的感觉,如坐春风如沐冬阳的亲和力,阔大视野与学术格局的冲击力,交织在一起,魅力十足,至今难忘。

水照先生眼光宏放,寄意高远,功夫全面,硕果累累,是古典文学研究界罕见的帅才。这本文集可见他深深海底行、高高山上立的生命风姿,典型长在,越来越生发着重要的学术思想魅力。这次拿到《王水照文集》(以下简称《文集》),第二次重温先生的著作,仍然能感受到十多年前的震撼。我向来以为,在当今讲中国古典文学,不仅要挖掘学科内部取之不尽、源源不断的矿藏以可持续地发展,而且要将其学术思想的能量,辐射到别的学科领域。这里,讲我读《文集》时的一点个人心得:中国文化造极于赵宋之世的文学贡献。

数十年前,唐诗和宋诗研究比起来,唐诗影响力要大得多。宋诗可以说是积弱积贫,究其原因,一些似是而非的偏见遮蔽了宋诗真相。如所谓形象思维,所谓唐后无诗,所谓一代有一代之文学等等,整个一代学人,都未能从宋代文化的高度,来重新系统地全面地认识宋诗的价值。水照先生起点甚高,追随钱锺书先生,精研宋文学史,跟一般人的见解是不一样的。钱先生有一个著名的判断,就是"唐宋诗之分,非时代先后之分,乃风格性相之异"。这就把唐诗和宋诗,甚至唐代文学和宋代文学,放在了并列的地位。程千帆先生也有一个大判断,说宋诗应该跟唐诗能够"并肩诗衢"。钱、程两先生都有很好的著作表彰宋诗的贡献,但是两位先生都没有能真正从宋代文化的高度,汇通文史哲,重认宋诗,这样宋文学就跟"遥想汉唐何等闳放"的大唐文学世界,相形见绌了。宋代文学到底有什么样的精彩,跟宋代文化的光谱如何相互映现?这个任务终于历史命运一般落到了水照先生的身上,他在年轻时即以撰写中国文学史的宋代部分起家,又在中国社科院文学所跟钱先生学习;回到南方,立足复旦,多年教学相长,盖了一座大楼,夯实了地基,一砖一瓦,一木一石,殿宇巍然。水照先生之前,并没有真正完成这楼,到了他的手上,宋代文学研究这一幢巍峨的大楼建起来了,天光云影,徘徊其上。

有很多指标可以检视这个楼的完成。如果我们用陈寅恪先生那句话来说:"中国文化历数千年之演进,造极于赵宋之世",那么,这个"造极"最光辉的表现就是文学。用《文集》中水照先生的话来说,至少包含以下几个方面。第一是自由精神,第二是祖宗家法(制度),第三是士人人物,第四是南北文化之成熟,第五是雅俗文化的融合,第六是文章文学之舒展,第七是"五朵金花"之绽放。《文集》充分表明了宋代文学在这七个方面,对整个宋文化,起到了无可替代的重大历史性贡献。

"五朵金花"之绽放,是水照先生形容宋代文学五个方面的新拓展,即家族、地域、科举、党争、传播,都是近年来具有交叉学科性质的前沿领域。文章文学之舒展,是指先生所开拓的宋文研究,《文集》第八卷即《中国古代文章学研究》,另一处论及宋人文章胜唐人:"宋代士人文集的构成，其文体之众、作品之丰、卷帙之大，比之唐集均有明显的发展。李白杜甫集固然仅偏重于诗歌一体，即便是韩柳元白集，也稍逊一筹。这反映出宋代知识精英的文化素养和知识结构的一般水平，应视作时代文明的总体性特征，其深厚的文化底蕴不能不使后人产生敬畏之情。"我曾引吕思勉先生的话来说，古代中国，文其实比诗更值得大力研究。先生正在进行的工作是历代文话研究，上千万字的大著作，这是即将改变中国文学面目的值得期待之作。

南北文化之成熟，雅俗文化的融合，都是宋人的精彩。《文集》中有一文《南宋文学的时代特点与历史定位》，其中很精彩的一节是"重心转移：由北而南和由雅而俗"，点出了江南之中国，以及由精英文学而大众文化之变，南宋是一个历史的重要转折点。水照先生以及他带领的学生们，在南宋文学研究的格局与深度，都是得风气之先的。

《文集》论述最有力的宋代文学特征论，是士人人物、祖宗家法、自由精神三项。先生反复申论宋代士人文学家，具有前所未及的多元、活力、生命尊严与崇尚气节的特点。多元，指他们的社会身份与生命形态，较之前代，更为复杂丰富，如同为领袖，有理学理想型的朱熹与实践事功型的辛弃疾；甚至同一文学家，一生之中，也多有变化，如陆游，既是战士、幕士，又自觉成为农民；苏轼，上可以陪玉皇大帝，下可以陪卑田院乞儿，既是心态，也是身份变化。东坡被称为"地仙"，即在人间的身份多变，不同于李白那样的天上谪仙。活力，不只是说宋文学大家兼有三种身份即高官、学者、文人，因而行动力、表现力强，话语权空前，也不只是指宋人普遍具有自觉参与政治的热情与活力，而且更体现为北宋士人与南宋的不同，北宋主要在上层社会发生重要影响,而南宋则更为多样,一色变而为七白,既有上述三种身份,也有大量游士、幕士、塾师、儒商、术士、相士、隐士……"南宋士人社会角色的转型与分化,造成了整个文化的下移趋势,波及文坛,即其主要力量转入了民间写作。"北宋与南宋,一个在上层,一个在下层,上下翻转,深耕社会,正如钱穆说,由士人主持历史,是保证中国社会文化向上发展的重要条件。因而,士人社会,成为"时代文明总体特征"的一项重要指标。

《文集》中宋代文学研究第一篇即《"祖宗家法"的近代指向与文学中的淑世精神》,是既有深刻的识见,又有高远寄意之作。"祖宗家法"即一套治国理政的文明制度,其中论及科举制度、权力平衡机制(尤其是台谏对相权、宰辅对君权的抑阻)以及政治文化,朝廷鼓励"异论相搅",助长政治上自由议论的风气。由此而来的党争,即是"将政治行为上升为一种伦理美学"。从这个方面去看宋代文学气质,这必然是一种活的文学。

自由精神有两项,一是自由意志,陈寅恪关于"天水一朝思想最为自由,文章亦臻上乘"的著名论断,表现为"宋代士人大都富有对政治、社会的关注热情,怀有以天下为己任的责任感和使命感,努力于经世济时的功业建树中,实现自我价值",表现于文学,就是沛然而流露的一份淑世精神。

自由精神的第二项即自我实现。"宋人遨游于精神领域,习惯于把包括自己在内的人类主体,置于广袤的宇宙之间,寻找生存的价值和生命的意义。"苏东坡《自题金山画像》:"心似已灰之木,身如不系之舟。问汝平生功业,黄州惠州儋州。"水照先生对之有相当透彻的解读,指出有三层含义。第一是自嘲,功业通常指的是兴邦治国的大业,是儒家政治人的追求。以东坡的经历来说,功业在这里是一个反话。第二,对于东坡所建树的多方面的文学业绩来说,这三个时期都是收获最大成就最高的,值得自喜。总结平生的成就,东坡把自己定位为一个真正的文学家,这个功业是正面的。第三,可能最重要的是,黄州、惠州、儋州,一层比一层深重的人间磨难、生命苦痛,只有经受了最大苦难的人,才能够真正看穿人间。用水照先生的话来说,东坡的着眼点在于从身似槁木心如死灰之中获得真我,已灰之木和不系之舟,其实都是积极正面的,突破时间、因果、空间,表达放过自己、放过世界、放过所有的烦恼,得到的是大自在。

三年前,我曾经在《万山雪尽马蹄轻——在〈钱锺书的学术人生〉新书发布会上的发言》的最后,写了五首诗,其中两句是:

谁将寒柳堂中事,

说与槐乡梦里人。

从学术史上来说,我认为当今古典文学研究界,最有资格将陈寅恪和钱锺书打通的学人,只有水照先生。陈先生和钱先生都有他们各自的中国文化梦,但是并不相通。抓住了"时代总体文明特征"(天水文章)这个纲,更从上述七个方面发力,陈先生和钱先生的中国梦就连通在一起了,宋代文学不仅改变了积贫积弱的面目,而且真正具有了跟唐代文学双峰并峙的身姿。最后,我以《题王水照文集》三首,结束此文:

劫后欣欣岁复春,煌煌十卷贵求真。

人文华夏青山在，耄耋名师白发新。

诗乡文境养天真，想见先生秋复春。
烛照宋贤精彩处，行间字里墨如新。

满座争传识道真，风来海上霎时春。
如何今古终相接，天水文章照眼新。

（原刊笔会2023年5月10日）

钱锺书说"边"

刚刚过去的年底,和冒着严寒参加新一届上海市写作学会全体会员大会的朋友们会面,想到了这个题目。

"边"是很美好的一个概念,是边缘的"边",也是靠边的"边"。在当代人的生活中,写作越来越重要,不仅不靠边,还成为每天的柴米油盐酱醋茶之外的肉身刚需,那为什么还要说"边"?我这里讲"边",不是要靠边,而是要清醒看到,现在这个世界有一个大的趋势,我们称之为一个"不确定的世界"正在来临。有很多事情正在变化当中,每天的网络世界、微信朋友圈也很热闹,人类生存的文字状态正步入元宇宙的中心。然而我常常想关掉手机。太耗费时间了。我们不太提倡过于急切地挤在一个热点的问题上去发言,去写作,所以,"边"不失为一种姿态,一种策略。

金克木先生早就有一篇很有名的文章就叫《说"边"》。陈平原教授最近送我一本书,讲到他与洪子诚教授也讨论过关于"边",关乎一个现代知识人的写作与研究的姿态,他们的说法大概归纳起来,主要是指一种平静、冷眼的心态,不居于中心,波澜不惊、后退一步的态度,以及一种思维的智慧。

早在二十世纪四十年代,穆旦的诗论中就讲过"居于边缘,悄然发力",是一种诗学智慧。不是轰轰烈烈地发力,而是悄然发力。钱锺书有一本文集就叫《写在人生边上》。所以,"边"是一种缝隙,缝隙是一个撬点,思想和知识的撬点,面对的是系统的缝隙,撬动阅读的思考,去发现问题的裂缝和系统的空白点。

"边"反过来也可以成为积极的进取,是一种机智而开放的思考方式,是逃离陈词滥调、规范文体、标准套路的一种非常具有文学陌生化效果的写作策略。

我相当赞成金克木、陈平原教授的这种态度。他们更多的是从文学研究的角度来讲;我想补充的是钱锺书先生关于"边"的一个论述,他们都没有讲到。

钱先生说"边"和"外",有时候"边"就是"外"。比方说"物在桌旁,钱在身旁",旁是边,但意思就是"外",钱和物都在人的"外"面;但有时候"边"与"外"又不一样,比方说"物在桌边,钱在身边",这个钱和物,并不在外面,而是在桌子上面和人身上。又比方说"儿女在身边",那就是儿女在很靠近甚至亲近自己。"钱在桌边"和"钱在手边"是不一样的,这个边就是既不属于自身,又靠近于自身之内,这个像绕口令一样的语言辨析,表明的是一种不即不离、虽外而内、似远实近的态度。(《管锥编》第三册,第866页,中华书局,1979)

从这里引申开去,"边"的两重性极富于启示意义。一方面,写作人要意识到,你好像什么事都"沾边",但其实你还是在外面,所以要警惕自己,握有笔并不表明拥有真知灼见,尤其是在这个时代,"民科"满天,段子手遍地,到处是盲人摸象,随意扣盘扪烛,人人都可以成专家。这时"居于边缘",就不是什么事情都要试图去发声,去外行充内行。另一方面,写作人又要懂得,"边"又是一种特殊的"在场",是一番灵活的切入,而绝不是完全置身事外,事不关己高高挂起。所以,前面讲的这个辨析,不仅是一种写作的姿态,更是写作人在这个时代的一种自我定位。可以说每一个认真而负责的写作人,今天都是在打一种"写作的有限战"。节制、冷静、理性,然而又毕竟是冷眼热肠的。

再往里面说,一方面,你有你的身份认定、专业职守、人生阅历与规范性要求,这必然有边界;另一方面,又因你的身份、专业、阅历与其他机缘、其他关切、其他视界,有一特别的交接处,如同交叉路径的花园小路,自有其可以利用的优势。

我想我正是一个喜欢沾边、出边、犯边甚至拓边的人。在教书之余,偏喜随笔札记,这是"出边"。治古典,又串门现代,这是"犯边"。一手写旧诗,另一手评新诗(曾任三届全球大学生短诗竞赛的终评委);做文学研究的,却兼任教于中国美术学院,并出版过一本书叫《巴黎美学札记》,这更是"沾边"。沾边,是一种知识的融通与思想的分享;出边,是转换一下思路,不太执守在自己的一亩三分地,而要从自己的专业领域出来到外面去看看,要站在周边看自己的问题,要有外向型的思考,要有一种移动式的游击战术。我记得梁漱溟先生在《朝话》里讲过一个故事,说有一个猴子,一心想把没有盖子的玻璃瓶里的一片药取出来,它一念执着于它眼睛里看见的药片,就是在瓶子的底部,于是拼命往瓶子的底部抠,抠呀抠,永远不会想到应该把瓶子口朝下倒转过来。

拓边,就是开拓自己的领地。其实中文很美丽很灵活,不能把它看得太小,做得太僵硬太死板。"边"是一个很丰富的有关写作的思想,除了上面所写的,更让我们生发联想,去思考雅与俗的边上,学院与大众的边上，文学与史学的边上，作者与读者的边上，甚至体制与民间的边上……不以某一个位置作为中心，作为固定视角与现成思维。我们要把中文做大、做活，但是我们又要在中文自身之中，做精、做透。中文是我们的母语，"儿女在身边"，这个"边"是很亲近的意思。我们就在中文的身边，而不在身外。这就是钱锺书先生所讲到的"边"的意义。

（原刊笔会2022年2月14日）

千帆渺杳水云期

杜甫说:"结交多老苍。"我年轻的时候,也是喜欢结识老先生。学自然科学,要越来越跟上新东西;学文史的,却是要越来越知道旧东西。因而,随着年龄的增长,每位文史老先生,都是一个宝光内蕴的存在。我在成都的启蒙老师赖皋翔先生有一个更好的比方,他说:近代学人是一座座桥梁,只有通过近代人的接引,才能走到河的对岸去,看到吾国古典传统美丽的风景。唯其如此,除了皋翔师及业师清园王先生以及祖保泉先生之外,我还跟选堂先生在香港访学三个月,跟迦陵老师在温哥华的UBC问学一个月,暑期里多次往苏州大学向梦苕庵钱先生请教诗学,在杭州上海以及威斯康星多次跟随林毓生先生问学求教,其他亲聆、面晤过的前辈老师亦多矣。然而,却没有见过程千帆先生,只是通过信,以及邀请程先生为我的博士论文写评阅书;尤其是,我在安徽师范大学读书三年,芜湖离南京很近,却一直没去拜谒程先生,这是什么原因呢?

程千帆先生是我十分崇敬的前辈学者。他的书我是反复拜读的,我在芜湖读书的时候,其实很想去拜访一下程先生,就给我在成都的赖老师写信,请他推荐一下。我知道程先生在成都的时候,与赖先生有交往,曾赠他《文论十笺》,并称许赖先生的骈文写得好。赖先生新出版的文集,收入了程先生给赖先生学生的信,回忆说:

五十年前，流寓成都，尝预翁交流之末。忆读其所拟《吴又陵墓志》，叹为晋宋高文，容甫以后一人而已。何期世变纷纭，遂不相见，思之怆然。

信中对赖先生的文章有很高的评价。赖先生的诗集，也收入了别后的赠诗《寄怀程千帆武汉大学》：

浩荡荆扬水，分流望九河。
推心成气类，行国怨风波。
酒忆郫筒饯，愁赓楚调歌。
武昌今日柳，相对意如何？

第五句是十分美妙雅切的典故。杜甫《将赴成都草堂途中有作先寄严郑公》诗之一："鱼知丙穴由来美，酒忆郫筒不用酤。"仇注略云："成都府西五十里，曰郫县，以竹筒盛美酒，号为郫筒。郫人刳其节，倾春酿于筒，苞以藕丝，蔽以蕉叶，信宿香达于竹外，然后断之以献，俗号郫筒酒。"苏轼《次韵周邠寄雁荡山图》："所恨蜀山君未见，他年携手醉郫筒。"可以想见赖先生与程先生"气类"相通、推心把酒的昔日风流雅集。诗中当然也有对于程先生后来在武汉所经历的风波的同情慰问。

但是当时赖先生给我回信说：要去见程先生很好，但要靠自己的成绩，自己用作品来推荐，而不是让任何其他的人来推荐。赖先生把写推荐信这个事情，看得很重。后来我把我发表在《学术集林》写陈寅恪诗学的一篇文章寄呈程先生，先生很快就回信，而且细心地发现我的复印件少了一页。后来程先生还把我写信这件事情，写入了《桑榆忆往》这本书中，表达他对老友的忆念。这个事情让我十分感动。

今天看来，我从程先生的书里得到很多。但主要是三个很重要的东西，第一个是对宋诗的重新认识。

当代的古典诗歌研究界，受当时政治空气的影响，是看不起宋诗的。《读宋诗随笔》列举朱熹《观书有感》二首，程先生在品评中说："有人以为诗是形象思维的产物，所以只宜于写景抒情而不宜于说理。这有几分道理，但不能绝对化。因为理可以用形象化的手段表现出来，从而使得它与景和情同样富于吸引力。同时，理本身所具有的思辨性往往是引人入胜的。因此，古今诗作并不缺乏成功的哲理诗……这两首当然是说理之作，前一首以池塘要不断地有活水注入才能清澈，比喻思想要不断有所发展提高才能活跃，免于停滞和僵化。后一首写人的修养往往有一个从量变到质变的阶段。一旦水到渠成，自然表里澄澈，无拘无束，自由自在。这两首诗以鲜明的形象表达自己在学习中所悟的道理，既具有启发性，也并不缺乏诗味，所以陈衍评为'寓物说理而不腐'。"这里的"有人以为"，当然大家心里都很明白指谁。当时能有这样的批评，十分不易。其实，程先生早在1979年《古代文学理论研究丛刊》的创刊号上，就发表了《韩愈以文为诗说》，明显就是与诗是形象思维的产物的绝对观点，唱了一个反调，这表现了他在学术思想上特立独行，虽千万人吾往矣的勇气。

程千帆先生表彰宋诗的特美，还有一个重要的方法，是透过唐宋比较，看相同的题材，唐宋诗人有如何不同的表现。我最喜读的是他的《相同的题材与不相同的主题、形象、风格——四篇桃源诗的比较研究》(载《古诗考索》，上海古籍出版社，1984年)，先生下了很大的文献功夫，但不像现代人仅仅是资料的罗列或顶多分类而已，而是心中有大问题，即宋诗究竟比前代诗增加了什么异量之美。

通过对陶渊明的《桃花源记》、王维的《桃源行》、韩愈的《桃源图》和王安石的《桃源行》的仔细对读比较，程先生得出重要的一项理论成果，即文学现象有普遍性的一条法则：相同题材有不同表现。原因不仅是每一个诗人都有其独特的生活经历，更是唐前后时代风尚的不同。

程先生的结论是，陶渊明的桃源是传奇，但却是人间的，王维的作品却变成了真的神仙世界；韩愈的桃源开启宋代的思想性，表现出怀疑与理性的态度，而王安石的作品则是从思想性的角度，深化了陶诗的现实批判。

这里真正的大框架是唐宋比较。我们看王维无疑是唐诗的典型，浪漫高华，贵族气的、唯美的人生。但是你只要读韩愈的桃花源诗，就不能不承认他更有文化内涵，更有深度。因为他颠覆了王维的虚幻的美的陶醉，直面现实人生。如果我们再看王安石的诗，特别是那样石破天惊地发问："天下纷纷经几秦？"你就不能不说，宋诗确实比唐诗更有力量。程先生提出我们古典文学研究者的一个很重要的目标，就是要让唐诗宋诗能够并驾齐驱，用他的话来讲，就是"唐宋诗并肩诗衢"。这种直面大问题的学术思想，是最值得学习的。这篇文章我经常作为范文介绍给每一届的古典文学研究生，开宋诗学术史课的时候，都要讲到这篇文章的。我后来在南京大学的第一次讲演，就用了程先生的这句话作题目，表达对先生的致敬。后来，我还发表了《唐宋诗比较：苏诗的角度》长文，被《新华文摘》全文转载。

其中很多思路，都是明显学习程先生的。我自己带的好几位硕士生的论文选题，都是做唐宋诗中相同的题材不同的表现。目前，我正在将唐宋诗比较发展成为一个重要的学术研究方向。

第二个重要心得，是程先生有一次说到："从理论角度去研究古代文学，应当用两条腿走路。一是研究'古代的文学理论'，二是研究'古代文学的理论'。"只调整了一个"的"字的位置，却是非常智慧的一个学术思想，从此可以开出一大片新的论域。

同样，钱锺书先生在写给中国古代文学理论学会成立大会的一封信中也说过：古代文论既要研究古人已经明白用理论表述过的，也要探索古代文学作品中，古人不一定明白讲出来的，但是含在其中的理论（大意）。几千年来的中国文学史，那么多极聪明极有才智的创造者，在作品当中所表现出来的思想和理论，是多么重要的一座文学思想的金矿！程先生的成绩如：《读诗举例——在中国文学批评史师训班上的讲话》，发掘诗歌中如"形与神""曲与直""物与我""同与异""小与大"等极为丰富的艺术辩证思维，《古典诗歌描写与结构中的一与多》，更从诗歌的描写与结构来具体论证一多关系的普遍理论美学意义，尤其是《张若虚〈春江花月夜〉的被理解和被误解》，从诗体史、接受史方面真正讲清楚了一首诗之所以成为经典，是要经过一个蜕变的过程，在一个适当的时机里瓜熟蒂落。我的老师元化先生，也是一贯主张以西学为参照，而不是以西学为标准，充分发掘中国传统中固有的文学思想与理论。

我非常同意三位先生不约而同的观点，将文本内在的隐秘理论关系，长期作为我的研究的一个重要方向，后来出版过《万川之月：中国山水诗的心灵境界》《中国诗的文化意象》等论著，但远远未能真正达到这个目标。然而反观当今的古典文学研究界，年轻的学人基本上都不关心理论与思想，醉心于文献编纂与文献考订的成就，满足于无穷无尽小的问题与小的发现，这不能不说离三老的智慧渐行渐远了。

最后，程先生之所以对于文学作品有着深细独特的理解，是跟他有真切的创作经验分不开的。譬如《一个醒的和八个醉的》，之所以成为透入老杜心灵世界的名篇，原因正在于此。《古诗今选》中那么多理解与赏析，都饱含着先生多年写作的心得。伯伟编的这本《程千帆古诗讲录》，作为代序的第一篇文章，即是先生在1942年写的《论今日大学中文系教学之蔽》，文中尖锐直陈"多数大学中文系之教学，类皆偏重考据，此自近代学风使然，而其结果，不能无蔽"；"师生授受，无非作者之生平，作品之真伪，字句之校笺，时代之背景诸点，涉猎古今，不能自休……故于紧要处全无理会"。先生绝不是轻视考证，而是区分考证与辞章为二事，"研究期新异，而教学必须平正通达"；"考据贵实证，而词章贵领悟。以贵实证之考据方法而从事贵领悟之词章教学，则学者势无法赏前文之神妙"。在另一处，程先生说：

> 六十多年前，当我还是一个大学生时，我的老师黄季刚先生、汪辟疆先生、胡翔冬先生、胡小石先生，既是知识渊博的学者，又是擅长吟事的诗人，既能研究，又兼通创作，可以说是南京大学中文系老一辈学者遗留下来的优良传统之一。

而先生所批评的大学中文系之蔽，今日依然存在，变成一种重文献、重历史，而轻鉴赏、轻文学的趋势。然而一个简单的道理是，大学中文系本硕阶段所培养的人才，主要还是对中国文学具有了解的通识，对于中国文学传统的佳胜处，具有发自内心的欣赏与体认。其实大部分人并未从事学术研究；而不重辞章之学，不重创作经验，中文系学生所失去的是中国文化的精妙艺术、表达方式、古典心灵与情感世界，所以兹事体大，值得各位中文系主任认真思索一番。从中文系教师的职业享受感来说，要想对古典文学的细节有真知灼见，也一定要有自己的创作体验。我三十多年来一直在坚持写诗，时多时少，积累到了一定的量。通过写作，一些过去体会不深的古人用心，渐渐体会出来了。语言和情感之间的一种相互寻找的快乐，也渐渐感受到了。

最后，用我的两首小诗，结束这篇笔谈——《奉悉程千帆教授古诗讲录感赋二首》：

一

钟山雨后种花时，冉冉斜阳坡上迟。
汲水灌园心已许，春泥岁岁发新枝。

二

温馨一卷想当时，古道文心足世师。
八代风流诗酒地，千帆渺杳水云期。

2020年7月25日写于丽娃河畔

（原刊笔会2020年11月21日）

始随芳草去，又逐落花来

母校七十岁生日，我们做了两个文献展，一是二十四位社科大师的文献展，一是华东师大作家批评家文献展。如所周知，除了书籍，更重要、更迫切，也更有特藏价值的文献，就是手稿了。我们的野心是在这个基础上建一个手稿馆。手稿包括文稿、手札、手迹、书信、书法、日记、笔记等，具有魔力价值与意义价值。鲁迅诗"怒向刀丛觅小诗"，手稿写作"怒向刀边觅小诗"，可以用来分析作家当时创作的心态：当初鲁迅先生改了这一字时，他的下笔何等勇敢呵！这就是意义价值。而故宫博物院里苏东坡的《送辩才法师诗》，那种高人交流的气息，宋代文明的气场，就是魔力价值了。

人类已经进入书写革命与信息化时代，人们当然有充分理由怀疑图书馆做这些"前现代"的文献，有什么意义。有一个同学曾经问过我一个问题："老师，同学们到图书馆都不是来看书的，只是借这个地方上网，你怎么想？"图书馆已经越来越云端化、虚拟化了。前些天我还跟校长一起参加了一个重要的会议，学校跟阿里云公司签订了一项战略合作协议，涉及教育数字化正在加速发展这一课题，会议传递了一个重要共识：数字化，不仅是一个工具、一种方法，而且它是一场革命。数字化时代，图书馆可能越来越真的告别纸质时代了。近一二十年来，图书馆遭遇的是一场巨大的变革。然而在这样一场大变革当中,图书馆像一艘巨大的船,能够乘风破浪而未沉没在大浪之下,凭借的正是数字化智能时代的风力。而我们收集手稿,跟图书馆的转身,反差真大。不过,我并不就此认为,智能时代的云计算与古典时代的手稿馆是一种不共戴天的关系。图书馆作为人类文明一项古老而聪明的发明,历劫不死,自有其三生之精魂,自带其不朽之气场。我好几回在高大密集而寂静如林的书架前徘徊,仿佛听得见幽深的森林里无数伟大灵魂的低语声!如果说图书馆的使命是文明传承,那就从珍惜一张纸开始吧。于是这个文献展,这个手稿馆,又从云端回到土地,也有点像往后看,我们在这里相聚而流连,重新去寻找过去的记忆;我们回到一张纸、一行字、一支笔,回到纸质的时代,好像又成为一个时光的游荡者,一个收集往日岁月的收藏者、穿越者,一个弯下腰来的拾稻穗者——反者道之动,我们暂时返回到那样一个纸质书写的时代。有时候,也许时代的发展太快了,我们的步子太快了之后,我们的灵魂会赶不上。

所以,学校说七十周年校庆,图书馆做点什么活动?我就想能不能以文献展这种方式来给七十周年做一个献礼,这样好像是古代的一种方式,传统的纸质与手作的方式,收集一些往日时光的回忆,留存一点温暖的人情味,做一个温暖的图书馆。正如展览会大家看到的,见字如面的感觉很不一样。正如我们常常在线上课,线上线下的感觉完全不同,线下就亲切得多,有很多丰富层次的交流,线上就好像是对着机器,对着冷冷的玻璃板自语。所以我们要做一个见字如面的文献展以及后续的手稿馆,甚至我都想要收藏某个作家的一支钢笔、一盏台灯、一块橡皮擦。一草一木总关情,总之,我们要做一个温暖的图书馆。其实一个好的学校里的每一个系所、每一个机构,它的背后根本的就是活生生的人,活生生的生命。所以首先要有对人的命运、情感与个性的关心,有对人的关心的学校,才是一个温暖的学校。我们图书馆人,首先温暖我们自己,然后我们才能够温暖这个世界。

手稿馆与文献展,当然还有打捞当代学术史料、文学史料的意义。这就从图书馆自身,延伸到了外面的学界与文化界。不久前上海市社联做社科大师的媒体宣传、纪念活动与学术地图,也用上了我们收集的老照片和信件、日记等资料。前几天学校举行纪念地理学家胡焕庸先生诞生一百二十周年活动,也用上了我们新建的名师库中的种种文献。这些都只属于华东师范大学图书馆的特藏,是学校生命记忆的一部分。感谢支持作家批评家手稿展的所有捐赠人与借展人,他们翻箱倒柜地找出了尘封的书写时代的留存物。我们可以透过这些略显发黄的纸张,看到当代学术史与文学史的皱褶里被忽视的细节,感受到历史与人物在场的气息。譬如,有几封作家之间私人的书信,真切地传递出二十世纪九十年代文坛的一种空气:一种沙漠化、人文精神枯干、功利与拜金流行的空气。某作家写道:"真正的旁观者(比如你我)能否有理由和可能保持冷静?旁观者的写作是不是一种奢侈?这个问题对写作者来说非常关键。"类似这样一些严肃、用心的讨论,为后人唤回了时光,作家朋友之间的亲切问候、相互砥砺、彼此激励,正是丽娃河畔作家与批评家不甘于风花雪月、不坠于虚无主义,而更富于精神生活的见证。

当代作家的手稿都有收藏价值么?最著名的大学手稿馆也曾经遇到这样的问题。英国著名诗人菲利普·拉金(Philip Larkin, 1922—1985),曾在一篇讲辞《被忽视的责任:当代作家手稿》中写道：二十世纪初，牛津大学图书馆等英国图书馆，由于不关心当代诗人作家的手稿，结果那些手稿被美国一些大学图书馆收购。当时有图书馆馆员提出，他们不知道谁的作品将来会有收藏价值。拉金回答说："当然是一个极度错综复杂的问题，而且还会引发文学评估的全部话题，但我并不认为这就是放弃收集手稿的理由。就像我从不认为如果猜不准哪匹马能够跑赢，就不该下赌注一样。"他又说，"我怀疑，如果一位图书馆馆员对这种魔力加持不产生丝毫反应，他能否成为一位出色的手稿收集者"；"一个国家的写作者是它最珍贵的资产财富。如果英国的图书馆馆员将这些手稿的收藏保管拱手交付给其他国家的图书馆馆员，等于是以不可挽回的方式，漠然放弃了自己最具回报价值的一项责任"。（见《思南文学选刊》，2021年第5期）

　　拉金还提到一件令我深感惭愧的事：二十世纪三十年代，美国布法罗大学洛克乌纪念图书馆馆长查尔斯·阿布特曾发起一项运动——他注意到作者手迹对于全面研究一首诗的重要性，所以开始向诗人们写信索要手稿。1938年春，阿布特居然乘坐著名的阿奎塔尼亚号邮轮，到英国四处采访，依靠一己之力开展这项行动。三个月内他拜望与接待了不少诗人，取得很大的成功。——而我这回收集作家批评家手稿，只不过动动手指，在朋友圈里转发了几回征集函而已。弯下腰来，柔软身段，是每个图书馆馆员做手稿收集应有的态度。

　　许江教授曾为王元化先生办过一个手迹展，他的序名为"敬正的风神"，其中写道："王元化先生是我们尊敬的一位著名学者，他以一种温厚的笔法，书录他的著作语要，书写敬正风雅的文人气息，文质而彬彬，可谓形美、义真而入自在与感心之境。这种重书写内涵、重书之风神的学者书艺,正应为今日学界所推崇。"

我的好朋友张索教授曾经在书法系带领学生发起用毛笔书写日记的活动,称为"敬书"。我们在图书馆也用多种形式,推广手写的书写活动。

当今,机器写作时代、信息洪流时代所导致的粘贴重复、抄袭风、图片化甚至口水化、粗暴化,跟大学生不注重敬正的书写,错字连篇,废话满纸,整体写作能力下降、独立思考能力下降,内在是有关系的。正如林毓生教授指出:"当代年轻人在聊天软件里快速反应,即时回复,时间久了容易形成'浅碟子思维'。手写时代的写作品质正在被侵害。"也许我们无法抗拒新的书写方式席卷天下而来,然而我们仍然坚信书写本身强大而持久不衰的生命力。这个时代是双刃剑的,我们希望能发扬中文系的书写传统,能面对中文写作的问题危机和契机,有办法珍惜写作、守护中文。

禅宗有一则公案,问一个和尚:"从何处而来?"答:"始随芳草去,又逐落花来。"落花芳草,堂前旧燕,恰是大化生机,往复循环,法无去来,不住成坏的启示语言。俟手稿馆成,当大书一幅,悬于首端!

2021 年 10 月 31 日

(原刊笔会 2021 年 11 月 20 日)

站在近代史的阳台上

十多年前,我第一次来到这个凌波万顷的大阳台,就已经被深深地震撼了:

背靠苍苍郁郁的葛岭山脉,正面是全幅涌入、濛濛绿水的湖光山色,是千年白堤、断桥、孤山、放鹤亭,左面远方,是渐渐漫过来的现代杭州城市高楼天际线,而楼下是蔡元培、胡适、苏曼殊、李叔同、蒋梦麟、张元济、黄炎培、史量才、徐志摩、丰子恺、巴金、艾青、杜威、罗素、谷崎润一郎、芥川龙之介、竹内栖凤等诗人、画家、作家、学人,以及近代若干重要政军人物下榻流连之处。我敢说,没有哪一个阳台,有资格跟新新饭店的这个大阳台相比,——这里曾经所聚集的灵秀之气、纵横之气、慷慨之气、野逸之气、风云之气,直到今天,都撼动人心,不免令人有一种"站在近代史的阳台上"的兴发感动甚至思如泉涌。

其实,近代史,作为连接古典中国与现代中国的一座似断实连的"断桥",其画龙点睛之处,正是一句话:通古今而汇中西。——然而这里面的意思,正如新新饭店所面对的山水,交替错综、重重叠叠,懂得了这句话,就读懂了新新饭店;读懂了新新饭店,也自然读懂了近代中国。下面是几个截屏:

那年,新新饭店记住了一场爱情:近代中国最自由的灵魂,却又神仙而又不自由的爱情。那年胡适住在新新饭店的日记,忽然破天

荒断了三个月,第二年写下那首《多谢》:

> 多谢你能来,慰我山中寂寞。伴我看山看月,过我神仙生活。匆匆离别便经年,梦里总相忆。人道应该忘了,我如何忘得?

其实胡适对梦中情人曹诚英的爱,是刚刚从传统挣脱的近代婚爱的一个缩影,然而还有一个更富于象征意味的别解:近代中国的爱而不得其所爱,又不能忘其所爱;不能忘其所爱,因而有山重重、水叠叠的纠缠、苦恼、无奈与执着。美人香草,芬芳悱恻,爱情,通往家国,通往政治,通往理想。

罗素那年来杭州,也住新新饭店。西湖一定很喜欢他,因为他的思想也是如西湖一样山重重水复复。譬如他不喜欢暴力,不喜欢一根筋,不喜欢"医治百病的灵丹妙药、毕其功于一役的社会革命"。但是近代中国太生猛太剧烈,跟他有点隔。后来罗素在保定讲演时脱掉外套,引发高烧,差点没命。他说,那回中国人打算把他葬在西子湖畔,并且修一座祠堂来纪念。——这也很可能是他自己潜意识中新新饭店与西湖印象的投射。

1926年夏天,荷香湖畔。丰子恺的《法味》一文中,记叙了他去招贤寺探访弘一法师的情景。他说:"下午我与S先生分途,约于五时在招贤寺山门口汇集。等到我另偕了三个也要见弘一法师的朋友到招贤寺时,见弘一师已与S先生坐在山门口的湖岸石埠上谈话了。"S先生即夏丏尊。弘一后来说,夏是启发他出家的人。其实夏丏尊不过是跟李叔同一起在西湖湖心亭喝茶,看着静静的湖山,说了一句"我们这种人,出家做和尚倒是很好的"。要怪还是要怪西湖的山水,重重叠叠,一定要配一个高人。"良马见鞭影而行",李叔同遇到西湖,就一定会成为弘一法师。我一直说李叔同的出家是一个近代中国之谜。多少年来,面对门前的依依柳色、翠翠荷花,新新饭店也像一个静思的高人,一直在参悟对话其中之谜。

当然,西湖山水的温柔婉转之中,又有纯直的刚烈硬朗之气。对面的林和靖,最厉害的诗不是梅花诗,是以诗作遗嘱:"湖上青山对结庐,坟头秋色亦萧疏。茂陵他日求遗稿,犹喜曾无封禅书。"不降志、不辱身、不因权力而委曲人格。女侠秋瑾也埋骨孤山。黄炎培在这里写《秋水山庄》:"一例西泠掩夕曛,伊人秋水伴秋坟。当年壮语成奇祸,缟素词坛十万军。"这个"十万军",是有典故的。秋水山庄主人史量才握着蒋介石的手慷慨地说:"你手握几十万大军,我有几十万读者。"这大概是西湖边上,也是近代史上文人面对权力,最为掷地有声的声音了。刺杀史量才的敌人没有想到,他们可以灭得了史量才的肉身,但灭不了史量才身后这一股近代史滔滔滚滚而来的动能。正如后来鲁迅接着说的,你有你的大刀,我有我的金不换(毛笔);也正如古话说:"楚虽三户,亡秦必楚。"这些声音如雷音,也是在两千年先后的国史上,真的落实下来的。

这就是近代中国。

我还是要强调,从来没有哪一座酒店,像新新饭店这样面对着山重重水叠叠的风景:葛岭(山)——外湖(水)——孤山(山)——里湖(水)——吴山/南屏(山)……甚至看得见更远的山。这是道家哲学的阴阳变化,也是山水画的开合张敛,是天地音乐的回旋起伏,也是儒家思想的仁者智者——交替、重叠、错落、迭代……

也从来没有哪一座酒店，像新新饭店那样，既接纳一场思想家的浪漫爱情，又见证一个哲学家对历史的不浪漫；既送走一位转身离去的至性高人，又迎来一场声势浩大的世界博览会；既拥抱最古典的湖光山色与诗意人生，又眺望不可阻挡的现代化浪潮……古与今、传统与现代、中国与西方，真是山外青山楼外楼，看不完的风景，说不完的故事，山重水复的历史，从来没有哪一座酒店，像新新饭店如此深度地参与了近代中国的悲喜剧与交响诗。

从来没有哪一座酒店，像新新饭店一样，拥有这么多与近代中国相关联的人物，像一个熙熙攘攘、来去匆匆的舞台，锣鼓声、胡琴声、琵琶声，又苍凉又温馨，又激越又平静，终消歇于湖上烟月与渔樵晚唱。

站在近代史的阳台上，忽然发现，新新饭店的位置，左是断桥，右是孤山，夹在中间，噫！从来没有哪一个饭店，有这样绝处求生的风水，似周易中的"蒙卦"：艮是山，喻止；坎是水，喻险。险中求生，是"蒙"。

最强的生命，正是最艰难中昂首地生长。

毕竟是新新。通古今而汇中西，"苟日新，日日新，又日新"。

（本文系《百年新新——近代中国的阳台》一书序言）

（原刊笔会2022年12月16日）

令人失望的苏格拉底？

读苏格拉底那篇著名的演讲辞《最后的辩护》，令人不得不掩卷而思，废书而叹：人之将死，其言也善，这哪里是"世界一流的智者""哲学家的祖师"的临终告白？这里绕山绕水，云里雾里，言不及义，根本没有哲学，也根本不提人间罪恶的制造者，总之，这离现代思想，差得太远了吧？谓予不信，试述要义：

第一，这里没有对于生命的尊严、生命的权利意识。苏格拉底说，神没有叫我不死，我必须听从神的声音，去死。"发生在我身上的事，对我来讲反而是一种祝福。"苏格拉底说，死后可以去见那些他崇拜的智者勇者。这不是自欺欺人是什么？苏格拉底说，死也是一种休息。这不是精神胜利是什么？现代思想主张，生命是唯一真实的，生命之外无物，只是虚空，只是宗教的瞒和骗。哲学，难道和宗教一样，是鸦片，是骗局么？现代思想主张，人的幸福最终的决定者，不是神，不是上帝，而是自主的个体，苏格拉底的神，是很前现代的东西。

第二，这里没有批判和愤怒，没有正当的申诉，没有对于真正的罪恶制造者的不留情面的揭露。公元前399年，墨勒图等人以向青年"宣传异端邪说"为借口，对苏格拉底进行审判。而苏格拉底居然放弃了辩护，根本没有证明自己如何不是异端邪说，更没有揭示时代生活中真正的丑恶，以引起疗治的希望，"我宁可选择死亡，也不愿因辩护得生存。"这多让人失望呀，本来我们要看到一场正义对邪恶的斗争，光明对黑暗的烛照，神对魔的回击，都没有了，变得这样絮叨，无力，书生气，变得犹如失去了目标的猎人那样眼神飘忽空茫。

第三，这里没有哲学体系，没有作为一个哲学家对于自己生前所发明所建构的东西的清楚介绍。对于生命，你到底洞见了什么？对于人生，你到底给出了什么答案？你的洞见与你的答案，又是如何关联的，如何成为一个自足的世界的？从知识上说，你成就了什么？我们从这里看不出来。苏格拉底说：

> 倘若死亡一如人们常说的那样，只是迁徙到另一个世界，那里寄居了所有死去的人，那么，我的诸位朋友，法官，还有什么事情比这样来得更美妙呢？假若这游历者到达地下世界时，摆脱了尘世的审判官，却在这里碰见真淳正直的法官迈诺、拉达门塞斯、阿克斯、特立普托马斯，以及一生公正的诸神儿子，那么这历程就确实有意义了。如果可以跟俄耳甫斯、谬萨尤斯、赫西亚德、荷马相互交谈，谁不愿意舍弃一切？要是死亡真是这样，我愿意不断受死。

这又能说明什么呢？如果说明哲学家所发明的就是这样一种"快乐"，岂不是太主观、太空洞、太中学生了么？

第四，这里面没有生命体验。没有对于死亡的痛苦感。苏格拉底一则说，死亡是一种无梦的睡眠，二则说死亡是听从神的召唤，三则说"要尊敬死，才能满怀希望"，等等，总是无风无雨，心平气和，苏格拉底之死,抽象得很,只是一神之死,而非肉身之亡,离现代人真实复杂的内心体验差得太远。

那么,苏格拉底的最终辩护,果真是如此令人失望么?其实,以上种种看法,都不过是现代人站在现代思想的立场得出的偏见;最终只能表明,现代人由于现代思想的形塑,已经离真正的古代智慧,有多么的远了。

首先,说苏格拉底最终没有能显现出哲学体系的成就,此最不足为训,这正是苏格拉底的优点所在。苏格拉底的辩护中,很清晰地分析了"死亡"这一现象,死亡的意向性,无非是两种:一是神灭论的,一是神不灭论的。无论是哪种意向,其实都是有益于人的。前者的"收获"是因为一个美妙的无梦之夜(根据人生经验,凡无梦之夜都能获得清明之体验和身体的舒适)。后者的幸福是因为再见许多伟大的灵魂,而这一"再见"是很高级的精神生活的幸福。因此,当生命必然不再延续时,死亡其实并不必回避。认清此意,即懂得"死是一种祝福"。因此,哲学家的苏格拉底,其实正是以其清明的智慧和卓越的工作,昭示人们不要停留在意见、情绪和偏见中,帮助人们做正确的思维,而达到正当清明的生活,从而激发人们更爱真理与德性人生。哲学家不以其逻辑架构示人,而以其生活风格示人,这是最好的哲学家。

正如已故政治哲学家罗伯特·诺齐克所说:苏格拉底展现了更丰富的一面:即那种不懈的探索所塑造的人格。他教导我们的,不纯然是他的方法,而是那种方法(及引导他的那些信条)体现在整个苏格拉底身上。我们看到苏格拉底活在他的探求及与他人的探索交往之中,看到那种方式模塑及灌注进他的生命及其死亡。苏格拉底以他整个人教导我们，一如佛陀及耶稣。在所有哲学家中，只有苏格拉底如此实践哲学。

更要讨论的是：说苏格拉底之死亡辩护，没有敌人，没有揭露，没有批判和斗争。对于这一指控，我要问的，只是这个简单的话：为什么一定要以牙还牙？为什么一定要采取使对方消灭的办法来达到自己的目的？难道不可以有另外的思路么？请细读苏格拉底一段很重要的辩护词：

> 如果你们认为把别人处死，就可以避免人们谴责你们，那你们就大错特错了。这种逃避的方式既不可能也不光荣，而另外一种较光荣且较简单的方法，即是不去抑制别人，而是注意自己，使自己趋向完善。

我后来读到这里，眼前忽然一亮。我发现，在整个二十世纪的中国思想中，"光荣而较简单的办法"完全破产，完全忽略。如果苏格拉底也采用把敌人揭露而批倒批臭的办法，那正好证明了敌人的逻辑：用取消别人的办法来实现自己。无论怎样厉害地取消了别人，甚至"踏上一只脚，叫他永世不得翻身"，这更是恰恰以雕塑式的方法，证明了自己的野蛮。人要反抗压迫、争取解放，整个现代思想的优点在此，而整个现代思想的迷失，也正是在这里。在占有的同时，也正是被占有，也就是新的压迫和奴役。尤其是自己对自己的奴役。在宣布了自己胜利的时候，也正是自己不知不觉成了另一种俘虏之时。而整个古代思想，无论西方还是东方，都是"注意自己，使自己趋向完善"。正因为有此真实的自爱、真实的受用，所以，苏格拉底可以相当肯定地说：

> 如果我的儿子长大以后，置财富或其他事情于美德之外的话，法官们，处罚他们吧！如果他们自以为了不起，其实胸中根本无物时，责备他们，就像我责备你们一样。

这正是他的临终关怀，这才是植根于知识生活与德性人生的完美结合，是于其中得到真正的幸福与快乐的人，那生命所发出的大清明、大光彩。

苏格拉底于公元前399年饮鸩而死。史称：定罪后，一朋友曾为他设计逃跑计划，然而他断然拒绝了。他提出的理由是，他的一生，都享受了法律的好处，不能在晚年不忠于法律。他以他的死，实践了哲学对德性与真理人生的承诺，也维护了人类文明的尊严。哪怕，这个文明有这样那样的缺点。

（原刊笔会2006年2月6日）

人生体验之哀乐相生

唐君毅先生是现代著名哲学家,新儒家的代表人物,他的全集有三十卷,洋洋一千万字。牟宗三先生称他无疑是"文化意识宇宙中的巨人"。唐先生四川人,跟我是老乡,多多少少还有一点因缘。因为我祖父曾任成都蜀华中学的校长,而唐先生曾经在蜀华中学任教,也跟我的启蒙老师赖皋翔先生是同事。唐先生对赖先生有很高的评价,说赖先生"其人,正是中国文化的化身",这句话也收入了《唐君毅全集》。所以我在差不多近四十年前,就已经接触到唐先生的书了。1984年读硕士研究生的时候,我从安徽到北京访学,那时,北京图书馆由于整修,所藏民国书和港台书,暂时迁到了柏宁寺。那年冬天,外面寒风刺骨,柏宁寺的厢房有一个大铁炉子,室内温暖如春。我在那里读了一个多月的书,真是极为难得的人生之体验。

今天我推荐的正是《人生之体验续编》(广西师范大学出版社,2005年)。为什么这本书叫《续编》?因为,唐先生的《人生之体验》这本书出版之后,他觉得不够满意,因为《人生之体验》更多的是代圣贤立言,打通西方道德理想主义,用我们今天的话来说,更多的是人生的正能量。而《续编》,则更多是讲人生的负面,人生的艰难,甚至是人生的暗黑。用他的话来说:人生的向上,其实时时处处都跟向下坠落相伴相随,所以对这个状态,要有一种真正的警觉,以沉重的心情去担负,然后才能够透过去成就人生的向上。

所以,我们今天在大疫当前极其严酷的时刻,读这本书,如何认识人生的负面,如何从中翻转上来,就更有启示意义了。我的体会有以下五点。

第一,我们在疫情长期胶着的封控期间,可能会更多地沉溺在自我心理的焦虑当中而不能自拔。唐先生曾经专门写过一篇文章《说人生在世之意义》。他说:"人生在世之'在'之一字,与一椅子、一花木、一动物之存在于世间之'在',大不相同。一椅子在世间,他不知道他之外的桌子及其他任何东西在世间。除了他自身在他自身,此外的世界之存在,对于他等于不在,如在黑暗中。"而人的存在不一样,他不是一个光秃秃的在。"我之真我中,涵摄着你与他,你与他之真我中,又涵摄有我,于是我存在于你与他,你与他也存在于我,所以儿子存在于父母中,父母存在于儿子中。夫存在于妻中,妻亦存在于夫中,每一个人存在于一切与他发生关系的人之中,一切与他发生关系的人存在于此人中。""人必须在家庭中生活,在朋友中生活,在社会国家中生活,在国际世界中生活。每一种我与其他的个人、社会及自然界事物的关系,皆成为一根生命的丝,合以织成生命的茧,当我们把一根一根的丝抽下时,生命的茧便空无所有了。"唐先生这个说法,当然是中国儒家的一个基本思想:我们跟我们周边的时、事、地、人,同甘苦共命运,我们与周边的同学、亲人、邻居,与我们生活的城市,息息相关,心心相连,每一个人都是共命人,这就是人生在世的意义所在,特别是在当下的时刻,尤其凸显而出。

所以当我们焦虑躁动不安时,不妨多想想那些风里来雨里去、一天只睡三个小时、吃饭有上顿无下顿的志愿者们、大白们。有人认为，这一场疫情，似乎有一种文化回归，生活静下来、慢下来、转回来，大家回归到最纯朴的家庭、师生、朋友。血缘、学缘、地缘，甚至区缘、楼缘等，成为互相间交流互助的"在"。平时完全不相干的左邻右舍，互相帮助。就我们楼来说，有一个邻居缺钾不适，群里人知道后，送橙子的送橙子，送香蕉的送香蕉。有一个老人问在哪里"团"鸡蛋，就马上有人将鸡蛋送至他家门口。有一个生病的想配药，众人纷纷提供各种方案。小区的大群平时无声无息，这时天天有人发声，"团长"为大家包揽了所有的物资采购问题。

第二，唐先生有一个观点，他说"人生路滑"。"人生路滑"的意思就是很容易往下坠落。千万不要自以为人是一个理性的动物，将理性绝对化。读书人，更要有一种自我生命的忧患意识，要有一种时时刻刻的自我修行，才能够不至于往下滑落。

第三，人生确实是有很多的陷阱和漩涡，甚至有暗黑，但是，这些东西本身就是大化流行的一个部分。天理流行的另外一个部分，就是漩涡并不永远是漩涡，又会出来，从陷阱当中也会爬上去。所以一定要懂得天道流行的进去和出来。生命的真实体验，正是要对这些陷阱漩涡和黑暗、艰难，加以利用，相反相成。

第四，人的意识，人的心理，免不了分裂。不要以为分裂很不好很可怕。分裂其实是正常的，一个没有经过分裂、冲突与矛盾的人生，一个只有一根筋的人生，是不值得过的。存在主义特别强调这一点，但是存在主义有一个缺点就是，最终以暴露危机而逞其快意，光秃秃的存在，不能像中国的儒家那样转妄成真，去魔成道。马克斯·韦伯专门讲到现代人有一个必然的命，就是刚把这个神扶起来，另一个神又倒掉了。这个菩萨刚供起来，另外一个菩萨又倒掉了。

所以现代人是在各种各样的菩萨或神当中来回奔跑,韦伯说,这就是现代人的处境,我们要去承受,而承受力有多大,就能够看出人的生命的真正力量。

最后一点,以上种种,唐君毅先生总结出人生体验的一个要义,叫作"哀乐相生"。前面所讲到那些艰难痛苦黑暗甚至陷阱漩涡,那当然是"哀",而我们对那些东西加以利用、相反相生,正是"乐"。"哀"是人生路滑,但是我们从人生的泥泞路滑当中,能够去挣扎跋涉而出,就是"乐"。像苏东坡跟他的弟弟写的诗:"往日崎岖曾记否,路长人困蹇驴嘶。"这是从人生的苦中翻转而成的一种愉悦。我记得唐先生跟另外一个朋友讨论时,还有一个很有趣的比喻:人生追寻意义与快乐的道路,有点像唐僧孙悟空师徒四人到西天取经。有人说,孙悟空不是有本事一个筋斗十万八千里吗?干嘛非要一路九九八十一劫难地去经受那么多的苦痛磨折?而孙悟空自己也要受那么多的紧箍咒?然而,《西游记》的好看恰恰也就在于这一路的打怪除妖、通关渡劫。如果说,人生的道路就像孙悟空一个筋斗就能取到了真经,那之后人生多么无趣呵。这里有无限的悲,也有无限的喜。"须知人生如说是悲剧,则悲剧之泪中,自有愉悦。人生如说是喜剧,则最高的喜剧,笑中带泪。"这就是唐君毅先生这本书给我们当下的一个启示。

2022年4月17日于家中

(原刊笔会2022年5月14日)

辑五

谈艺

春夜影话

一

今起天气偏暖。看《爱情万岁》(蔡明亮导演，获第51届威尼斯电影节金狮奖)。写现代都市中两男一女空虚孤独故事。一售楼女子，一摆地摊男人，一卖骨灰盒男孩，差不多常常在同一间屋里过夜(男孩躲藏在床下)，实际上三个人的心灵都是不能沟通的。男孩曾割腕自杀，其心灵绝望可想。大概是一个有过极深创伤的人。但他对摆地摊男人却有着本然的感知和深深的痴想。然而男人却又只想着女人的身体，女人又除了身体的欲望之外，更多了对家的渴求和心灵相通的企望。就这样，爱与想，都不能客观化、落实为具体充实的生活秩序，所以，他们的生活就像钥匙丢了，无主的屋子，谁都可以去住，却连名字、地址都无人知晓。在那空荡荡的商品屋里，连一张坐的椅子都没有，只有不知从何处而来的、永无尽止的空落寂寞的水滴声。故事中有一段特长镜头，描写售楼女子独自行走于空旷无人的建房工地，犹如行走于一片废墟，象征着内在心灵的荒凉、寸草不生的死寂，也是现代都市文明病的一种写照。蔡明亮的电影，几乎无人物对话。似表明都市里对话的无效、多余？完全靠演员表演，风格婉约轻倩，含蓄甚至神秘，有点新诗的意味，似懂非懂中，句子与句子就连起来了。词汇与单句的浮动与飘荡，似传达都市人生的无助无力？比较而言，侯孝贤是传统的、温情的、历史的，杨德昌是现代的、动荡激烈的，蔡明亮则是后现代的，松散的，平面的。侯是褐色，杨是黑色，蔡是浅灰色与橙色的随意点彩。

二

看《活着》。此片有两处可记：1.对多灾多难的中国（二十世纪人）来说，"活着"本身，是一大艰难、一大幸福、一大胜利。一切思想、安排，离开了如何让人活、好好地活，就只成为一种奢侈品。所以，让人不受干扰、自在生活的原则，就成为中国人所必需。在本片中，除了福贵年轻时好赌，是怪自己不好好地活着，中间的战争、运动，都是二十世纪历史的灾难、时代的苦难，是时代不让人好好地活着。而西方神学意义上的形而上的活着，实际上与中国人是不大相干的。2.中国人实有极强的、富有韧性的生命力，活下去的动力，是人与人之间相互支撑、艰难人生中的真实的关心帮助，尤其是女性、亲人在艰难困苦之中显露出来的爱与生命的韧性、人性的温暖，是中国人一种历劫不毁的真实力量。在本片中，"嫂子"因丧子而一直不能释怨于春生，但当她知道春生有轻生之念时，她一下拉开了房门，叫那窗外低声交谈的丈夫与春生"进屋里来说"。那一瞬间，温暖的灯光洒满了冬天漆黑的小院。"嫂子"送春生离去，朝着他远去的背影，喊"别忘了你还欠我一条人命！"声音敞亮着，穿越空荡荡的街道。在一些细小无名而动人的抗争中，如小弟弟把一碗辣酱面全倒在了对手的头上，而姐姐为弟弟复仇去砸汽车玻璃等，这里面其实也正是中国人最深厚的传统思想，即亲亲之爱。因而正是家，成为一个人真实有力量的本源之地。由此想来五四对家庭的破坏，含有片面的意义。在本片中,每当一个人处于困境、危机之时,总是"家"的光辉落下,使生命由困境而解脱,由残缺而圆满,由苦痛而复苏。福贵赌光了家产而流落街头,妻子反因怜悯而归来,老母亲欣然,也只说:"咱家人就齐了。"哑女的婚事成功,两老那样舒心透气,看到这里,也觉得日子才算得了端然平正。然而最后的结局,医院里赶走专家,女儿因生产流血不止而死,也暗示着"家"重归于残缺,似乎是一个宿命,寓示着仅靠人心人性,并不能脱离苦难,寓说着中国历史中的现代性成为必需:理性与知识、制度与观念……看狄更斯和契诃夫,常常在苦得不能透气的时候,忽有一种幽默。这个片子倘若没有葛优,不知道会不会沉重得让人看不下去?或许中国人太累,葛优是中国人生命中不能没有之轻?

三

看《过年回家》(张元导演),又名《十七年后》,女孩失手打死她的异父异母妹妹,十七年后从监狱里假释回家过年,如何以罪身面对苦痛双亲?有莎士比亚式的浓烈冲突和内在紧张。罪与罚,罪与恕,父女情,母女情,夫妇情,天伦与人伦等,碰撞剧烈。每个人身上,都有几种冲突。母亲,如何同时面对回家过年的女儿与相依为命的丈夫,父亲,如何同时承受过去的骨肉之痛与眼前的家庭之亲情,以及自己心中的情理冲突,女儿,又如何在满足自己内在心灵的亲情渴求的同时,又必须正视与此相连的真实生命的创痛,甚而满足几乎又同时成为一种撕裂与毁坏?编导的手法极为朴实近情,在不张扬的、克制的表演和情节中,隐藏着颇不平静的人性试炼。这是一个陀思妥耶夫斯基式的叙事,却有着中国儒家式的解决。中国没有宗教,没有信仰，有人笼而统之地说这是中国文化的大症结，这是个不负责任的说法。按此说法，《回家》的解决方式，就似乎只有宗教式的解决。宗教式的解决，是依靠外在的力量，来作最权威的主宰；或者，最终脱离了世间的罪渊，皈依了某种终极的实在（天堂/涅槃）。但是，从《回家》的结局可知，其宗教式的赎救力量，正在于现世人生中真实的相依相助；一切神圣的光，都源自人在现实生活中心与心的照面，情与情的流注之中。所以对于天堂与赎救的大信，最终回到人间，回向对人心人性的大信，这一大信的表现，即每个人内在心灵中人性的自觉，每个人切实担起了责任，终以成全他人的存在来成全自己的存在。譬如妻跪在夫的面前哭誓"下辈子做牛做马也跟你"，夫回报以人性之平常温厚："咱不做牛不做马，咱做人，还做一家人。"又譬如女儿终于承认是自己"偷"了五块钱（十七年前冲突的缘由），终于破了理障和我执，为弥补继父的痛苦而化解个人的小我（这里分明已透破了以法权为中心的现代理性观），终于与继父达成了亲人的沟通和情感的融合——在生命的底部，没有什么俗理（五块钱之类）可言。这正是儒家讲仁的深义。也正是康德所说的：在理性存在的共同体中，任何他人都是目的，每一个个体相互当作目的，自己也把自己当作目的。

（原刊笔会2003年4月6日）

雪地里的红草鞋

人心不古,现代人的情爱,常在"妖魔化"中。然而古典的恋爱,其实也并不是一味的举案齐眉和风花雪月。《红楼梦》中,黛玉对宝玉说:"真真你就是我的天魔星。"佛教的经典中说,魔有四种,第一种就是天魔。"性好劝人造恶退善,令不得出离欲界也。"弥勒佛初成佛道时,天魔跑来一把火,七宝楼台,瞬间烧尽。黛玉用此来形容她与宝玉间的孽缘,上辈子该她欠他,此生依然还不了他比海深的泪。《白蛇传》里,最骇人的一幕是:白娘子终于在许仙的面前,露出本相来,那是一只生生的兀直昂起的头:毫无表情地凝视着爱人!再也没有比这个场面,更惊心动魄,将诗一般的爱情,更雕塑般地妖魔化了。但是,必须指出的是,古典的爱毕竟是古典,黛玉的天魔星,那是她的"冤家"。"冤家"在爱情中,又直是一美妙的词语,最甜蜜的苦、最煎熬的情、最个人的心印、最天意的命缘,都在这个词里了。一个词就是一块玉,就是爱情的猫眼石。乔伊斯对诺拉说:

> 你知道珍珠是什么,而猫眼石又是什么吗?我的灵魂在遇到你之前,只是一颗苍白、毫无热情的美丽珍珠。你的爱流窜过我的身体,现在我的心灵就像一颗猫眼石,充满奇幻的色彩,明暗交替的温暖……

而面对许仙的白蛇之头,那是在法海的毒咒威逼之下,惊恸、哀婉、伤悸,都化而为"无",化而为牺牲,化而为觌体相对的本然。因而白娘子的"魔"相,反而更表达了她为了爱,那样的无助、无力、无奈,又那样的如是如是,不假人天,原始沛然的大善意大真情。

当代东西方电影中,情爱的魔化,与此不同。要紧的区别是:此乃一新开辟之战场也。下面以两部电影为例。

德国电影《钢琴教师》。故事讲维也纳音乐学院的一位钢琴女教师,由于性观念的另类、病态,终于毁灭了自己。导演的角度不是展现病态的情色,而是多冷静客观地叙述,叙述中又有哀怜、深入挖掘。艾莉嘉有着极高的艺术修养,但由于封闭、自我中心的生活环境,单一的教育背景,使得她为人冷漠、孤僻,甚至残酷(与德国法西斯没有什么两样)。她居然为了嫉妒,可以把极锋利的碎玻璃碴放入学生安娜的大衣口袋,从而毁掉一个钢琴天才。她对恋人的爱,是浓烈的性玩虐受虐。从新女性主义观念来说,这当然是应该尊重的性少数派,凭什么只有多数人的性习惯才是"正常"的?所以艾莉嘉以激烈的虐恋,来摧毁异性恋男友"正常"的情色体验,解构多数男人的性幻想和性观念。从而引发了男友对他所认为的正常、男性权利的捍卫,以及为个人尊严而战,终于以艾莉嘉自毁的悲剧收场。这里的关键不是性少数派的合不合理,而是两性的平不平等,沟不沟通,有没有彼此的善意。不平等不沟通无善意,即病态。影片有同情理解,也有明显的倾向性。

日本电影《怪谈》,是从小泉八云的故事中选出四篇而成。导演小林正树。写男女之情而明显具有两性战争的现代意味。其中《黑发》,写一武士,为改变贫穷处境而抛妻另娶,然而第二任妻子自私蛮横,武士不堪,又回到前妻身边。前妻极尽忏悔遗恨自责之至,极尽温柔婉顺之至,也极尽枕席欢乐夫妇人伦之至,然而,这只是对男人异性恋观念的反讽而已。一直到天亮武士在晨光中睁眼,渐渐转移他的视线,真正的戏剧性因素开始出现:惩罚以天意、以鬼怪的力量表达出来,最后是一袭黑发,缠杀了武士。黑发是最柔也是最刚,是女子唯美的武器,也是性别力量的宣言书。

另一则《雪女》,讲一个男子在外出打柴的风雪天里,亲见一同伴被雪女呼气而死,雪女近身时,见打柴男子长相甚帅,就放了他,相约不可说出雪女之事,否则就杀了他。十年后,男子偶然对与他生了三个孩子的妻子说起此事,谁知,妻子正是那十年前的雪女。雪女因男人违背铁誓,失望灰心至极,本决意向他下手,但又顾虑到三个骨肉,就悄然离去。男子拿起雪女留下的一双新草鞋,对着门外漫天风雪,恭然置草鞋于门外,凄然泪下。结尾是,风雪无情地掩埋了系红带的草鞋。

这两个短片,看到最后,都是铁青,都是背凉,如身入冰窟。表达的不仅仅是传统道德训诫,更是对男性人性品质深深地怀疑、不信。这当中有着冰天雪地一样深的沟壑。从中升起女性在世孤独悲壮的凄美。

其实,这背后是一整套更大的新叙事正在来临。那是一个各种权益主体、各种少数派不断醒觉的时代,所谓"承认的政治","个人即政治",不仅是权利对权力的战斗仍将继续,而且是各种权利与权利大战正在拉开序幕。祛魅的情爱电影,只是敏感地传出了隐隐的鼓音罢了。

充满新的想象力,充满新的解放力量的新叙事,也许,会血肉横飞,也会是春花满地。也许,血肉横飞后的世界,真的是:西湖水干、江潮不起、雷峰塔倒、白蛇出世,仍然不是没有可能重归于共和、古典的世界。那可能将是新的和谐。反征服、反控制、反物化、身体自主、非婚内、非生殖性、一夜情、跨年龄,以及扮装、恋物等,不是没有辩证意味,但是,中国情爱文学的观念,还是明代的名姝柳如是说得最好:人之相知,贵识其天性,因而济之。济之,即成全之。两性之间的事,说到底,需要有足够的善意,足够的心灵内涵,以及相互成全的智慧。这才是《易》有太极、阴阳和合至深的天意。

(原刊笔会2004年2月29日)

雅各的微笑

中国国家话剧院的《九三年》,在美琪大剧院得到的掌声,远多于我近年来所看到的其他话剧,却只匆匆在沪演了两场,就带着八吨重的道具回京了。留给人们一个印象:大师的东西一点也不市场?然而原因只是演员们的"档期"太满,只得这样快演快散。假装"矜持"的雨果其实被世俗的肥皂电视剧推走,这似乎是当今文化状况的真相。然而我竟偏爱它,意外地想起了一些话剧艺术之外的事情。

第一件事情是关于"贵族"。这个词近年来有些流行。且不说那些房地产商们对这个词滥用成灾,也不说那些中产化的人们开始自我"贵族化",就说文化人,也开始怀念旧贵族了。可是越说越让人迷惑。章诒和的文章叙述了关于康同璧母女,保留着一整套西餐餐具,大家也就认同说是最后的贵族。我的老师说,哪里是呀,连康有为都不是贵族。真正的贵族是什么?大家都忘记了文学经典,这《九三年》里的郎德纳克大概可以算一个。

我们在这个大众时代不必去赞美贵族,但是不妨作一点历史的客观了解。其实贵族并不脸谱化。前些年的教科书说,郎氏为保王而杀人不眨眼,最终却良心发现,由魔返圣,舍身救母女三人,不合逻辑,是图解"在最高的革命之上,还有一个最高的人道主义"。其实人并不是逻辑的动物,不是现成化、目的化的器用。再者,贵族作为群体的特点,是荣誉重于生命。旧时法俄贵族,决斗成风,正是此种精神需要的满足。郎氏可以从地道逃走,却反身回来救大火中的母女,同时也是对自己贪生怕死的堕落人格的自我救赎。精神救赎是他们生活中一大目的,这一点我们原先也不陌生。战国时代的侠士其实也都是贵族转化过来的。守门的侯嬴为什么要自杀,还不是为了自身的尊严。饿死首阳的伯夷叔齐,不食嗟来之食的齐人,也是精神自主的高贵,重于生命。郎氏在狱中对郭文说:"这里就有一位贵族,就是我。您好好看看。他是个怪人,他相信天主,相信传统,相信家庭,相信祖宗,相信父辈的典范,相信忠诚与正直,他对君主尽忠尽责,他尊重古老的法律,他相信美德与正义。"贵族肯定是不符合历史进步潮流的,但贵族如果有一点可取,那就是比较"相信",比较"肯定"。在暴力年代,守住的是人性价值底线;在后现代主义解构颠覆一切的年代,贵族的信与义,尤显出可贵了。

但是如果以为贵族就是反对革命,反对进步,那又错了。想想俄国的十二月党人,想想忏悔的贵族之父赫尔岑、上绞刑的女杰苏菲亚、到民间去的思想家拉甫罗夫,想想甘心放弃贵族特权、随夫直奔苦役地的十二月党人之妻如叶卡捷琳娜等,何等可歌可泣。蒋路先生《俄国文史采微》以确凿统计数字说明:"1827—1846年间,贵族在俄国政治犯中占76%,甚至到了1884—1890年,即俄国解放运动史上的平民知识分子时代后期,政治犯中还有30.6%出身于贵族。"从历史上说,如果说革命与保守都是贵族的品质,那么他们究竟要什么呢? 其实,贵族尊重传统、家庭、宗教,是因为这些或可保护自由心灵,或可成为自由生活的条件。这与他们以激进手段追求的东西是一样的,更重要的还是背后的自由心灵,是自由本身的诱惑力,而不是以自由为工具手段,去实现别的什么东西。还是托克维尔说得最好:"他们仍保持着他们先辈的骄傲,既仇视奴役,也仇视法规。……当大革命开始之际,这个行将与王权一起颠覆的贵族阶级,面对国王,尤其是国王的代理人,态度比即将推翻王权的第三等级还要激烈,言论更为自由。阅读贵族的陈情书,我们可以感到,除了偏见和怪癖外,贵族的精神和某些崇高的品质历历在目。永远值得惋惜的是,人们不是将贵族纳入法律的约束之下,而是将贵族打翻在地彻底根除。这样一来,便从国民机体中割去了那必需的部分,给自由留下一道永不愈合的伤口。"托克维尔说贵族要温和保守的、要激烈追求的,都是自由。"多少世代中,有些人的心一直依恋着自由,使他们依恋的是自由的诱惑力、自由本身的魅力,与自由的物质利益无关;这就是在上帝和法律的唯一统治下,能无拘无束地言论、行动、呼吸的快乐。……不要叫我去分析这种崇高的志趣,必须亲身体味。它自动进入上帝准备好接受这种爱好的伟大心灵中,它填满这些心灵,使它们燃烧发光。对于那些从来没有感受过这种爱好的平庸的灵魂,就不必试图让他们理解了。"无论是西方还是中国,贵族作为一个阶级其实已经永远死亡了。但是其中的心灵内涵却并不必然灭亡。如果我们真的要寻找"贵族",与其寄望于那些正用燕尾服扮装的富而后贵的新贵,寄望于那些怀旧忆昔的乌托邦,不如寄望于寻找这样的精神传统和文化心灵。在一个大众化庸俗化精神平面化的时代,我们似乎听到郎德纳克在喊叫:"你们不要贵族!很好,再没有勇士,再没有英雄了。再见吧,古老的高贵!"

第二件事情是关于"理性"。这更是永远说不清楚。至少我比读大学本科时更糊涂、更不确定了。至少不会简单说雨果充满了资产阶级的人道幻想之类废话了。本来,西穆尔丹所说的平等、正义、权利与义务共存、比例制累进税、义务兵役制,以及共和国军官的责任,都充满了理性。生活中的理性成分总是不断增加,这一趋势的结果,一方面是社会的现代化程度提高,一方面是信仰、传统、诗的被放逐。人们渐渐明白,如果忽略了人的诗意与灵性,忽略了仁爱与真诚,忽略了自由心灵,即使理性化程度很高,那仍然是一个丧失意义的世界。所以我并不简单把雨果的这部书看成回应十九世纪现实之作,而宁可看作对于我们与作家共同的大时代的诊断之作。经典作家并没有真正离开我们,大时代的共病即"理性"的命运。实际上三个人物恰恰可以看作是对于理性的不同面相的诊断。郎德纳克自己救自己的灵魂,表明生存理性(身体、行动)在道德良知(灵魂)面前的溃败。郭文听从良心声音,放走了郎德纳克,而被处以极刑,则表明了价值理性在工具理性(程序理性)面前的牺牲。而西穆尔丹下令处决郭文之后,最终开枪自杀,也表明了"像箭一样只对准目标飞去的""笔笔直直"的"绝对性"崇尚的规范理性的悲剧。三种命运,环环相连,表明现代世界的悲剧,正是理性的几种相互冲突的性格之间的战争及其灾难。一般人认为作家这里基本上认定郭文是他心中理想人物,其实西穆尔丹批评郭文"生活在云端里",又何尝不是雨果的批评。雨果的思考绝对是充满紧张、充满不确定的。中国国家话剧院的编导用古希腊悲剧仪式中朗诵队方式来体现心理冲突和不可解的命运悲剧,颇得其神韵。这是一种现代性命运的多元叙事。可是我们看到,二十世纪迄今现代生活的真实叙事,比雨果想象的要悲观得多。冲突的要素并没有变,叙事的风格却已改写:道德良知(灵魂)在生存理性(身体、行动)面前的节节溃败,价值理性在工具理性(程序理性)面前的永远牺牲,以及"笔笔直直"的"绝对性"的功成名就。"欧几里得创造的人",决定性地压倒了"荷马创造的人"。西穆尔丹决定处死郭文,"他脸上流露出一种可悲胜利的痛苦。当雅各在黑暗中摔倒天使又乞求天使祝福时,他脸上大概就是这副吓人的微笑"。如今,天使似乎仍然不断在黑暗中被摔倒,然而那雅各的微笑,早已十分自然迷媚了吧?

(原刊笔会2004年7月20日)

《大鱼海棠》的文类、隐喻及其他

《大鱼海棠》是中国动画片的良心之作。然而在电影史上，一部好作品遭到误解的现象是常见的。重要的是需要有人来说几句公道话。看到评论界似乎没有人正面回应批评，我不妨来说几句。

这个电影遭到误解的一个重要的理由是，电影的女主角"椿"，为了追求自己个人的幸福，而牺牲了全村人的利益包括她父母亲的性命，一意孤行，在所不顾。解答这个问题要弄清楚几个关键：第一，椿并不是置全村利益于不顾的人。当事情发生变化的时候，她确实用了她的全部法力，包括她掌管海棠树生长的法力，去拯救全村人，表明椿这个执着而单纯的女孩，并非极端自私的一个人。她甚至勇于牺牲自己，以拯救她的族人与亲人。第二，这样事情的发生，洪水滔天的灾难，并不是因为椿要拯救自己的爱人，而带来的一个直接的后果；椿之拯救行为，非但不是洪水直接的原因，反而是那一股阻止与反对的行为，参与导致了洪水的灾难。更何况，事情发生了一些变化，是一些不可预计的因素。椿更并没有在主观上，有一种选项，去放弃自己的亲人，成全自己的恋人，以实现自己的爱情，没有这样非此即彼的选项。第三，即便如此，我们也承认，人生的事情，总有一些悲剧是无解的。并不是所有的事情或所有善良的愿望，都有一种理性的结果。并非一切正当的行为，都可以获得一种两全其美的结果。或许最终的可能，两件事情，都是好的，但却都会导致一种悲剧的结局。这个电影并没有回避人生的复杂性。最后，我们知道，这个作品强调的一个重点，是一个有坚定的价值操守的人，她之所以要去成全别人、拯救他人，是听从内心的命令，这来自她自己内心深处的声音，是不为外界的主张、潮流、习惯与规矩所左右的，中国哲学中，即所谓内重自然外轻。这个电影当中的爷爷讲过一句话："当所有的人都反对你做的事情的时候，你若认为你这样做是对的，就应该坚持自己的想法。"这其实就是庄子所说的：大人者，"举世非之而不加沮；举世誉之而不加劝"。所以这个细节，也正是代表这个电影中一个庄子的灵魂。熊十力先生说，庄子其实就是一个有道之士的气象。如果一个人经由长期修炼而形成一个强大真实的自我，那么，内重自然外轻，当然就要听从自己的内心的声音，而不要管外界事情正在发生多大的影响力。外面的形势我们不能左右，我们可以决定的是我们内心的正当与否。当然，日常生活中我们在做重大选择的时候，应该将后果想得更清楚全面，但这是事情的另一个方面，不是这个电影所表达的重点，不能要求一部电影涉及人生的所有方面。

对《大鱼海棠》容易产生误解的另一个重要原因是，不明白一个好的电影作品，犹如一首诗歌一样，不仅有它的表层的含义，而且有它的深层的含义。正如陈寅恪先生所说的："诗要有两层意思，才是好诗。"所以我在这里试图用文化诗学的一个视角，来解读这个电影真正的密码。

请大家记住，这个电影的开场白，直接引用《庄子》的名篇《逍遥游》。庄子不仅是这个电影的灵感来源,也是它的重要隐喻。同时我们知道,整部电影充满了中国文化的元素,这并非简单的符号意义,它实际上是指向中国哲学的深层内涵,有着极为自觉的文化意识,这就区别于《千与千寻》等其他的一些日美动画片。

其次,我们要记住这不是一部现实主义的作品,而是奇幻作品。文类的要求不能不注意到。我们不能用现实主义的文学作品的一些规则与标准去要求与规范奇幻类的作品。比如说我这里提些问题:第一,为什么在结尾处,两个死而复苏的有情人在沙滩上的照面,椿缓缓走向鲲,向他伸出手来,——鲲,却是一脸困惑、冷漠的茫然表情,完全无动于衷!我们这些经历了前面大喜大悲激烈的观影体验的人,到头来白陪古人担忧,空替公子落泪,是这么一个结局,这是什么道理?电影在表达什么?第二,电影一开始成人礼的环节,为什么椿的妈妈要说千万不要去接近人类,人类很危险?而最终危险的却是自己人?第三,为什么半神人掌管人类和外部世界的规律的,是那样的容不得半点人间的真实,是那样的纯粹、简单、直截了当,容不得一点点非黑非白的东西?为什么掌管人类寿命的灵婆,实际上是用一种非常冷酷、算计、工具的法则,来决定人的寿命?他这个所谓半人的世界,其实是一个抽象的"理"世界,跟那个生机盎然气象万端的"气"的世界,其实是全然不同的世界,遵循全然不同的规则,唯其如此,反而反衬出人间世界,虽然危险,却是真实;虽也丑恶,总有美好。这个大的结构,如果我们想清楚了,就会发现,这个电影确实不仅仅是一个单纯的爱情故事,它其实是透过对虚幻的理想半人半神世界的批判,召唤一个理世界与气世界之间的对话与沟通,指的另外一种可能,即现实与理想之间的相互交涉,以及如何在理世界和气世界当中,找到一种通道,如何重建中国智慧对于复杂人生的回应能力。

中国古老东方哲学的儒道哲学当中的一些精华,譬如:君子成人之美,成全与牺牲,感恩与回报,为他人作想,当然是这个电影的东方哲学的精神所在。而这些大智慧的东方思想,在精妙的细节,独特的造型,迷人的风景,优美的音乐中,充分带给我们近年来罕有的、富于古典中国气息的鲜活观影享受。

2016年7月19日

(原刊笔会2016年7月24日)

春联是中国文化的一双眼睛

2016新年和春节即将来临的日子里，校园里到处都是喜气亮丽的"中国红"：——迎新春春联笔会的海报、微信和邀请，遍布在校园海报宣传栏、食堂门口和大家的微信朋友圈里。多年来师生总是像期待着一件喜事那样期待着这个活动，在大家的热心参与下，这些日子也成了校园里美好的嘉年华。

俗话说："腊月二十四,写大字。"中华文化博大精深,小小的一副春联,沉淀着厚重的文化内涵：民俗的生活内容、节庆的时序喜气、宗教的祈福驱邪、政治的和谐沟通、文学的抒情礼赞、艺术的飞扬跋扈,甚至有心理的跌宕自喜与教育的人文素养功能等。春联不仅是喜气欢庆的符号、吉祥祈福的象征,而且是传承文明、弘扬文化精神的重要手段。有一个小故事：学生小朱,来自湖北麻城。爷爷和爸爸都会写春联,逢年过节,乡亲们常常请写一副春联,高高兴兴张贴于自家门楣。后来不知为什么,乡村里人少了许多,家人也不齐,小朱回乡过年,没有人找他写字,寒风里的村子灰灰土土的样子。这几年,传统文化又回来了,家人也齐了,乡村又热闹了,左邻右舍的乡亲又都来找小朱写春联。小小的一副春联一贴,噫！乡村就回过神来了。小朱说,一所好的大学,学校里不光是有知识,还要有文化。文化就是俯仰古今,就是沟通与理解,就是想象与抒情,就是心灵的跌宕自喜，文化就是让生命回过神来。

　　写春联活动每天都红红火火，我们只是简单地用了十几根绳子，纵横交错，居然就把两个校区的大厅拉成了红色的海洋：甲骨、隶、篆、楷、行、草以及英文法文甚至藏文的春联，就红红火火地悬挂于上。一位韩国的小伙子用韩文和中文合写春联，表达共同的祈福。美国女孩Nanci，用刚学的汉字，一笔一画写了"一帆风顺"四字；非洲姑娘Charity Hicks，竟然工工整整地写了"火眼金睛开玉宇，红梅绿柳报新春"一副春联。两个藏族女孩，用藏文写了一副，又大书音译汉字"阿玛帕珠恭康桑，扎西德勒彭松措"一副，表达新春祝福之意。有的幽默，有的典雅，有的机智，有的哲理，细大不捐，现场充满着浓浓的喜气，浓浓的文气，浓浓的墨香。春联就是中国文化的一双明亮的眼睛，像极了那些憧憬着未来的男孩女孩，美丽动人，阳光向上。终身教授刘永翔写给猴年的春联是："霾重群思澄玉宇，天清人尽盼金猴"，说出了大家的心声。你一定要看诗人曾庆雨写给图书馆的长联，张于图书馆大门，高达十几米：

　　　　羊角抟风去，乘九万里云烟，望浩浩天池，探春知未？
　　　　金箍辟雾来，焕三千年书史，开巍巍邺架，含意待申。

　　此联写得格高调美，浪漫高华。我就把诗人对学校与国家未来的美好憧憬，作为新年的祝福送给大家吧。

2016年1月29日
（原刊笔会2016年2月9日）

听取清音入梦来

单君画竹,机趣灿然,先与古异趣,终与古为新也。古人多写丛竹,或多秋声,所谓"满堂宾客动秋思";或发幽美,所谓"蘅兰修竹,寂寞幽谷";或得怒气,所谓"剑甲摐摐军十万"者也。单君之竹,无根无地,不幽不怒,出妙想于法度之外。古人画折枝竹,或瑶台凤管、幽人素纨,摹其仙气;或帝子啼痕、湘娥何在,写其寒意。单君之折枝竹,不衫不履,非烟非雨,真乃"宋代王孙笔意新"也。观其枝干之横逸、节叶之峭美,虽写生于域外,了无托根无地而屈抑盘躃之悲,此为堂堂阳气之美也。观其构思,或欲去反留,顾盼相亲;或逝止无常,满心而笑;或放歌于春光,轻舞于月夜;或吟成而微醉,兴来以写意,此为率性喜气之美也。观其意象,或春雨新梢,整而复斜,得佳人碧玉钗之象;或梦回虚窗,月影参差,得高人旷士弹琴长啸之境;或凤毛零落,夜深鹤去,灵光乍露之际,人天一体,诗人满襟之英气逸气,含敛不住,化而为乾坤清气之美也。噫!晋人桓子野每闻清歌,辄唤奈何。余因与单君之竹,晨昏晤对,而客衣终不化风尘,幸矣!丙戌年暮春胡晓明题于京城绿杨宾舍。

去那小河淌水的地方

一直有个隐秘的心事,去云南,看那《小河淌水》的地方。这回刚到大理,忽听说《小河淌水》的改编者尹宜公先生,已于十多天前仙逝,更觉得不可不写一点文字了。可是正当我们已经联系好了专车,准备第二天往弥渡的密祉乡,看一年一度的花灯节,却传来一个坏消息:局长生病不去了。如果我们个人租车前往,那四五十万人的场面,连停车的地方都没有的。不禁怅然久之。

然而我还是把这篇文字写出来,尽管,我与此民歌情缘之深,非此片纸能了。

《小河淌水》,是中国民歌皇冠上的一颗最明亮的钻石。是中国文化的音乐与自然之美神,积数千年之功夫与修行,才修成的现代真身。是云南的第一名牌,听了以后你就永远也忘不了云南,就觉得云南真美、真了不起;听了以后,云南的云烟或云腿,都可有可无;甚至版纳、丽江、大理,也不一定要看了。

这首民歌的最大的特点就是单纯:"月亮出来亮汪汪……山下小河淌水清悠悠……"明亮、晶莹、纯洁的意境,一下子就深深抓住了现代人的心。我第一次听到这首歌,就像是一下子被施了魔法,满眼都是月光,满心都是清悠悠的小河淌水。噢,那歌曲旋律,也是那种使人上瘾的好东西,听了就不舍不离。

我常常想，一开口就那样通透呀，月亮出来亮汪汪，一下子就接通了天地与人心。地地道道的民歌就是天真无邪、混沌未凿。

还有那妹妹唤哥哥，民歌虽多，但大都含蓄悠扬，或调皮轻快，我从来没有听过，像这样的气息深长、透亮肯定，又像这样的如水柔情、百转千回。

尹宜公先生改编这首民歌，也就改写了开头这一个乐句（"亮汪汪"），然而那两个切分音，犹如宝刀刃上的精钢，胜过了千首万首的凡铁庸铜。

细听两个切分的重复，是那个妹妹不相信分手、不承认离别，更要一程一程地相随；是她站在高坡上，更把歌声一声一声地相送。是中国人关于人心长在的信念，在艺术中最经典的证明。

这回去不了弥渡，我就像一个失望的"粉丝"，贪婪地吸收着有关《小河淌水》的信息：

《小河淌水》来源于一个有着很深厚传统的音乐乡土：真是在一眼深井里舀来的一口甜泉，命定就要出极品。关于音乐歌舞之乡弥渡，有"丽江粑粑、鹤庆酒，到了弥渡不想走"的谚语；关于弥渡的花灯之乡密祉，有"十个密祉人，九个会唱灯。才进密祉坝，处处闻歌声"的传说。自清代乾隆年间起，密祉的元宵节，即已经举行狂欢两夜、遐迩闻名的大型花灯盛会，近三百年来代代相传，未尝中断。被老外称为"东方狂欢节"。"入夜，圆圆的月亮挂天中，整个密祉山村沉醉在一片欢乐的海洋中。各村灯队都要到家家户户唱门户灯，主要唱折子戏和花灯歌舞。人们席地而坐，围圈观看，悠然欣赏剧中的故事和音乐。按传统，每天晚上每个灯队要玩几十家，从天黑到月亮偏西，无论走到哪村，到处是鼓乐声喧，丝竹不绝。"

(《弥渡花灯品鉴》)

　　这个音乐之乡有着多元的音乐文化资源，汉族的、白族的、彝族的，交融在一起。明代大量汉族人口迁入定居密祉，籍贯多系南京。乾隆年间即流行《倒扳桨》《打枣羊》等，多为吴声歌曲江南小调。至今老人谈花灯，仍多说"老祖宗从南京应天府到云南从军时带来的"。然而弥渡西山的彝族居住地，所流传的《放羊调》《磨豆腐》等曲调，也是《小河淌水》中关键旋律的母胎。一曲《小河淌水》，足以说明中国各民族精神气质的和谐相生。

　　中国的好东西多半是"鼎足而三"的。密祉的另外两首广为人知的名曲，一是《十大姐》，一是《绣荷包》。前者黄虹早在1956年莫斯科世界青年联欢会唱出名，后者由朱逢博二十世纪八十年代初唱出名。二曲至今也仍是各大演唱会的经典保留节目。

　　改编者尹宜公先生，曾任云南民族出版社总编辑。出生于音乐世家，年轻时深恋一女子，终生不渝。"诵吟两乐音，系我一生心。"此歌亦融入自家生命体验，是中国人文艺术传统的一种表现。

　　最后要说到，此曲不仅有韦唯等一流歌手的各种不同版本，不仅有钢琴、管弦乐、独奏、齐奏、无伴奏合唱等艺术形式，而且有大理三月街上，七百多人演出的大型广场歌舞，以及昆明花灯剧团的国家精品工程。甚至，我在滇西北走过的一些地方，公路旁的小鱼庄、小饭馆，动辄以"小河淌水"命名，不一而足。我心中的《小河淌水》，已令人惊异地流入了二十一世纪文化生产的大潮之中，泥沙鱼龙，利弊得失，已经成为另外的问题。譬如七百人的大型演出歌唱，还算不算是"小河淌水清悠悠"？譬如将其改编成有情节有冲突的剧场演出，是不是伤及民歌的天真、有违民间生活不那么戏剧冲突的真相？将其与旅游商品联系,是不是对文化遗产的过度开发?这已经需要另外的篇幅来讨论了。

2006年2月16日
(原刊笔会2006年3月13日)

壑舟的漂流

1984年，我到安徽芜湖读硕士研究生，参加了一次文心雕龙学会的黄山会议，我跟我的师弟朱良志一起打前站，先到黄山游览。我们走的路线是黄山的后山，这是一条人迹罕至的山路，非常宁静，我们一路上所见到的风景是那样的荒寒苍茫，至今想起来都似梦非梦，有一种虚幻和无常的感觉。那个时代我并没有特别留意过元四家，甚至没有怎么注意中国山水画，那是整个崇尚西风的时代。然而黄山却仿佛高人偶露真容似的，不期然而然，与我有心灵上的照面。后来读山水诗，写山水美学，笔底也总拂不去黄山后山的影子晃动。我开始相信中国山水当中不仅是山水，而且有哀乐，有诗文，有哲学。

同样也是在安徽，也是读硕士研究生的期间，参加另外一次学术会议，到了九华山最高的肉身殿。当天晚上就住在九华山，听山下松涛阵阵，夜不能寐，仿佛有人在叹气。开始懂得了什么叫作"会叹气的山水"，懂得了一个概念叫作"空间里的时间"，岁月悠悠的感觉。也明白了为什么在美国的黄石公园所看到的山水，只有原始和蛮荒而没有岁月悠悠之思。这个对照使我觉得山水画是应该抒情的。

所以，去年春节在云南大理，在我岳父的画室里第一次落墨于纸，其实我内心表达的冲动和兴趣，一开始就不想去学古人的套路，而要画我记忆中那种似梦非梦、会叹气的山水，要画空间里有岁月悠悠之思的山水，要画那种我所感觉到有诗歌和哲学的山水。在云南晨光未曦、一灯荧然的画室，我听到了黄山和九华山隐潜的召唤。确实我一开始就遇到了中国最好的山。有一个朋友说我"画气不画形"，我在画画时，确实仿佛跟着一个看不见的导游，跟着一幅"气"在走，而不是跟着实体的移步换形的山水在走。气韵生动，气就是生命，韵就是节律。

要给大家分享的第二个故事，是我有幸与杭州的山水结缘。我从2003年到今年，在杭州担任中国美术学院讲座教授，足足二十年。每年都会到杭州去讲课，一个月住在那里，晚上上课，白天跟朋友、老师、学生们喝茶聊天。不仅游遍了杭州西湖边上最美的山山水水，而且结识了杭州西湖边上住着的最厉害的高人，这是我与江南山水很深的缘分。一个叫老龙井的地方，我去了七八次之后，完成了一万字的《辩才法师年谱》，在那里弄懂了一个谜：北宋年间的苏东坡为什么会经常去老龙井找辩才法师？东坡为什么那么喜欢辩才法师？因为辩才法师就是个高人，东坡见了辩才法师之后，才知道原来杭州山水最美的地方，就是那样一种又枯淡又清新、又疏野又精雅、外枯中膏、似淡实腴的味道。这个可以与苏东坡《次辩才韵诗帖》与《腊日游孤山访惠勤惠思二僧》等作品参证的。后来我在杭州，无论是孤山，还是杨公堤、乌龟潭，都从当中找到了真正中国山水的精髓：一种安静的古意，山水当中有高人。这就是我为什么要把这些枯枯淡淡疏疏野野的山水，拿出来给大家看的原因。这跟我们今天所身处的这样一个越来越花花绿绿、五光十色的图像视觉世界，形成了鲜明的对照。不是说我们就一定要回到那个枯淡中去，而是如果越来越长久生活在那个花花绿绿、五光十色的图像视觉世界，我们的视觉经验，全部是这样的一些大众的、商业的和网络世界的逻辑所塑造而形成的，我们可能会渐渐回不到一种宁静、淡然与缓慢的生活节奏，可能会渐渐失去一种更内在、深沉而悠长的美学。因此，我深深感谢生命中有这一段难得的缘分，让我去具体而切近地感受到千年前东坡的枯淡与疏野，以及认识到在杭州的西湖边上的那几位高人，仍然守护着这一份低调而内在、悠长而宁静的深沉之美的老人。

"壑舟的漂流"，是回忆过去美好的时光。画可以追想、忆念上述生命故事。"壑舟"是中国人关于时间流逝的一个经典意象。如果说"川逝"是表达生命的精进，"壑舟"就是表达生命的感伤。陶渊明诗"壑舟无须臾，引我不得住"，就是这样的意思。然而壑舟漂流的过程当中所见到的风景，如此忧伤，又如此奇妙。中国水墨是最长于一唱三叹的美妙艺术，如果时间的流逝是值得唱叹的，如果抒情写意是中国文人画的精髓，那么，用水墨来记录生命漂流中的那些风景，更追摄其中"安静的古意"，表达"岁月悠悠之思"，是何等适意的事情。

其他要分享的故事还很多。是看不见的导游引着我真正走入水墨的世界之后，我才发现这里面有无穷的美妙。其中有很多无声的交流与会心的相契，除了古与今、诗与画、技与道、内与外、虚与实之间的对话之外，一个很重要的东西就是纸、笔、水、墨四者之间的游戏与对话，我才真正地懂得了什么叫作有生命的、会呼吸、会说话的纸张，以及调皮、狡猾、喜怒无常的墨。如果没有纸和笔和墨和水之间的交谈游戏、打闹沟通，或许这些画就不可能如此顺产。

当然，这些都是我自己的一些体会，如何把这些东西传递出来，还是要请大家来多多批评和指导，再次感谢所有的来宾。尤其是在图书馆飞速数字化发展的时代，这也是一场书香的传递活动。透过对于纸、笔、墨时代的怀旧、温情与敬意,不只是对过去的传统发生一种乡愁,而且是对于如何让过去、现在与未来都能连接在一起,沟通在一起,生活在一起,多一点用心,多一点方法,成为一个有温度的图书馆。一定会有更多的人有这样的心情,你们的来到就已经证明了这一点,这或许是我们这个展览的更大意义所在。

（本文是作者2024年4月17日在《壑舟的漂流:胡晓明水墨作品展》开幕仪式上的感言）

（原刊笔会2024年5月1日）

我的太极拳小史

太极拳是中国的国粹。人无分男女老幼，地无分南北西东，学无分老庄孔孟，时无分春夏秋冬，只要有华人的地方，就有太极拳。太极拳精深博大，藐予小子，习拳几何？敢撰私史？然练的人不写，写的人不练；有内史，也有外史；有个人史，有家族史。小人物、边缘人、旁观者，也可以从各个侧面去丰富、注解、诠释宏大叙事的历史。对于一个像太极拳这样无比深厚的对象，当然不是只有垄断的一种史。

先要说起我的太极拳"前史"。那就得从外祖父讲起。外祖父是贵州毕节经商的，长年在外东跑西颠。他老人家跟我讲小侠艾虎、南侠展昭、接镖还镖的故事，听得一帮子少年血脉偾张。又说他年轻时曾在地方上打过擂台，将刘四爷一脚踢翻下去。我便缠着他教几招，因为我那个时候身体单薄，经常受到附近小孩子的欺侮。于是我从他那里知道了"白鹤亮翅""推窗见月""青龙出水"。然而失望的是这些完全不能实战。据母亲说，主要是怕我们弟兄出去惹祸，伤了别家的小孩子，外祖父就只教太极不教散打。然而再后来我才知道，什么打擂台之类，全是他老人家的一番"意淫"，喝酒时下酒的幻象。太极拳不是拿来打架的，这个我早就明白了，所以近年来拳坛上的那些有关打斗的花花絮絮，仿佛是穿越时光，回到了多年前外祖父微醺时分的酒话。当然，我的母亲十四岁受剑仙侠客书的影响，带着三两闺蜜离家出走，往四川峨眉山访师求道，差点回不来。也因缘际会，借一副侠义心情转而投身革命，这也是史前史，基因里的种子。

大学本科时喜欢武术，就不讲了。话说五年前，"师姐"（我太太）从首届太极拳班结业回来，兴冲冲拉我一定去第二届，说好得很。于是凌波微步、六脉神剑、打狗棒法、独孤九剑……全都"隔窗云雾生衣上，卷幔山泉入镜中"，这样成了"黄浦拳校"（学校工会的培训班）第二期学员。

有一回，我和"师姐"在长风公园练拳，特别是"师姐"，打得有点偏偏倒倒的样子（这文章不可告诉她看）。旁边，一个中壮年男子，一直坐在长椅上，这时实在看不下去了，上前问"你们是跟谁学的？学了几年了？"然后兀自示范表演了一番陈家沟的老架七十二式，峭拔古腴，高人在民间呵。从此我们都绝不敢轻易说出师傅的名字，怕辱没了师名。

师傅，陈家沟传人。最近看了我的视频，说了一句："当初钱穆他们就是这样打的。"——表扬乎？批评乎？师傅清刚老劲，大气磅礴，拳风兴会飚举，直入画境，无须我表彰，吾校数百余名老师员工，人无分男女老幼，都是他麾下的"俘虏"。噫！华东师大百千强，无人不知李富刚。

然而我五年的太极拳史，之所以可以成"史"，是罕有人像我这样不厌不弃地坚持这个东西，刮风下雨，打雷闪电，几乎从不间断。这是可以自表的。出差旅游在外，无论是北海道的雪地，多伦多的空街，甚至长途飞行的航班机尾处，轮船晃动的甲板上，都留下了我的身影。疫情隔离期间，不是说要增加免疫力么？也乘着月黑风高，在小区里无人隐僻处，不戴口罩坚持每天打二十分钟。那段风险时期，如幽人往来，孤鸿缥缈，别有一番意味在心头。太极拳，最重要的是三句话,第一句话是坚持,第二句话是坚持,第三句话还是坚持。只有如此,才对得起如此千年国粹。

我的太极拳史,分成好几个阶段。不同的阶段有不同的体验。第一个阶段,是探究神秘。禅宗说一开始是看山是山,而我一开始就是看山不是山,打拳不是拳。从马王堆出土的西汉早期导引图,庄子说的"吹呴呼吸,吐故纳新,熊经鸟伸",就已有太极拳的身影在其中晃动。"导"就是"导气会和",引就是"引体会柔",是呼吸运动和躯体运动相结合的一种功夫。我一开始就认定太极拳不是体操,也不是武术,关键就是要能行气,这个太神秘了。能不能做到?如果找不到气感,那就不过是做一套操。在培训班的时候,我内心里不时讥笑我们大家都不过是在一起做体操。然而,李老师就从来不讲"以气运身""炼气化神"的那一套玄学。

这个阶段很快就过去了。因为,中国文化,最神秘的就是"气"。有人说此气就是神经,有人说是生物电,有人说是人体内的一种特殊分泌物,有人说是人体内的一种特殊功能系统等等,都是乱猜,根本就不是一回事,是用现代人的科学思维来替换古人的思维系统。而且,中国道家文化最讲自然而然,不要刻意去求一个东西。庄子说的心斋坐忘,其实正是去执化滞。老子说的,"抟之不得,名曰微","复归于无物,是谓无状之状"。一开始就想如何"神气鼓荡",肯定是不可能的。这个阶段我得到的是平常心是道,最奇崛者最寻常,把一招一式打好。

第二个阶段,追求好看。半套太极拳,二十多分钟,翩若惊鸿,婉若游龙;动如脱兔,静如处子。若是当文章写,像一篇骈文,如庾子山《为梁上黄侯世子与妇书》:"想镜中看影,当不含啼;栏外将花,居然俱笑";若是当律诗读,或绮情丽绪,纷蕤相引,或气静机圆,襟怀高旷；若是当书法撰，又像一副好对子：花花自相对，叶叶自相当，雷霆走精锐，冰雪净聪明；若是当舞蹈看，自我感觉有凌云气、吴带当风，古意盎然，摆脱人世间种种凡猥，而自入千古文人侠客梦。

这一个阶段比较久。也有一些意外收获。那年在京都出差，住的那个小酒店没有院子。干脆，顺着房子的消防梯，攀爬至楼顶处，在水箱之间的狭窄空地打了一轮。打毕，鸟瞰周边，发现不远处有一神庙，庙有院落，小而幽静。第二天遂往神庙，打的感觉特别好，思接千载，遥想唐代东渡的僧人，传播华夏文明。后来每次出差京都，一定要在神庙或古寺幽僻处练拳。还有一次在大阪的酒店旁边，竟有松尾芭蕉刻石题诗的小公园，旁边有一大庙，钟声悠悠之间，穿插跌宕自喜之一招一式。当然，最难忘的是北海道那年，有《北海道星野度假村晨起练拳三首》纪其事，第一首云：

千山鸟绝静无声，
门掩远村夜雪深。
莫怪冰寒不入骨，
九天风露鹤精神。

然后发朋友圈、发朋友圈……让日常生命富于美的享受，这是太极拳所赐之礼品。但是有时候是要付出代价的，尤其是异国他乡，人生地不熟，时差倒不过来，后半夜起来打拳，不免有些安全之虞。那年在多伦多开会，酒店旁边寻一空地，街灯远近昏黄，静寂之中，偶有一二路人在寒风中踽踽而过。我担心安全，幸而找到一处可以按紧急警铃的柱子。一边打，一边留心周边情况。然而打完之后，发现原来是多伦多旧时唐人街遗址，无任何建筑物，只有一长列横排的说明纪事碑，有图有真相。怪不得这拳打来神气鼓荡？（今天想来，城市建设中，有无法恢复的故居旧街，不要新造假古董，也不要毫发不留痕迹，不妨如此标注一番，存一份温情敬意。）另一次也是在加拿大，温哥华本拿比的一处自然保护区。大森林极美妙，然打完拳之后，天刚亮，才看清一块牌子上写的字："请不要喂食郊狼。"——忽然冷汗，这拳能打狼不？

第三个阶段，从累与烦中反省。我前面说过，太极拳难就难在天天练，风雨无阻。然而时间一长，未免单调而重复，身心俱疲。又不可能天天出差有好风景，再美的音乐与文章，天天重复，必生倦怠。现代人是求新求变的动物，似乎很难永远守住一个东西，浮躁而趋新，是现代病的根子。不过太极拳似乎启示我们换另一副思路看世界。生命是要锤炼的，身体不是拿来享受，而是拿来修行的。身体是一个九转灵丹的火炉。这正是古人区别于现代人的要义。于是我这样又坚持了一两年，渐渐地，开始体会到其中一个"慢"字，极有意味。"慢"既是心性的修行，也是身体关节的耐力，即肉身即性情，炼气化神。"慢"又是城市人生每天都有的桃花源，是这个快节奏重压力生活的对照项，就看你打开不打开。"慢"还是忍，是舍，是生命的反省回看与提醒，提醒运动变化之际，是否立身中正，足跟是否浮起缥缈无着落。

为了从单调与重复中反省，又体会得一个"缠"字。有一回，台湾大学的李丰楙，道教学者，在一起吃饭聊天，他问我打什么招式，我说陈式。他说陈式最重要的是一个"缠"字。后来看到陈派学者如顾留馨、沈家祯的文章《陈式太极拳特点之三：顺逆缠丝的螺旋运动》，更增加了对这一个字的认识。然而其实不止陈式，全部太极拳的特点也正是这一个字,文章里说到的前辈,"杨少侯先生在晚年独创的小架子,只见发劲,不见运劲。此乃运劲圈儿小到看不出,仅将发劲显露出来的具体表现,是紧凑不见圈的纯熟功夫",杨少侯就是杨式太极拳第三代高人。"缠"有很多技术细节的讲究,这里且不表。我的体会,从古典学上说,"缠"义甚丰,其一曰形体与身位的"缠",如欲左反右,欲起先沉,欲外先内等。其二曰意念与心神的"缠",如虚中含实,阴阳互缠,刚柔兼济等。其三曰拳外功夫的"缠",即苦乐一体,执与不执的缠,这里有很深的学问。什么叫苦乐一体?学者开始尝到太极拳是苦,才见真章,那些表演,我不太看得起,知道重要的是天天练,天天练即天天品尝人生之苦,然而每练完,通体舒泰,精神焕发。如饮醇醪,上瘾之后,一日不练,似乎六脉不通,关节锁闭,神情不喜。因而,苦即是乐,痛即是爽,病即是药。

讲了半天,离题万里,李老师会不会看了又说:民国那些读书人就是这样看太极拳的。朱熹说:"读六经时,只如未有六经,只就自家身上讨学问,其理便易晓。"所以读者诸君要原谅我拳外说拳。我的每一阶段,都是层层递进,后一阶段,包含了前一阶段。这最后的反省还在继续,它融汇了美的享受与人天交感的神秘。记得那年在浙江丽水的一处深山里,那天一大早,青山浓翠如滴,山腰白云如纱,在农家一空地晨练,抱桩、起势、金刚捣碓、六封四闭、单鞭……噫!山谷里的白云,竟不期然而然,随着身形手势而起舞,而飘动,而升沉,此情此景,深意领略,自有解人。

2020年6月12日

(原刊笔会2020年7月14日)

辑六 感事

二十一世纪的人性图景

暑期生活的一件热闹事情,即上海国际动漫节。约二十万观众来看,不仅吸引了各地的年轻人,欣赏人口创新纪录,而且,那一群在学生时代热爱动漫的人,如今已经长大,成为新一代消费主力。毫无疑问,如今动漫文化有了根,已经成为二十一世纪年轻人生生长长的精神食粮。

可是,动漫的世界,尽管有其正面的价值观,譬如日本动漫世界里对于家族情结、童心传统、寻找真情、挑战自我以及团队精神等,然而不能不说,较多的黑暗之心,仍然是基本法则。尤其是游戏世界,打打杀杀、钩心斗角、自私自利,迎合人性的本能冲动与野蛮血性,充满向下沉沦的娱乐至死精神,甚至,表面是英雄崇拜,或励志人生,骨子里却是顺承人性的自然倾向,强权即真理,自我即上帝。久而久之,参与了建构人性的黑暗图景。

人性的自然倾向,并非全然都是消极的。我过去一直有一个看法,将所有的思想文化,分为两型。一是随俗的,一是雅化的。

凡顺承人性中的自然性,皆为随俗的。如亚当·斯密的看不见的手、尼采的超人、孟德斯鸠的三权分立、卢梭的契约论、弗洛伊德的潜意识,以及自由主义的理论和游戏电玩世界的文化法则等。

凡提升、发明、转化、美化人性中的自然性,皆为雅化的。如儒家之性善说、基督教之上帝说、柏拉图之理念说、康德之绝对命令说、人向自然立法说、哈贝马斯之沟通理性,以及各种哲学与美学中的形上智慧。

随俗与雅化,为人类思想之两轮,离一不行。

随俗,渐为现代性的根本特征,而雅化,则是传统之根本特征。

雅化,是提澌生命、结构心灵的;随俗,是放开生命、解构概念的。

当然,二者不是绝对的二元化。随俗中,有雅化的努力;雅化中,又有随俗的用心。

可是,以上这种看法,其实到了该修正的时候了。因为,上面这种说法中,雅化的"雅",似乎是与真实的人性图景两相分离,甚至互不相干的东西。

但是二十一世纪渐渐清晰起来的一幅新的人性图景,"雅"也是人性图景中的一部分。

就以"善"为例。是一种信仰,还是一种人性的真实?美国密歇根大学哲学系教授孟旦,通过现代社会生物学的成果,揭示了在人的自然本性和遗传中有互惠和利他的先天倾向。也就是说,人生下来,本能地就有利他的倾向。在他看来,这正是儒家的亲亲之仁、亲情之仁具有血缘和亲族方面的根据。孟旦引用了社会生物学研究者爱德华·威尔逊(Edward O.Wilson)的说法以证明儒家亲亲之仁的合理性。威尔逊证明了亲亲之爱,建立在"亲族选择(kinselection)"即基因的自然选择基石之上。"在利他主义行为的起源上,亲族选择特别重要。"

威尔逊还说:"在多种有证据的遗传特性中,最接近道德趋向的是,对他人之不幸的移情(empathy),以及婴儿与其保护人之间的某些情感过程。可以为道德趋向的遗传性再提供大量的历史证据。在进化史的过程中,那些使人趋向于合作行为的基因将会在全体人类中占据支配地位。"

为什么人总是对自己的亲人、朋友更感到亲和,为什么对亲人、朋友更痛痒相关,为什么更愿意分享一些好东西、好信息,这是一个隐藏在血液里的秘密,是长期的遗传与进化过程中发生的开花结果。

更值得关注的是,脑神经认知科学最新发现表明,对造成他人痛苦的厌恶感和公平感,是大脑在人类进化过程中保留下来的两大先天情感。科学家通过对大脑的核磁共振实验发现,当患者被要求或选择将一个重伤者扔下船去,以解救其他人时,或选择不采取行动时,所有的患者都选择牺牲一人以拯救他人,而正常人则选择不采取行动。这表明,有病的大脑对道德麻木不仁,而健康正常的大脑则敏感。大脑有关道德情感区(腹内侧前额叶皮层[MPC])有病的人,失去道德敏感的生理基础,而正常人则有这个基础。(《道德的先天基础已被发现》,《新发现》2007年8月号)"道德情感",情感的理性、自然的基础。

二十一世纪新发现的儒家经典:道始于情,情生于性。始者近情,终者近义(《郭店楚简性自命出》)。完全是最古老,也是符合现代科学所探索的人性图景的。

其实人类学家也早就发现,人类社会的起源,即人的社会性形成,善是开端。因而我们越多而细致地理解人的历史起源,越是更多地理解人性。人类学家M.D.萨林斯指出:"在有选择地适应新石器时代的种种危险的过程中,人类社会克服或贬抑了灵长目动物的种种习性,如自私自利、杂乱的性交、争雄称霸、野蛮的竞争,等等,人类社会用血族关系和合作代替了冲突，将团结置于性欲之上，将道德置于力量之上，人类社会在其最早的时期中完成了历史上最伟大的改革——克服人类所具有的灵长目动物的天性，从而确保了人类的不断进化的特点。"另一个人类学家V.斯蒂芬森从他与爱斯基摩人的长期交往中也得出了同样的结论："他们之所以幸福，其主要原因在于他们是按照为人准则生活的。从根本上看，人类与其说是一种竞争的动物，不如说是一种合作的动物。人类作为一个特种生存下去，是因为互相帮助，而不是丑陋的个人主义。"(《远古以来的人类生命线》[美]L.S.斯塔夫里阿诺斯基[Stavrianos]，第24—25页)

二十世纪，我们读大学的时候，特别流行西方现代派的作品。其中有一篇小说人人皆知，即1983年诺贝尔文学奖获得者威廉·戈尔丁(1911—1993)最重要的小说《蝇王》。"蝇王"是人们自己身上所深藏的恶的隐喻。作者旨在呼吁人们要正视"人自身的残酷和贪婪的可悲事实"，医治"人对自我本性的惊人的无知"。然而，如上所述，互惠利他的基因，先天情感的大脑区域，以及人类学关于合作优于争斗的证据，发现了二十世纪文化另一种深刻的无知，这种跨学科的合力，渐渐地正在拼合为一幅区别于《蝇王》的新的人性图景。这一新的变化，不仅可以反思我们如何利用转化人性负面的固有思路，而且可以以真启美、美善合力，更加理直气壮地强调人性正面价值的文化主导力量。这不仅可以教我们重新认识中华文化几千年前的性善、仁爱、雅化、守正等观念，而且可以启发我们重新省视当代的文艺、文学以及文化固有的思想框架。

2012年7月18日

附记：

　　我写完这篇文章后，美国科罗拉多州发生近年来最严重的枪杀案，死伤七十人。凶手是一名醉心于暴力电影的退学博士生。关于事件的更多资讯正在调查之中，然而有一点是肯定的：这个凶手正是暴力文化、二十世纪旧的人性图景的一个成果。这虽然是一个偶然的突发事件，但背后的文化原因却不能不让人深思。

（原刊笔会2012年8月2日）

吃药时代来临？

伊丽莎白的眼神从落地窗滑了下去，不远处是沃尔金公司的总部大楼。下午二时她将如约到那里参加主管部门经理的面试。此时她从小包里掏出红红绿绿一大把药片，动作熟练地服了下去。——红的是一种叫"骨可平"的化妆药。伊丽莎白一直觉得自己的颧骨有点过于凸出。两分钟后，她用手揉揉颧骨，捏捏下巴，就成了一副骨肉停均、纤秾合度的样子。绿的药名为"美感灵"。伊丽莎白要应聘的这一职位，需要有对图案、颜色、形状等极细致、敏锐的美感能力。吃了这，她也就不必担心老是将玫瑰色与桃红色搞错了。黄的药叫"忆特佳"，可以帮助特别健忘的她，甚而回忆起托儿所时代同学的一句遥远的调皮话。至于浅蓝色的那种，则是大名鼎鼎的"百忧解"（Prozac），——伊丽莎白这几天的情绪总是有些忧郁。她要自己振作起来，整个人充满竞争力。……现在，沃尔金公司总部大楼，在伊丽莎白的眼里，幼稚得只不过是小孩子们办家家的玩意儿了……

——这不是科幻小说，而是二十一世纪正在或即将到来的城市生活普通一幕。随着生物工程技术日新月异的发展,不仅在致病机理的认识发现和疾病的治愈、转基因动物食品的享用,以及器官移植创造等方面,有着多种可能的广泛应用,而且更惊人的是,在人类的心理、个性、性格、智力特征等方面,生物工程技术所发明的精神药物,可以修饰、甚而修补、订正原有的先天或后天的模式,重绘人性的道德图景、美学图景和智力图景。譬如,生物学家们发现,人类的基本动机之一,获取认同、自我实现的动机,实际上有一个生物基础,即大脑中血清素的含量。那么,通过调节血清素的含量,正可以提升人为获取认同、自我实现的奋斗精神,——这正是用瓶装形式而买到的自尊、自爱和向上动力。

且不说这种精神药物能持续多少时间(生物学家说将通过基因技术"因人下药"而减免副作用),接下来将带来对现有人文学知识的一系列挑战。譬如:

人性可以通过精神药物来重新塑造么?人性是历史的、自然演化的、环境的、个体选择的产物呢,还是由某些人(无论是科学家还是政治家或上帝)一时心血来潮随心所欲的产物?谁来决定性格的优劣?谁来安排诸如"血清素的含量"之类指标?道德养成、品质修炼、公民素质等,既可以用瓶装形式买得,那么,人类数千年以来教育、文化、学习的传统和遗产,其位置在哪里?况且,如果按照挑选商品的心理去挑选"品质",人们往往只会挑选实用、功利的品质,那么,谁来挑选诸如"恻隐之心""羞恶之心""辞让之心"?人类真的能通过"百忧解"最终解脱自己、拯救自己么?……

生物工程技术所引发的问题已经引起了人文思想家们的关注。我近来读到好几篇这个问题的回应文章。美国著名日裔学者弗朗西斯·福山,最近又写了一本新书《未来人:无灵魂的长寿?》,认为当代新生物技术的成果,正与二十世纪三十年代奥尔德斯·赫胥黎的科幻预言小说《美丽新世界》中一种名为"苏摩"(Soma)的药类似。在这种药物的作用下,"没有人反省,任何渴望都得到满足,生物意义上的家庭瓦解了,没有人再读莎士比亚。但也没有人怀念这些东西,因为人人都开心健康。"福山认为,生物技术带来最可怕的威胁是:它可能改变人性,把我们带入历史上的"后人类"阶段。……寿命更长,但脑力减退;不再受忧郁之苦,但同时也失掉创造活力。而且可以想象的是,一些爱冲动的人服了压抑的药而变得顺从,另一些太抑郁的人服了开朗的药而变得自我满足,于是一个服服帖帖、格式工整的"政治正确"的社会就实现了。但是要问的是:这真的是一个"好社会"么?另一位著名汉学家史华慈在离去世不到一个月之前的一篇遗文《中国与当今千禧年——太阳底下的一桩新鲜事》中,将生物学技术带来的精神药物看作是与"消费主义""物质主义""技术崇拜"等一路的所谓虚假意识形态的"末世救赎论",比起十九世纪末二十世纪初天真的科学崇拜和进步主义,这新的"末世救赎论"显然更具欺骗性和霸道性。史华慈教授一针见血指出,所谓"百忧解"等新技术越是高明,其最终成果将越是使人失去犯错误,以及在错误中学习的能力,同时也即是消解了人类自我完善、自我正当化的能力。人之所以为人,恰恰是在错误、试验、不断改错中,获得生命最真实的自我拯救意义。人性的这一宝贵图景的改写,意味着人将不人。此文翻译者林毓生教授评介说:史华慈先生"迫切感到必须用一种古老的先知精神,向世上的同胞们提出严正的告诫,以此作为他的遗言"。我最近看到王元化教授在他的一篇访谈录中,还向学界大力推介史华慈的这篇文章，认为体现了知识分子忧深虑远的人文关怀。《诗经》云："四方有羡，我独居忧；民莫不逸，我独不敢休"，古今相通、中外同理的"孤臣孽子"之心，我从这几位现代人文学者身上，算是真真切切感受到了。

（原刊笔会2002年8月29日）

中国文章学之"专""转""传"

古人说"文章九命",太悲观了。其实中国有更为丰富的文章学,我简单爬梳了几条材料,归为三个字:"专""转""传"。

"专",就是专业、专家的文章,一般就是写给小圈子里看的。我一点都没有看不起专家的意思。对于精密的学问讨论,内心恒有一副深深的敬意。这个是要耐得一种长长久久的寂寞,与万古之人对话,不是一般人都做得到的。陆机《文赋》说的:"心懔懔以怀霜,志眇眇而临云。"这是说写作时的心态。"同橐籥之罔穷,与天地乎并育",这是说文章的光价。记得沈文倬先生就对他的博士生说,不要忙着写文章,要多读书,不要考虑发表的事。可是他的博士生那年都四十岁了,还要不要养家糊口呵。我们的不少做老教授的过来人,总是劝年轻人要坐得起冷板凳。但在这样不鼓励人坐冷板凳的时代,我在劝诫年轻学人时,常常会多有一点委婉回旋,用"尽管……,仍然……"这样的表述,而不是一味高调。

然而专家们的文章看多了,我又有一个意见,没有花样,没有文采,没有个人的心性情意。我们需要专家,但如果天下所有的文章,都只是专家之文,只有学报论文一种,所有的读书人,除了八卦,就是八股,尽入"中国知网数据库"之彀中,那也绝不是中国文章学的真谛。《文心雕龙·原道》说:"易曰:'鼓天下之动者存乎辞。'辞之所以能鼓天下者,乃道之文也。"中国文章的正宗,乃是要经夫妇、成孝敬、厚人伦、美教化、移风俗的。

事情都有两面,在"文章乃经国之大业"的大旗下,必然有人将文章视为达到各种目的的敲门砖。专家之文,会恶变而为"砖"文。即"敲门砖"之文,现在也成为一种"专门之学"了。

"砖"文的另一种状态是"拍砖"之文章,专门指那种以批评为目的的文章写作。这当然也有两种,一种是保护文章生态健康的,如本着善意的宗旨,商榷、指谬;或怀着清道夫的热情,打假、揭黑,这种"拍砖"之文,很有必要。但还有一种唯恐天下不乱,博取眼球的,专门打笔仗,对于不管什么东西,总要提出各种不同的批评意见,就是不想去真正建立什么,为反对而反对,变成一个永远的批评家,职业的"砖家"了。

这样看起来,专家之文,有"冷板凳"与"热炕头"两类,但文章并非只能有这两样选项,排斥黑,不一定就是白,还有红、黄、蓝、绿等,世界是七彩的。这就要说到第二种文章的状态:"转"。

当今微信的文章场,最热门的一个开头语词,就是"转"!除了一些不成文的信息之外,流转于微信朋友圈的此类文章,有三个特点:时效性、话题性、耸动性。如前人所说的:"不恨我不见古人,恨古人不见我。"作者总是希望他们的文章能够有更多的人读到,并得到一种迅速的点赞,现世的声誉回报,但专门经营此类,以倾动一时,惊听回视,会很快变成随风飘转的、时代吸尘器里面的灰尘。越是蹿红的网文,可能越是速朽的渣文。黄庭坚《送王郎》:"炊沙作糜终不饱,镂冰文章费工巧。"

当年爱因斯坦看不起只读时尚流行书的人,他说:"有的人只读一些当代作家的书,这种人,在我看来,正像一个极端近视而又不屑戴眼镜的人。他完全依从他那个时代的偏见与风尚,因为他从来看不见也听不到别的任何东西。没有什么比克服现代派的势利俗气更要紧的了。"他鼓励我们多看经典作品,"我们要感谢古代那些作家,全靠他们,中世纪的人才能够从那种曾使生活黑暗了不止五百年的迷信和无知中逐渐摆脱出来"。

中国古代阅读学传统,向来主张读经部文章,有如一种日月经天、江河行地之美;读前四史,使人厚重,学有根柢。读屈、陶、李、杜、苏的诗歌,才是变化气质的正道。当年黄季刚先生在北大教书,极而言之,说"八部书外皆狗屁",无非是很强势地表达年轻人读经典的重要性。

我现在很羡慕那些不用微信的朋友,因为,我惊讶地发现我个人今年的阅读方式持续产生重大的改变,转得太多,转得太快,结果并没有真正获得什么,沉淀什么,却心态浮躁,时不时要去抓手机,每天读不了几页书,全年竟然没有读完几本书!而那些没有沉溺于微信的朋友,比我多看了不知道多少重要的书!我急了,认真地跟太太和儿子商量:"每个周末,我们三人都把手机锁在箱子里,好不好?!"

最后一种即是"传"。不仅是传播,而且更是传世之文。

首先说一下传播。中国诗史上传为佳话的"旗亭传唱""老妪能解",都是借助于音乐之力,借助于通俗之势,获得一种最大化的传播。正如孟子所说的,"仁言不如仁声之入人深也"。

中国文章还有一个特色,即利用汉字的优越性,加大传播的力度。譬如,我这篇短文,就是利用了汉字的一音之转,"专""转""传",好记、易懂、能传。其实也是受到钱锺书、杨联陞的启发。钱锺书说,"诗"有三义:之、志、持。既有情感的表现、传播的力量,又有品性的把持。"风"有三义:讽刺、风谣、风教。"王"有五义:往也、皇也、方也、匡也、黄也,要义在于表达真正的王者,不是短暂的弄权与一味的霸道,甚至要把权力藏起来不用。都是一音之转,兼含意义之变换与性质的扬弃。杨联陞有一本书《中国文化中"报""保""包"之意义》,就是从这三个一音之转的字,讲出经济学与社会伦理哲学相贯通的大道理。

我这里三个字也是辩证的关系。专家之文,过于小圈子,过于封闭,就自然变换而为"转"家之文,"转"家之文,过于轻浅、过于流俗,过于迁就人情与时尚,就会自然生出一种要求,一种真正传世之文。古人将"镂冰刻脂"与"雕金勒石"视为两种相反的文章。《梵行品》第八之二:"譬如画石,其文常存;画水速灭,势不久住。"(参钱锺书《管锥编》第三册,第973页)西晋杜元凯刻石碑,一碑立于岘山之巅,另一碑则沉于汉水之底,试图超越沧海桑田的变化,以追求传世。司马迁说,他的文章究天人之际,通古今之变,成一家之言,也是与天地而同在的自信。

《世说新语》中,还有一个"不负如来"的故事,道人支愍度准备渡江而下,到南方去讲佛学。同行有伧道人,二人搞出了一套"心无义"的理论,准备用这一套来迎合南方人心理。多年之后,伧道人悔了,觉得这样顺俗阿世的"转"文,太对不起如来了。就拜托往南方的僧人:"烦请转告老支,心无义那套东东全是乱讲,当初不过是为了混口热饭而已,现在就别再讲了,不然太对不起佛祖了!"一千五百年后,有一个学者,引用这个故事,对他的学生说,我平生足以自慰的事情,就是没有自树新义,以负如来。这个学者就是大家都熟悉的,写出了传世之文章的大学者陈寅恪。

2019年12月16日
(原刊笔会2019年12月29日)

如何看待"转文时代"的到来

上海高考作文题引发相当广泛的社会关注。批评家们从命题本身,延伸到我六年前发在《文汇报 笔会》的文章,他们对"专、转、传"文论三范畴的评论极有意义。这里面有丰富的学理,除了高考命题路径选择之外,譬如:人文教育与语文中的意义缺失,传统文论与现代话语的逻辑龃龉,汉语智慧与西方思维的比较,分析哲学与思辨哲学的歧途等,皆有待今后详论——然而可不可以暂时将"高考作文"用括号括起来?将"形式逻辑"用括号括起来?

我这里更想问的问题与高考无关,与考生无关——谁来关注这些纷纷议论之外的更大问题:高考作文命题背后所反映的社会文化观念与思想新变?更切题地说,我关注的不是专与传,而是一个比较诡异的字:"转"。也许它离我们太近了,反而看不真切,所谓"灯下黑"。我理解的"转",其实并不仅仅是一般意义上动动手指的文章转发,也不仅是专业学问的通俗传播转型,而是一个具有大时代变化的读写取向与文化征候,姑妄言之,可称为"转文时代"的来临。

那么,什么是"转文"?真的不要忙着下定义,它身形不定,还在花样翻新的变化中。姑妄言之,似有广狭二义。我们这一代人最奇葩,完美经历了两个时代,所以比较敏感:一个是与祖父辈们一样每天翻开散发着墨香的报纸,印象中那上边的铅字与它背后的权威一样牢实坚固;另一个是在我们指尖轻拨下,那些在手机与电脑屏幕里如溪流般涌出的文字。后者,游走穿梭在纷繁的数字世界、网络空间、被无数指尖召之即来挥之即去的流转文字,有时声浪汹涌,有时又像沙滩上的海水泡沫一样迅速消失,就是所谓"转文",包括博文、微信文、饭圈文、公号文、评论区文——广义而言,它涵盖一切在互联网上漂浮流动的字符。我们正逐渐从一个单一、被动、自上而下、自中心而边缘的阅读时代,步入"转文时代":一个众声喧哗、主流分割化、权威低化、主体多元化、人人皆可成为文字信息的生产者与消费者的新天地。(请注意:本文关注的是互联网时代区别于前互联网时代的文字生态,尤其是其中的文化矛盾、文体特质与思辨纠缠,因而,狭义的、具体的纸电双身的转文、主流门户网站的新闻、政论以及存在较大传播的专业数据库文献,不在讨论之列;而具有文学史上划时代意义的网络小说、AI诗歌,已属于专门学术问题,也不在讨论之列。)当文字挣脱纸张的桎梏之时,正如若干世纪之前印刷术或纸张发明之时,那一天,谁也没有意识到一场变革已经悄悄来临。

广义的"转文"品类复杂,有极为精英而权威的表达,也有类似于Shitstorm(译为"屎风暴")这样粗糙、生猛、失序的存在——这个已收进《杜登德语大词典》(Duden)以及《牛津大词典》网络版的词,描述的是"一种经常在社交网络上观察到的现象,一两个批评性议论引发侵略性、侮辱性甚至威胁性的口头攻击,最终通过主动和看似主动的参与者引发'潮水般的愤慨'"(Francesca Vidal《非理性话语:用言语侵犯他人的另一种话语形式》)。

我用"专业"与"传世",作为文章、知识或言说比较有确定形态的两个极端,衬托出中间模糊状态、鱼龙混杂、不即不离的文字众生相,就是"转文"。这里无须精密的逻辑,叩其两端,即得其中——这也是孔子开始的古老中国式思维方式。必须强调的是,这里的"中间状"是复杂的、正负兼有的。

先说转文的正面形象。谁说"转文"跟专业文章,是逻辑上不相干的两类事物?为什么要用一种现成的形而上学的眼光来看待二者?"转文"以其独特的性质,悄然解构了传统知识生产与传播的堡垒。但它可以同时是专业的。维基百科正是这种"转文"协作精神的绝佳注脚:它是专业水平的,但又是业余精神的,它是固定的知识,又是可以修订改变的。谁说三者不可以同时而论呢?

"转文"被分享与复制,在流转中不断被增删、评论与再诠释,花样化、碎片化、消费化与多主体性成为其鲜明印记,海量知识不再由少数权威闭门书写,而是由无数个体拼凑、修正与丰富而成,文字成了集体智慧不断生长的活体。这有点像"村超",将足球还给爱足球的人,正如将文字还给爱文字的人。这当然解放了文字生产的动能,颠覆了我们对"定本"的崇拜,旧日那种由特定机构垄断知识生产与传播的权威结构,在信息流动的洪流中开始悄然瓦解。高校里一个很明显的事实是,图书馆不再是知识与学术的中心,同学到图书馆来再也不是借书读书,而有求知的问题只需找百度百科、知乎、豆瓣,甚至是通过算法与生成式人工智能组织知识的某包、某K以及DS。机器阅读与机器写作的时代,促进了更大规模的转文时代的来临。从好的方面讲,学习这件事,因为转文时代的到来,资源的去门槛化、技术的便捷化、知识的平民化、求知的内在化以及过程的娱乐化等等,由教师、学校、家长"要我学",可能正在变为学生的"我要学"。

因而,转文时代的到来,实则是文字表达与知识生产回归自由本真的一场解放。在"转文"世界中,人人握有书写与发声的权柄,不要轻视这项权利。昔日被权威机构把持的传播渠道轰然洞开,当书写不再是门槛很高的精英特权,当话题成为众人皆可参与的公共表达,当课堂不再是黑板和PPT的天下,当信息不再是传统媒体专属的资源,这令人忆起印刷术诞生时那个士人众声喧哗的世界,从经书定于一尊,刻之于石,到集部(经史子集,最后一个集字,最富有文人意味,"集"的本义,就是许多只鸟儿在树上歌唱)上升,自由交流、思想碰撞,文字不被固定于特定权威的框架之内。转文时代,仿佛在电子空间中重新点燃了这种表达自由的火炬——文字挣脱了纸张的桎梏,在比特的云端与海洋中上天入地自由漂流,其价值经由流转过程中无数粉丝读者的阅读、使用、共鸣与再创作而持续生成。人人皆可成为书写者,亦为读者。这既是技术时代赐予的礼物,也是思想表达回归其原始活力与自由本质的象征。古腾堡印刷机的声音穿越时空,与今日云中文字的无声流动悄然对话,我们听见知识形态的剧烈变迁——在这解构与重构的浪潮中,每一个指尖都闪耀着创造与传播的火花。

然而,不可忽略"转文时代"的暗面:信息狂欢背后的认知危机、语文问题与人文教育危机。

在转文时代的信息盛宴中,我们有可能正陷入前所未有的认知危机。当文字如野草般在数字原野上疯长,当每个屏幕都成为信息喷发的火山口,这场看似繁荣的文字狂欢背后,隐藏着令人忧心的负面效应——我们可能正在失去对知识质量的判断力，陷入真假难辨的信息迷雾之中。譬如，每天大量转来转去关于如何养生、治病、理财、购物、生活服务的知识，真伪莫辨，在传播各种知识、提供各种方便的同时，也悄然执行流量至上，制造焦虑、收割韭菜，甚至电诈的任务；一份最新的《数智时代中国医生健康科普评价报告》，通过对2023年至2024年间社交媒体平台上超过15万个科普短视频的调查，指出：约63%的视频受众已养成定期关注健康科普账号的习惯。转文时代已经来临。然而在全民皆医的普及成果之后，焦虑反而更多，真伪参半的问题更多；以及"部分医生账号偏离医学科普的专业轨道，出现了以'擦边'为手段的'科学色情'问题。这些打着健康科普旗号的流量变体，借助肛肠科、泌尿科等学科的生理特性，完成'低俗换流量'的闭环，突破传播伦理底线"（《文汇报》2025年6月16日）。

"转文"加剧了后真相时代追寻事实真相的困难。除了真相隐身、似是而非，还有：短平快与浅碟子思维，表达起来痛快的文章，容易转；爽文，成为文章最高境界。优质而艰深、费脑费时的文章，趋于淘汰。久而久之，优游含玩的阅读、沉潜品质的思维、独立的思想，渐趋于消解，对青少年阅读生态带来的危害尤其明显。人啊人，有几个能超越他的时代？

转文时代一个显著病症是"信息肥胖症"。海量转文如潮水般涌来，却大多缺乏营养——未经核实的谣言、刻意煽动的情绪化表达、碎片化的浅层信息充斥着我们的视野。德国哲学家雅斯贝尔斯曾警告："大量无意义的信息会淹没真正有价值的思想。"在微信朋友圈、微博热搜的轮番轰炸下，人们习惯了转而不读，或囫囵吞枣式的阅读,大脑逐渐丧失了自由思考的能力。美国学者尼古拉斯·卡尔在《浅薄》一书中指出,由于快捷、迅速、流动,互联网正在重塑我们的大脑神经回路,使人们越来越难以进行持续、深入的思考。

转文时代加速了"信息茧房"的形成。算法根据用户偏好不断推送相似内容,使人们只接触符合自己观点的信息。政治学者凯斯·桑斯坦发现,这种"同温层效应"会导致社会共识难以形成,群体极化现象加剧。当一则未经核实的转文在特定群体中反复传播后,往往会演变成集体偏执的"信息回音室"。

转文时代还催生了新型的文字异化现象。法国思想家福柯曾揭示话语与权力的关系,而在转文时代,文字不仅承载思想,更成为流量经济的商品。"标题党""震惊体"等扭曲夸张的文字形态大行其道,本质上是将文字异化为吸引眼球的工具。英国文化研究学者雷蒙德·威廉斯所批判的"文化商品化"过程,在转文时代达到了前所未有的程度——文字不再是思想的载体,而沦为点击率的奴隶。

转文的强制性、广布性还渐渐让人忽略了一个事实:人是具体的、个别的,事是有情境的,问题是有上下文的,不是所有的人都可以理财,不是所有的人都有一样的健康法则,不是所有的学生都适合于同样的老师或学校。我常常退出各种群,就是因为群里常有转文跳入眼球。转文有一种以理想主义取代经验主义,真理在握代替谦虚谨慎的趋势。

前面提到的"Shitstorm",它当然有反抗权力以及抨击社会不公、道德不正的正面意义,但与此同时,反智主义与情绪化,不仅对信息生产与消费带来负面意义,而且会对公共空间的品质产生负面影响。"社交网络平台可以创建一个社区,而该社区的覆盖范围可以远远超过访问者的圈子",当观看者成为主动参与者,真正的理性问题可能会被众声喧嚣所淹没,公共领域会出现虚假的舆论繁荣(Francesca Vidal)。"网络平台上的Shitstorm有时会以狂欢形式出现,正如巴赫金声称,这样的狂欢是不分等级、特权、规范和禁忌的'哄笑'。"(Maria Cristina Arancibia)

就拿这回上海高考作文来说,本来就是一篇转文。从钱锺书先生论《周易》"一名三义"转出,活学活用,写成随笔,又被高考作文命题组转成作文题,其实已经面目不一。各路"转文"将命题的妥适与否、场外的喧哗与出处的文章、考场里的情形,混为一谈,无怪乎增加了讨论的混乱,以至于真正的问题得不到理智的梳理。噫!这就是转文时代的众生相。转得太快、说得太快、结论太快,安静的思索,沉淀的知识,清明的理性,不是这样转得出来的!

我在《中国文章学之"专""转""传"》一文中——必须再次申明,与2025年上海高考作文无关——遵循我的老师前辈关于"比慢"(林毓生)、"沉潜往复"(熊十力)、"去甚去泰"(王元化)的教导,岂止是说文章,而更是说一个良性知识社会的品质,古人说的"道德文章""文章礼乐",是说文明本身——然而我却像一个文化遗老,怆然回首,过去的时代已经回不去了。然而,这里无须感伤。青山遮不住。文章之树常青,思辨之树常青,汉语之树常青,而且一定是经冬的常青。就像孙悟空,本来可以一个筋斗十万八千里,轻易抵达西天,却一定要经过九九八十一难,才能取到真经——不经过"专转传"这样"转文",怎么可能有人文教育制度的改进、师生逻辑思维的普及,国人汉语思维的再认,网络生态的健康化,以及知识与知识之间、文章与文章之间、人与人之间的平等、悦纳、礼貌、尊重?

尤其是，当我们看清了转文时代的有限性，或许，更能懂得现实中的事情，世界上的问题，不一定只有一个答案。答案与答案之间，结论与结论之间，也许有恒在的不相容，甚至，也不一定有答案，并不都是那么痛痛快快可以了结的——于是真正清明的理性才会降临，真正良性的知识积累才会传承，这或许才是转文时代迈向文明的真谛。

写于高考作文之后
改订于十二天之后
六月十九日
（原刊笔会2025年6月30日）

辑七

记游

人无喜乐安得参与造化

一

乘13点30分的航班返沪。飞机有个时刻在空中停着不动,无声无息。广播里说是出了故障。大家面面相觑,问出了什么故障,圆脸笑眼的空姐答:"仪表里的数字都跳不出来。"重返地面换机再飞,到虹桥已是六时。我拖着行李最后一个下飞机,圆脸笑眼的空姐恰跟在后面,我回头一看,就对她说:"你们那里的桃花我去看过,很好看。"空姐惊喜:"你怎么知道我是南汇人?""我刚听见你们对话。""欢迎到我们南汇再来看桃花!"记得废名先生曾说过每一棵唐诗的桃花树下都藏着一个女孩子。那天才忽然发觉原来桃花的红色,红得很本然,对生命很肯定。

喜气就是对生命的当下的肯定,如桃红、柳绿,总是一看就好。中国文化里头有着说不完的喜气。

就说桃花吧。桃花真的是很中国文化的花。我有一年为了一张桃花绣品,从上海追到贵阳、昆明、大理、丽江,终得之,张之于壁,抚玩不尽。桃花一群群地开,声音很响,样子很靓。像美少女,是最合群健康,最无忧虑,最无负担的神情动态。古时天台山的刘郎阮肇,要下山去了,桃花仙子也没有说一定要他们不思凡。就连陶潜笔下的桃花源,落英缤纷,也因为桃花而热闹,不像深山寺庙里印度莲花的寂寞。

中国文化中，桃花的故事太多。"玄都观里桃千树，尽是刘郎去后栽。"诗人刘禹锡写他从贬谪之地回京，再展身手，说得那样的欢喜灿然；而"种桃道士今何在，前度刘郎今又来"，饱受摧折之后，他又是何等的志气不衰。千年中国志士仁人笑傲江湖，尽是一波一波的"前度刘郎"。白乐天有"人间四月芳菲尽，山寺桃花始盛开。长恨春归无觅处，不知转入此中来"，中国的历史人生，多少回长恨春归无觅处，却又总是峰回路转，总是灼灼其华，风景又转入此中来。小小的一首绝句，说尽一部二十五史由悲观转而乐观的大意境。这几首唐诗，或写人，或写景，写桃花而最得其喜气，也最得中国文化的真风景。

二

喜乐的文化，是懂得兴发感动的文化，流溢着诗的香气。

夏天在浙江岱山。晚饭后，与朋友们一块去海边散步。

一弯下弦月，极洁净明亮。一只小狗在草地上，盯着月牙发呆。月边有一颗星。小镇的晚景如童话。

路遇一小学生放学回家，背着书包，手捧一复读机，正放着流行歌曲，边走边大声唱，旁若无人。空旷的街道，夏夜星空下的自在与忘情，一幅小镇小歌手的图画，我们为之感动。在英语将中国孩子所有的时间都俘虏挟持了的时代，一小孩在星空和海风的掩护下成功逃逸。

我想起了马一浮先生对中国诗学核心的"兴"的解释：如仆者之起，如病者之苏。

诗的兴发感动就是生命的喜乐。"新丰美酒斗十千,咸阳游侠多少年。相逢意气为君饮,系马高楼垂柳边。"王维与客只是邂逅相逢,就系马痛饮,一点点客气试探、防范计较都没有。只有少年人才会有这样的生命情调。

"天门中断楚江开,碧水东流至此回。两岸青山相对出,孤帆一片日边来。"有一回,我问课堂里的中学生,这首诗写什么呀?她回答说:"祖国山河的雄伟。"哪里呀?你看"天门中断楚江开"的"开"字,何等的喜气。那从太阳边上来的帆,又何等的自豪。李白分明是写他那不羁的灵魂,天行健,君子以自强不息。那是诗人兴发感动的生命意境呀。

"喜气"的对应词即是"力气"。"力气"就是要提问题,要分析,要强探力索。而诗(尤其是唐诗),是不提问题、不分析、不强探力索。提问题和分析是散文、小说、戏剧、政治哲学和社会学的工作。"喜气"是直扑上去对生命的肯定,登山则情满于山,观海则意溢于海。是诗韵的清扬和对偶的游戏,是天地创造的欢乐和儿童玩耍的天真。西方文化是力气多于喜气的,中国则相反。"力气"固然重要,可是,人生也不能没有沛然莫之能御的"喜气"。尤其是在现代社会,人只是有欲而无"兴"。顺天而动,让位于周密算计,于是人渐入于"暮气"。而"人无喜乐,安得参与天地造化?"

再回头说桃花,宋人有一个很美的桃花诗典,见于苏轼《和蔡景繁海州石室》:

芙蓉仙人旧游处,苍藤翠壁初无路。
戏将桃核裹红泥,石间散掷如风雨。

坐令空山出锦绣,倚天照海花无数。
花间石室可容车,流苏宝盖窥灵宇。
……

说的是宋诗人石曼卿做海州通判时,山岭高峻,人路不通,植树不易。有一天忽发奇想,叫人将黄泥巴裹着桃核为蛋,一个个往山岭上扔。这一两年下来,竟然桃花满山,灿若锦绣,而正是桃李不言,下自成蹊,接下来桃花树中间的大石室,可以停得大车,可以看得天宇。这真是中国文化中最喜气的一个诗典。等到开春的时候,我也要找个地方,带着儿子,扔几个红泥桃核试试。

(原刊笔会2005年2月9日)

世上学中文者必游之地

学习中文的人，如果有一定值得去看一看的地方，在这个地球上，除了祖国大陆与台湾香港，我的结论是：马来西亚。

如果说语言是家，我们常常是身在家中而不觉有家的感觉。在马来西亚，你会强烈地感觉到汉语是文化生命赖以存在的家。

这么说，是不是因为马来西亚说汉语学中文的人最多、中文已经是官方最重视的语言？或者马来西亚中文老师的工资最高、社会地位极受重视？或者，学中文在那里就业的出路最好？

不是的。那里甚至是一个不鼓励学中文的地方。

我也不是第一次去马来西亚，就得出了这个结论。相反，过去的我根本看不起东南亚的中文。两年前，我第一次参观马六甲的一所华文中学时，学生赠送我一份有他们自己中文文章的校刊。我并没有看，离开新加坡时将它弃于宾馆。后来当我知道了一点点华教的历史，至今为这一无知浅薄的行为而深感悔恨。

学中文的人一定要知道中文的历史。中文的历史，不仅在中国，更是汉字文化圈的历史。尤其马来西亚的华文教育史，可以说，世界上没有哪一个地方有如此悲情的华文史。

后来，在吉隆坡，在马六甲，我看见的每一个华人，都似我失散多年的父老乡亲，这是因为我深深知晓了：在他们迁移失散的历史年轮中,极富于民族文化生命漂泊之感。不夸张地说,一百九十年来的马来西亚的华文教育,完全是一部华人伤心史与抗争史,是一部中华语文曲而求生的心史,是数百年来整个东亚南亚"去中国化"的潮流中,守护中华文化之灵魂家园的痛史,总之,是花果飘零之后的灵根再植,近两个世纪间充满了民族历史与人生可歌可泣的悲情命运。

请来看看这一痛史中的以下几个关键词:

私塾:1819年在槟城开设的五福书院,今年将迎来它一百九十年的诞辰。五福书院以及稍后的新加坡崇文阁和萃英书院,堪称新马地区最早最具规模的私塾,是中华文化教育先行的理念的见证。

改制:1948—1955年,英殖民地政府在中学"改制",即将各母语教育学校改变为英文教育学校。但马来半岛七十所华文中学,除三所改制之外,其余仍保持为华文中学。

独中:1960年,马来西亚国会通过规定:只许有两种中学,即"全部津贴中学",与"独立中学",停止对所有不接受改制的学校的津贴,从此开始了长达近六十年完全由民间经营的"独中"传奇历史,创造了海外教育史上,少数民族为保护本民族文化而独立支撑教育事业的一大奇迹。

林连玉:1961年褫夺了反对改制的教总主席林连玉公民权,并取消其教师注册证。1962年将反对改制的严元璋博士驱逐出境,永远禁止进入马来西亚联邦。

集会用语事件:1984年规定"华小校长在一切学校集会上须用国语(马来西亚语)发言"。激起强烈谴责与抗议行动,一个月后此项通令被迫撤销。

八七抗争:1987年教育局委派不懂华文的教师到华小担任行政

高职，引发华校罢课风潮及随后而来的逮捕领袖、关闭报馆等镇压行动。

小学新课程事件：1981年以新课程为名，规定除语文外的所有小学课本均必须用马来语编写；规定音乐课必须50%是马来歌曲，另外50%是马来歌曲翻译的华文歌。引发强烈抗争。

……

这只是近两百年历史中几朵醒目的浪花。往历史深处看，一草一木，皆有悲情。

2007年10月17日，我在吉隆坡参观著名的陈氏书院，恰遇书院对面的中华工商会大楼上拉起一巨大的白色横幅：抗议政府将白沙小学强行动迁，横幅上有每天翻动的日历，表明坚守的决心与行动的记录。我去的那天，日历已经翻到了二千三百六十多天了。噢，这才是世界上最牛钉子户！指给我看这个横幅的是书院秘书陈先生，他说："迁到没有华人子弟的地方，其实就是要抹掉这个学校。""山可以陷下去，股市可以跌下去，但是政府不答应，这个横幅就永远不会摘下来！"

我问他："为什么你们这样坚持华文？"

他睁大眼睛说："中华语文，就是我们这些人的生命的根！没有它，我们的生命还有什么意义！"

他的回答当时使我震撼。我今天写这篇文章时，他的那番话音还在我的耳边回响。语文是我们存在的家，汉语是我们的生命的一部分，这样的话，我几十年教书写作，不知说了多少，写了多少，我忽然想到被自己弃于宾馆里的学生习作。看来，我并没有真正弄懂那些话。直到那天，我忽然对"中文"有了更为深切的体会。

2009年，我在杨剑辉先生的促成下，接受了马六甲讲学的任务，再次来到吉隆坡，我欣慰地看到，那条横幅终于摘下了，政府终于答应了华校方面的要求，不再动迁校址，一个有六十年历史的华小保住了。

不仅如此，马来西亚政府越来越认识到华文教育的重要性，去年五月，马总理巴达维宣布在第九五计划内，马所有国民小学将开设中文课程。在压倒多数的国民小学引进华文课程，意味着华文进入马主流社会，其意义不同凡响。

目前，马来西亚仍保存着一千二百多所华文小学、六十所华文独立中学，及三所由社会长期资助的华文高等学府，这是世界上绝无仅有的；而华文小学目前将近六万名并不断增加中的非华裔学生就读情况，足以证明这个教育体系的素质及有效性。

华文已成为马来西亚新闻媒体的主要语言之一。我们在吉隆坡一下飞机，就可以在机场的电子显示屏上看见中文的讯息发布，可以很亲切地听到华语广播航班抵离消息；我们在马来西亚大中城市及小镇的报刊亭，可以看到数十种中文报纸杂志，我们从酒店的电视里，也很容易看到国家电视台的华文新闻，Astro卫星电视设有多个华语频道；我们在吉隆坡大街上的广告里，还看见了播放华语影片的预告。多年来，全马多个华人文化团体积极开展各项活动，精通中国历史文化的汉学家在马不乏其人。这些传媒、组织和学者对华文的传播和中华文化的发展提供了良好的平台。我在马六甲喝咖啡的日子，就像在家里一样亲切。而马来西亚的咖啡，其实有一种本真的苦味，这是要懂得从苦中回甘才能体会到的香甜。噢，这不正是马来西亚之所以成为"世上学中文的人必去的一个地方"的重要理由么？

我讲演的那天，二百多华人坐在有一百年历史的培风中学大礼堂听讲。我讲到，近一千年的汉字文化圈，当初创造了何等灿烂的中华文明。而接下来的亚洲史，几乎可以说是一部"去中国化"的历史。无怪乎近代的文化哲人，极富于云天苍凉、广陵散绝之悲感。而当今的文化格局，可以告慰先人的是，近几个世纪以还"去中国化"的痛史，可能正在发生变化，一个新的文化契机正在出现。讲演结束时，我不禁唱起了唐代诗人王维的《相思》，向每一位中华文化价值的实践者、坚守者、传播者，表达了我最深切的敬意。令我惊奇的是，我一边唱，听众一边打着节拍，齐声相和。呵，南洋海滨古城，蕉风椰影之夜，在千年相传古老的相思乡曲里，一起沉浸于浓浓文化怀乡之情。

2009年3月8日

（原刊笔会2009年3月29日）

黑人教堂

到了美国才知道,虽然现实生活中白人黑人已经平等,但是美国人上教堂是分人种的,白人有白人的教堂,黑人有黑人的教堂。他们戏言:人间是同一个,却各有各的天堂。

然而,教堂这个地上的天堂,还真的不一样。星期日,单姐和她的白人先生比尔,邀请我们往黑人教堂。比尔是那里的牧师之一,从台湾高雄来这里定居几十年的单姐,是唱诗班的一员。他们夫妇是黑人教堂的核心成员,这样的人员,大概有十个,他们每月都会在一起轮流请客。据比尔说,这个南方小镇,人口不到四万,学生放假时,才二万人,然而黑人教堂却有三十多个,90%以上的黑人要上教堂。无愧是旅游书上所谓"北美圣经带"(Bible Belt)上的重镇。

管风琴响起。一阕男中音歌声缭绕而下,作为祷告的引子。一开始就是音乐式的仪式。然后是唱诗班的男声合唱与独唱。不像白人教堂里的合唱,黑人的每一首歌,都是双手打拍子,节奏明快,载歌载舞。下边的信徒也是载欣载奔的样子,教堂上下,都是"欢以动众""发扬蹈厉",而白人和中国教堂一样,都是如古书上说的:"肃雍和鸣","肃肃敬也,雍雍和也"。

黑人教堂里的音乐,令人耳花缭乱。有蓝调的怀旧,有饶舌的风趣,有摇滚的激情,有爵士的执着,有灵歌的悠远……噫!黑人的主日敬拜,竟然是音乐歌舞的嘉年华,鼓之舞之以敬神!

最令人难以忘怀的是黑人的天真与直接。他们当场是那样的率性反应:拍手、举手、高喊Yes、大笑、挥舞双手、站起来扭动身体、齐声赞叹……无所顾忌表达出听音乐、听布道、听诗歌的瞬间感受。但丁的《神曲》中的天堂:

> 我看见那些在高空飞翔的圣灵把如此的欢乐倾泻在那脸上,以前我所看见的,都没有叫我赞赏到这地步,也没有一种事物向我显示与上帝相似到这地步。那首先下降的爱唱道:"福哉!马利亚你被神恩所笼罩。"于是张翼在她的面前。对于这神歌,全幸福的天庭都相感应,每个脸上都显得更加沉静而明朗。……

白人追求的人神共乐,是一种沉静而明朗的欢乐,然而黑人追求的则是一种激情而奔放的癫狂!黑人作为一种真正的感应的动物,整个教堂真正区别于学校,不是一个上课的地方,不是一个开会的场所,而是一个同声相应、同气相求、同类相感的天地大气场!古人说:"观其所感,则天地万物之情可见矣。"教堂,就是一个可以直观天地万物之情的地方。天地万物之情就是超越个人、集团、种族与地方的狭隘,超出人的有限性的大情。看过了黑人教堂,才知道什么是教堂,相比之下,白人教堂似乎已经太现代、太理性、太像听课,或许已经远离真正的宗教精神了。正如《圣经》里说的:

我们若果癫狂,是为神。(哥林多后书,5:13)

那天还有一个很有意思的小插曲：坐在我们左前方第一排有一个光头的男子，——姑且叫他"光头哥"，表现得有些激情过甚。他在牧师布道或别人讲演、唱歌时，会骚动不宁地不断发出大声赞叹、不断突然站起来鼓掌、挥舞拳头，甚至会冲上去拥抱讲演人。然而，虽然他的高声和动作会分散我们的注意力，但似乎教堂对他的存在已经习以为常。而且，他那些好像饮酒过度甚至精灵附体的神情动态，并没有破坏教堂的秩序，人们见怪不怪，而且成了像管风琴音乐一样的若有若无的背景，成为一种有趣的插图。好像整个大地癫狂，需要一个更极端的癫狂来证明自己其实并不癫狂。

单姐告诉我们，光头哥原本是一个海军，现在为人修理草坪。单姐家的草坪就是请他做修理的，人非常好，做事非常认真细致，在社区里的人缘非常好。我们常常在书中见到巫师、先知以及圣人，都是一些幽灵附体的人，他们身上有某种超自然的力量，但是我们在现实生活中却已经看不到这样的人。光头哥的存在，或许可以发思古之幽情？

然而我正这样想着，接下来真正神灵附体的人物出现了：一个才华横溢的牧师，正式开始今天的布道。他活力四射，癫狂无度，或唱叹，或吟诵，或指斥，或祈祷，或排山倒海的激情，或燕语呢喃的倾诉，有时候像一个将军，指挥着下面的千军万马如踊如跃，有时候像一个先知，直指人心，感动得下面的信徒起立鼓掌、高声回应、眼泪纵横。总之，高潮如波，不断迭起，下面人流涌动，人心欢然。令人想及茫茫古域，击石拊石，百兽率舞，神人以和的时代。

单姐告诉我们，牧师原来是一个中学校长，年薪八万元，后来放弃了校长的工作，宁愿接受年薪只有五万元的牧师职位，正是因为听众对他太痴迷、太钟情了。怪不得,单姐要我们提前到达,来晚了,教堂就一位难求了。我们到了黑人教堂,见到这样的场面,才知道什么叫"胡天胡帝",才真正体会到马克思·韦伯所说的奇理斯玛权威(Charisma),在现代社会里仍然没有完全消失。

走出黑人教堂,想到的只是:黑人的癫狂与华人的理智中庸,都是来自自然天性,各有其精彩,也不可强求。所以,华人要想离开自己的根性,也是不可能的。而文化就是根性,只不过是"百姓日用而不知"。为什么政治权利已经平等的白人黑人,还需要各自上自己的教堂,因为那里有他们的文化。不只是黑人,为什么天堂只有一个,而韩国人、中国人都更愿意上自己的教堂,原因正是离不开他们的文化。

2013年5月于美国南方小镇斯达克威尔
(原刊笔会2013年6月17日)

那山·那水·那人

最近一些日子,总在电视上看到伤心与悲情:祖国台湾的台南、高雄、屏东一带遭遇百年不遇的特大洪灾,浊浪滔天,山崩地陷,河溪决岸,道路桥梁断绝,果园民宅被冲入太平洋,民众财产、生活损失极为惨重,尤其是高雄甲仙乡小林村,因泥石流而毁灭,至今数百名村民尸骨未见。来自台湾的电视报道,处处闻哭声,天天有招魂,看到同胞哭喊着死去亲人的名字,面对着淹没不见的家园欲哭无泪,莫不教人忧心如焚,感同身受。陈鸿森教授给我的邮件中说道:"高雄、屏东两县受创殊巨,前者主要为高雄山区,至有四五百人命,瞬间俱亡;屏东则沿海乡镇巨浸滔天,民居尽没,其中颇有春间与吾兄游垦丁时所行经者。一山一海,皆无可逃。"我今年四月的这趟台南旅程中,许多留在我的相机里、贮存我心中的美丽河川,都是这次受灾最严重的地区,甚至有些都已经从这座岛屿上消失了。呵,何时才有机会再见,那葱青的山、碧清的水、无尽的椰风棕林?

这几天我突然明白了,一个地方、一方山水,你不仅去过、看了,而且一旦你真正同时看到了那里的生活、山水中的人,你便会从此魂牵梦萦,成为你真正想念、牵挂、心痛的对方。忆及今春赴台南成功大学开会,会后有高雄讲学之约,后又与鸿森教授有垦丁之行,一路上穿行于碧海蓝天、蕉风拂岸、鲜果夹道、欢声笑语之仙乡,更精彩的是一路上感受台南人待人接物的方式，生活细节中的温情、热情与豪情。对照于此，我有心痛的感应。两岸同理，倘若不仅看过了"那山、那水"，且更了解了山水背后的"那人"，更能分享血浓于水的同胞情，触发人溺己溺的悲悯。于是我写下我所知道的台南故事。

第一个故事：有一天晚上，成功大学会后餐聚时，王伟勇教授拿出了最名贵的坛装金门大曲，我正想取出相机拍照时，发现相机没有了！那里有那么多宝贵的图像资料，我向隅闷坐，没法快乐起来。台南的教授都安慰我：放心吧，不会丢的。果然，等我回到宾馆，一个电话打过来："胡教授，你的相机是不是D40型？清理会场时发现……"第二天他们纷纷说，"特别是在台南，你可以放心。"这里民风淳朴，我听说，日本游客甚至回国了还能收到已经丢失的物品。

第二个故事：那回鸿森教授伴我垦丁之游，有他的三个学生同行。其中两个女孩是在读的硕士研究生。关于台湾人有更多的旧道德，我早有所闻，但是那次还是长了见识。两个女孩不仅不要我们照顾，而且一路递水、拎包、照相、排队、盛饭、舀汤，处处殷勤周到，不辞辛劳。我看到，从应该请客人坐车里的什么位置，到打电话时如何与外界沟通联系，发邮件如何措辞，甚至什么场合穿什么衣服，鸿森及他的太太，都一一教给他的学生。我体会到他们师生间不只是知识的传授，而且是性情的感染与人心的联结，如此师道，真可以当得起一个"古"字！旅途中他们的老师这样身教：为了寻找到那家他认为最好的海鲜饭店，一心一意，于黄昏中来回驱车于大街小巷，辨路询途，只是为了使我这个来自大陆的朋友能吃上全台湾最美的深海旗鱼、松板鱼排与极为名贵的上腹黑鲔鱼生鱼片……

第三个故事：我往高雄那天，接到高雄师大的告知：由于是周六,酒店客房紧张,给我订了"民宿"。我心里略感失望:好不容易到高雄来,这次时机不巧,只能住小旅社或"招待所"了。还一直担心是什么小而简陋的"民宿"。然而等我进了门,一下子爽呆了:灯光柔和温暖,门厅有个玩具小丑正向你微笑,墙上挂着色彩鲜明天真稚气的儿童画,亲切得简直就像进到了自己家。带电视与沙发的客厅、电烤箱等厨具一应俱全的小餐厅,餐桌上有一小油灯,客厅里有一缸金鱼,茶几上压着一幅红豆,阳台上有一盆米兰花,就像上海的三室两厅的房子一样宽大方便。从细节可见主人十分用心、精心:地板上洁净的拖鞋、柔软的布艺垫,卫生间里有厚厚的浴巾,儿童间的棉被特别轻柔,而且有许多小玩具,主人不担心房客会拿走。与标准化、模式化的酒店设施相比,这里的氛围好像一个有情有义的朋友将他的房子腾给你住。你还可以从墙上孩子给父母的心里话《膝下的心——给亲爱的爸爸妈妈》,以及冰箱上的《厨余回收分类表》(关于垃圾的两种功能:"养猪"与"堆肥"的说明书),可以见出这个腾给你房间又未曾谋面的朋友的文明素质,因而增加你的一份钦敬。然而当我开始对主人是什么样的人发生兴趣时,更由餐桌上的一本留言本而读到了一个个的故事。透过过往客人的留言,我们知道了民宿主人是一善良、真诚、甚至美丽的女性,姓曾,随着留言人的不同,有时叫她"曾阿姨",有时叫她"曾小姐"。有一家子,有十一个女伴,每个都签名,有来自马来西亚、日本、韩国和新加坡、泰国的华人,更多来自台湾的乡村。透过字里行间,我读出那个城市漂泊人生的苍凉故事,也读出了此故事中人与人之间的关切、帮助与爱心。诸如"亲爱的阿姨,上有天堂,下有此房,他乡有家园,陌路有亲人,人生乐事也!""超Q!""呵,这么漂亮的玩偶!阿姨真用心呀!""这回不知是第N次来到这里了，下回还要来。""真对不起，小孩吐在床单上了……""噢，这是我旅途中超级温暖的小窝。""感谢阿姨还帮我们洗衣服了……"我们于此一小小的空间，看到了青年人的感动、感恩、感怀，尤其一段文字令我怦然心动："阿姨，我们是来高雄赶考的，千里跋涉的长途，想不到穿插一幕这样的家一样的温暖与爱心，我们好像从阴暗漆黑的仓库中看到了一盏灯，心中满满的都是光亮了……"

鸿森教授的电子邮件最后说："台湾诚一伤痕之岛，弟此生所历风灾数十，然无如此番被灾之广且重者。如此江山，更能堪几番风雨？"然台湾企业与民众慷慨捐输，热血民众发起了"北血南送"；大陆的救灾物资已经运到高雄，捐款至今已接近两亿。血浓于水，更胜于水。在在证明：大灾难中最宝贵的，是悲悯的人心。

（原刊笔会2009年8月24日）

寸稊寒柳待春分

度过了这个特别漫长的冬天，春天变得犹疑，暖了又寒，似乎来了又离开。我开始想念南国的阳光了。打开抽屉，翻出去年年底中山大学寄来的中华诗教会议邀请信，打点行装，飞往广州。

白云机场往市区的路上，交通堵塞，人潮如流。在脏乱嘈杂与广告充斥的街道背景中，木棉花孤独、高贵而挺拔，像沙漠中的行吟诗人。南国春早，杜鹃花毕竟已经萎败了，然而中大校园里绿草如茵，棕榈、葵树、榕树的树叶大幅大幅舒展着，空气中满满、无处不在的，都是混合着米兰、樟树和桂花的馥郁香气。到了岭南才意识到，原来南国的春天是男性的，大声的，沛然莫之能御的，而江南的春意一如江南的女子那样含蓄而阴柔，像西湖边的柳浪闻莺，那莺声商量，全都是江南的丝竹、昆曲与水乡里穿蓝印花布女子的身影。

康乐园一片乱红萎败的杜鹃花旁边，我找到了陈寅恪的故居。我没有想到它的周围如此开敞、大气，坐落于如此碧绿的大片草坪之中。当时恰有一抹夕晖，像舞台的灯光一样打在楼身，使之隐约具一种凛然的尊严与神性。然而当我悄然站在先生讲课的宽大阳台，呼吸着园子青草的气息，这座常在梦中的小楼又亲切得一如我回到了自己家里。就是在这里，诞生了《柳如是别传》，我每年都要讲一讲的书，一本与江南诗性与血性相关的巨著。在江南与岭南之间，是伟大的世纪诗人。有多少次，在常熟的尚湖，在杭州的西溪，在姑苏的天平山与金陵的古渡，在上海寒冷的长冬，在台风来临的日子，我都静下来，聆听过陈寅恪从这里发出的声音。多少年来，我一直不停读解他那时的书，透过陈寅恪他们这一辈人所昭示的文字，艰难寻找着其间消失中断的气脉，叩问其中秘传的信息。

人生中确实有些事情说不清楚。儿子豆豆两岁的那一年，我写过一篇考证陈三立陈寅恪海棠诗的文章，有一天写累了，靠在沙发上休息。豆豆在沙发上玩，忽然扔给我一本书。我的客厅兼书房，沙发的背后就一排顶着天花板的书架。豆豆抽了一本书，劈头扔到我的怀里。这本书是季羡林散文自选集，打开来的这一页，我一看就怔住了：正好是《怀念西府海棠》！而我正好写到了陈寅恪通过海棠之咏来传递他们一家三代的中国近代历史思想奥秘。而季羡林先生梦中的这株清华园的海棠，也恰恰正是陈寅恪四十年代在成都、五十年代在岭南梦中反复出现的那株海棠。更奇的是，季羡林先生这篇文章的最后落款，竟是"写于华东师大专家楼"，而我那时的家，正住在专家楼不到一百米的旁边。

陈寅恪故居的四周都是通透开敞，没有依傍。他紧抿嘴唇、拄着手杖的那张照片，背景里的那棵枝叶滋荣的大榕树，依然发散着芬芳春天的气息。这也使我想起他关于文化中国是未凋之大树的著名意象。然而当今的中国学界，形式主义与锦标主义盛行，学问尊严日渐流失，学生对于大学精神生活之庄严与美久久隔阂，陈寅恪的意义一如一座深深掩埋于狂沙荒野里的古塔，塔尖埋得那么深，沙漠上寻找甘泉的人都快要看不到路标了。

中山大学中文系的师生们办了一个粤雅诗社，出版了四期《粤雅》，坚持竖排、繁体，专刊载旧诗词与古文骈文，一如陈寅恪对于他的著作出版的要求，是我所见到最好的当代古典中文写作。陈寅恪喜欢的两句诗：绝艳似怜前度意，繁枝犹待后来人。仿佛就是一个神奇的预言。《粤雅》诗社，正是这样的"后来人"。而他们联合两岸三地甚至东亚中华文化圈的汉诗教学力量，成立中华诗教学会，也恰是昭示着来日中华文明更新更美的绝艳繁枝。

在广东新会开理事筹备会时，关于"中华诗教"这个名称是不是合适，不免有一点分歧。有人认为现在这个时代，主张以诗歌来教化，会给人冬烘的感觉。有人认为诗教意思虽好，但不如诗歌教育言简意赅，无需解释。我表示应继续坚持原来"中华诗教"的名字。理由是：第一，政治并不是一个不好的名词。要看到诗所含有正大庄严的使命。第二，当代道德与文化正有危机，诗恰恰可以发挥积极重要的作用。第三，诗不仅是诗本身，而且是士的文学。士的重建是文明要义，兹事体大，应从学生做起，中国将来的干部队伍、公务员水准、社会风气、世道人心，才会有点希望。因而，"诗教"一名，退可守，进可攻，何乐而不为呢？在香港中文大学黄坤尧等教授的赞同下，大家后来还是采用了中华诗教的原名称。这或许也象征着中国诗教之不死？

其实，岭南自有其诗教的传统，近的可以追到黄晦闻（节），远的可以追到陈白沙。我们开会的这座圭峰山下，就是明代大儒陈白沙的故乡。白沙先生之诗是大人先生之诗，几乎终身未做官，以其独到的诗风和理学心得，创江门学派，成岭南一人，深切影响了后来的岭南社会与历史。黄晦闻先生是广东顺德人，辛亥革命的元老，但是此后看到政治太坏，道德崩溃，人心迷失，新国家的基础不稳，遂退而执

教于北京大学,教授诗学。他明确提出"诗教":

> 世变既亟,人心益坏,道德礼法,尽为奸人所假窃,黠者乃藉词图毁灭之。惟诗之为教,入人最深。独于此时,学者求诗则若饥渴。余职在说诗,欲使学者由诗以明志,而理其性情,于人之为人,庶有裨也。……国积人而成者,人之所以为人之道既废,国焉得而不绝? 非今之世耶? ……天若命余重振救之,舍明诗莫繇。……

"惟诗之为教,入人最深",说出了中国诗歌似宗教而非宗教的特点。我们意识到今天的现实是:中国是一个没有太深的宗教传统的国家。没有宗教,好处是注重现世,缺点是没有敬畏。"绝对的权力导致绝对的腐败",绝对的人性自我,也是无恶不作的,因为上面再也没有约束了。在这样一个没有浓厚宗教传统,而又加速进入大转型时代的国度,制度与法治,当然是根本的,但又不够,诗书礼乐之教化是不是可以在世道人心方面,发挥一点点作用? 其次,黄晦闻先生看到了政治与道德的基础太坏,重建这个基础的重要性与紧迫性,我们今天不免同样面临着这样的重要时刻,知识人应该做文化文明的主持人,还是做知识游戏的自了汉? 而今天的青年人正"求诗若饥渴",你不让他诗书礼乐,他就怪力乱神。诗教在今天的意义,依然不失其庄严正大的理性内涵与生命本然的正当需求。

一百年前,黄晦闻先生在那样一个危急时刻,对于中国文化的死而复苏,充满美好的期待,他有两句诗,深情高韵,传诵一时:

束草低根留性在，
　　寸荑寒柳待春分。

　　今天的圭峰山脚，群峰如抱，谷有林泉。窗外是大幅的草木蓊郁，和煦的春风吹拂。忽然想到，陈寅恪先生的书斋，为什么叫"寒柳堂"？不也正是这两句诗所蕴含的美好诗意么？

（原刊笔会2010年4月28日）

西湖雨亦奇

早晨往柳浪闻莺里跑步,细雨斜风,素烟清气,十里平湖,都在梦中。至长桥归来,春衫尽湿。噢!好一个雨西湖。

"西湖雨亦奇"的意思,原来是这样的:

人少,湖山路安静极了。所有晨练的音乐、人群,都消失得无踪无影。这时候,西湖恍然是贵族甚至皇家的西湖,然而前面偶尔出现一柄油纸伞,便悄然又唤回平民的、邻家女孩的西湖。

湖对岸的树与山,楼与寺,全是王维、李成、郭熙、董其昌。湖边积水的青石路,似美人不小心打碎的琉璃镜奁,而雨中的草色,是美人睡前卸下的浓得化不开的翡翠。那幽幽的清润之气,摇漾空中,从碧波湖面到柳浪间的一二莺声。

一只水鸟飞过幽碧。一只早发的船,嘀——嘀——地呼吸着,划开水墨。远处走来一个打伞戴帽又戴着口罩的老妇,她的拎包里传来越来越近的音乐,竟是一种很苍凉又很醉态的萨克管的曲子,沙沙的,好像已经被一路走来的细雨湿透了。

很奇怪,三月了,昨天还是惊蛰,春雷响、万物醒的季节,而竟没有一点春的消息。桃花樱花都未开,柳色未黄,莺声绝少。整个江南,都在雨水里泡坏了。

好不容易看见一粒桃花,从万黑千灰中杀出来,犹如鲜血一滴,带着冬天的痛与怨。然而最令人惊喜的是,芳草亭一带,黑叉叉的枝头,竟有无数晶莹透亮的雨水珠儿,如珍珠,如明玉,大片大片的,闪闪发亮,盈盈欲坠,恍如进入一个璎珞世界!只有细雨无风才会如此,这无疑是雨中西湖极难一见的奇观。

由于奇冷,今年的湖边草地还大片覆盖着薄膜,然而令人更为惊叹的是,一簇簇尖尖的绿草,竟然一拥而上,刺破了盖在上面的白色薄膜,精神地昂头。而且,越是盖得紧的地方,越是有小草冒出来,欢快地沐着细雨。而那些肥肥的老草,却蜷伏在松松的薄膜下睡着了。

忽然想起昨天上课时还问学生:段注说文,"儒者,濡也,以先王之道濡其身。""濡"是什么意思?莫非,正是"濡活"的意思么?

(原刊笔会2012年3月27日)

花溪随笔

丁酉年夏,余再返花溪,于孔学堂驻园研修。十里河滩,处处山岚静秀,溪河碧清,日日宛如画中游矣。稼轩语云:"我见青山多妩媚,料青山见我应如是",如何不负青山,亦不负我心,研读典籍之暇,游心岚翠之余,唯以随笔文字,聊记种种如次。

一

余晨起练太极,静思默想之间,于草叶树叶,偶有会心。细看周遭种种未名草木,其叶形,或圆或长,或纤或扁,有妍有丑,形状万千,然皆向上、向外、向阳、向天,无一或异。可悟大千世界,种种存在,各美其美,尽态极妍,然皆向外求发展、求资源、求阳光与空气,更求表达、显能、扬己,故争取资源,表现自我,无疑为生命之第一本能。然大自然之中,亦似有一无形之手,将万千形态之草木,各各安排,或低或高,或单或蔟,旁见斜曳,妥帖停当,无乱象、败象、争斗相,或圆或纤,或妍或丑,皆能从容而自得,以遂其生机,古人所云"万象森然,冲漠无朕",朱子所谓"物物各具此理,物物各异其用,然莫非一理之流行也",细思此事,终不可解也。

二

孔学堂位于十里河滩之中部,南北两翼,青山如螺,绿树如鬟,溪河如带，无数漫滩、沼泽、水田、花圃与湿地，如美人春衫舒展之长袖。余不可一日不见青山、亦不可一日不见此滩。常于昏旦之间，流连盘桓，于河滩看清波回旋，白鸟翩飞；听深柳莺啼，荷塘蛙语；河中沙洲、小岛、跌水、浮桥、不系之舟、亲水之亭，亦一一如数家珍矣。然此一大湿地，并非如是如是、自然原生之景观，而乃人力返自然之杰作也。由此乃悟：老子之道法自然，非原始之自然，而实为以人类之自我忏悔、自我反省、自我醒觉，重经人类之力，而归返之"自然"耳。已与原生、野蛮之自然，非同一自然矣。人类由傲慢而谦卑、罪过而自新，即所谓"道法"，即现代性返本更化之路也。

三

上午与诸生讲"沦肌浃髓"。现代人之语文教育，与现代人之阅读，零碎而浅表，如写字于瓷砖，画符于沙滩，雨过如洗，潮去无痕，全无受用。古典中国之阅读传统，讲求内在化，体用而引归身受，如朱子所谓"且将此一段反复思量、涣然冰释、怡然理顺、使自会沦肌浃髓。"因而今日欲求读书生活之真谛，"沦肌浃髓"似不可不讲。要义有三。一曰超感官。二曰超逻辑。三曰尚气。直凑单微，打开活路，文学之人物、情思、意象，矫健、俊逸、清新，以生命之风姿，人格之光彩，觌体相见，莫逆于心。如古人所云"沦肌浃髓，而能养民于和，固亦有不春而温，不寒而栗者"。

然而，过于主观，则不免走火入魔，故有"偶开天眼"的阅读法以救之。

四

馆舍窗前,有巨幅青山,浓翠如染,日日相对,令人百看不厌。滔滔孟夏,草木葱茏其上,随风摇漾如醉;白云躞蹀山头,尽日苍狗幻化。时有白鹭翩飞,蜻蜓戏叶,鸟跃林间,蝉唱幽处。宋人罗大经氏所谓山静似太古,日长如小年,余亦不知斯世何世也。

半山有草轩,一翼如画。南北接一山间小径,以竹为栏,忽隐忽现。当其显时,轻柔为体,蜿蜒如带;当其没时,绿荫丛簇,神秘存焉。小径似有无穷意思、无端召唤,引余常临窗坐对,寂然无思,而身心两忘,神气独行矣。

径与山,岂非亦隐喻天与人乎?余亦因此而悟:当其显也,轻着人力,顺承自然,当其隐也,混同物我,归于寂漠。老子所谓虚静柔弱者,神明之府也。现代人之不见天地之美与神明之容,唯甚与泰尔。

五

花溪之生活,又现代又古典、又西式又本土。如晨饮咖啡,而午后清茶;练毕太极拳,又聆爵士乐;一手拿手机眼看八方,一手持青瓷澄怀观道。一如王弼所谓"应物而不累于物"。余读汤用彤先生书,彼认魏晋玄学高于汉代元气论。余以为不然。盖玄学主体用一如,用者依真体而起,故体外无用;体者非于用后别为一物,故亦可言用外无体。然太极有太极之体,爵士乐有爵士乐之体,二体非一体也;手机有手机之体,青瓷亦有青瓷之体,二者亦各别为一物。然则古之所谓体用不二,何以不二?何以依体而起用,余亦不得其解也。余因而主张汉代之元气论,更高于魏晋之玄学论,此意非片纸能办,有暇将详论之。

六

夏,一人于苹果树下眠,苹果忽坠,击彼头。或有种种回应如次:其一,嚱!谁人种果?何以击吾头也!其二,呵呵,果之熟也,得而食矣。其三,果之熟也,吾可售矣。其四,谁家果熟?可告之矣。其五,王维:"雨中山果落,灯下草虫鸣。"其六,英哲牛顿之解读:万有引力。前四项,皆俗谛;后两项,高人也。王维乃诗兴之感发,世界自生自主,有超然物外之思。牛顿乃科学之妙悟,洞察幽微而寄心上帝。读书治学,应立足于高山之巅,脱心志于俗谛之桎梏,游心以远。此乃古今之贤人志士进德修业之大义也。

七

仲夏之夜,星空璀璨,大地沉平,深树蝉鸣,流萤时飞,余亦有所思也。顾积数十年之努力,余苦心经营,力图建立一整体之诗学,姑名之曰"中国文化诗学"。何谓也? 近现代以还,诗学散而为文献、笺疏、诗人、诗史、诗法、诗风及修辞,自守家法,各照隅隙,此其一也。考据、辞章、义理,鸡犬之声相通,而老死而不相往来,此其二也。诗学亦与古典中国思想之传承无关,与今日诗性之实践无关,与个体生命之表达无关,此其三也。故吾之所谓"整体",所谓"文化诗学",于诗之外部而论,既扬弃古人,又反思现代;既庄情孔思,又聚焦诗艺。于诗之内部而论,力求地与人合,灵与智合,实与虚合。地与人合,即江南诗学之开展;灵与智合,即意象诗学之建立,实与虚合,即化理论而为现象,以小见大,以实涵虚,由个别见一般,如唐宋诗比较论、二柄诗论、今古典论等。中国文化诗学之整体观,力图由现代道术之裂,上通生生之证息息相关上下相连之诗天地，以回应西学之偏胜与古学之偏枯，此境此义，乃灵魂之冒险，而经师宿儒与新潮论家，多未能梦见也。

八

花溪妙境，花开又花落，无喜亦无悲。唯日日启窗，不禁对山色青青，叹衰颜自我。余问青山，何时方老？青山问余，几时归来？遂作《忆花溪》数首——

窗前百啭尽声声，
长忆清晨魂梦轻。
山鸟不知人已去，
殷勤唤我碧溪行。

茅台美酒浃欢声，
又忆晚风匝地轻。
抛却书篇休更问，
几回人世短歌行。

夏夜学堂几蛮声，
携妻牵子语声轻。
繁星天上眼如眨，
影藻波中踏月行。

2017年8月26日于贵阳孔学堂

（原刊笔会2017年12月16日）

富顺返乡记

我从小到大填籍贯，总是会写"四川成都"。其实我的出生地是贵阳，而我父亲籍贯是四川富顺，那我应该填富顺才对，但是为什么从小父亲就告诉我"籍贯一定要填成都"？难道他嫌弃自己的出生地富顺么？这其中的道理，他从来没有跟我讲清楚，是我自己慢慢地琢磨出来的。有时候父亲对儿子的要求，不经意之间，就打上了时代的某种印记。而做儿子的，要很多年之后，才会明白过来。

正是由于父亲的误导，我总以为自己是成都人，有一年，还与系上的一位老师一起去寻访成都九眼桥外沙河堡老宅，竟是一片垃圾瓦砾废物成堆之地，像一个梦，其实一直未能踏上真正的故土。老家人说，目前只剩一个老人可以认得吾家祖坟，再不回去，就没有人引路了。我难以想象祖坟渐湮灭于茫茫野草荒荒丛林之中的情景，于是，这回借着《诗刊》在四川举办的一次颁奖活动，顺便约了表弟开车，与太太一起成全了返乡之愿。从成都到富顺，高速公路三个小时不到，两边绵延起伏的青山碧坡深林，新雨之后，阳光下浓绿如泼、苍翠如裙，如巨幅无尽的青绿山水图卷。从富顺县城往老家赵化镇一路上，也是绿茵茵碧油油的坳田、丘陵、陂塘、河滩……这么好的山水，这么好的老家，我有相见恨晚的甚深悔意。父亲难道没有回来看过？

中餐找了一家老牌的豆花饭店。富顺号称豆花之乡，一吃果然不一样。第一，它的蘸料好，香辣豆瓣很特别。其次，豆花的口感，表弟称为"绵扎"，一种又嫩又紧致、又清甜又回味的感觉，他说只有这里才有的品质，不仅豆好，而且水好。在富顺找餐馆不需要看美团的评分，你就看他的餐馆，如有延伸在外面的座位，露天或搭棚子，一定是最好吃的。有一天表弟带我们吃一家餐馆，坐在棚子里，香辣火锅清炖肚肠配香煎馄饨，吃着吃着大雨滂沱，四周棚水如注，我们仿佛在水帘洞里享受供品。当然也不一定，某一回朋友带我们去一家特别的厨房，一天只做四桌，从来不做多，其野笋羊排、香菇猪蹄、红烧活兔，均极美味。有人说每个人的胃才是最后拂不去的乡愁盘踞之地，然而家乡的美食太晚才征服我那衰老的胃，这些年在上海如何吃东西的，以及我的那些四川学生如何在上海生存下来的，不免令人怀疑人生。

下午表弟就带我们去文庙，富顺一中校史馆的胡云昌老师，早就等在门口了。富顺一中原是富顺女中，我的祖母胡佩玖曾在该校任校长。一个导游，领我们参观这座全国保存得最好之一的文庙。富顺又号称"巴蜀才子之乡"，文风很盛，人才极夥。如明代的晏铎、熊过，近代的刘光第、宋育仁、陈铨、李宗吾等。文庙高大的红墙上有"数仞宫墙"四个擘窠大字，这个成语源自《论语·子张》中的"夫子之墙数仞"，后来被用来形容孔子学说的博大精深。尽管其他地方的文庙也有此语，但富顺文庙的解说员正解为："皇宫的墙高一仞，孔门比皇门更为高大"，还是令人精神一振。参观时，有一种不仅来自乡缘而且来自学缘的自豪感——毕竟令人联想到乡贤刘光第灵柩归乡，乡人不顾清廷严令，几乎家家披麻戴孝，举行浩大悼念活动数日；也令人联想到，甲午战后，乡贤宋育仁利用其暂代英法意比四国公使的机会，曾假以朝廷密诏，与外人密谋筹款购买五艘英制军舰，组织一支由两千澳大利亚水兵组成的海上突击雇佣军，试图万里奔袭日本（其有《借筹记》述其事）——"道高于势"的古义落实为近代英雄的血性与奇计。然而颇令人费解的是，在文庙的崇圣殿顶上的亭塔式宝鼎内，前些年居然发现一尊阳具毕现的裸体人像，十分诡异，莫非体现了蜀学的现代性？即：一方面有身心性命经世致用之人物，另一方面也有如发明厚黑学的李宗吾这样的反儒学？甚至吴虞这样"只手打倒孔家店"的老英雄？学术界把这样的现象看作是儒学传统的自我清洗，中国传统思想显示了自己新新不已的活力，蜀学其实最具特色。

校史馆的胡老师带我们参观富顺一中。明年，一中将迎来建校百年的校庆。校史馆的墙上把奶奶的名字写错了，在任年代也不清楚，我此番来访恰也作了一回订正。我是从父亲的传记和三叔的口述才知道奶奶的故事的。祖父二十世纪三十年代末因病过世，1942年至1945年，奶奶为了躲避霍乱与日本军机轰炸，孤身携带三个未成年的孩子，从成都来到富顺，一开始教国文，原校长病故后，1944年奶奶接任校长。一开始甚有阻力，但她聘用了当年四川大学一些年轻有为的毕业生，端正校风，力学向上，治校颇见真章。在任期间最大的事情，就是带领全体师生员工，完成了从千佛岩到西湖边的迁校大工程。我有诗句云："千佛岩边罗汉在，应知学子诵琅琅？"

然而奶奶其实只是我父亲的继母。她是四川大学的校花，我祖父是当年的学生会主席，在学生活动中经族人介绍，与奶奶相互结识而自由恋爱，英雄爱美人，遂一纸休书，结束原先的包办婚姻，父母之命的发妻王氏回到乡下。可怜我父亲当时才是个懵懂的小学生，一开始他记恨这个赶走了生母的继母，事事躲避着她。然而，经过相当长的一段时间的磨合，费了不少心血，赔了不少眼泪，渐渐地，我父亲这个桀骜不驯的少年，终于被这个"秀外慧中，气质不凡，光彩照人的女大学生"继母所彻底俘虏了。他在传记中写道：

> 如果我妈像一般的后娘，也可以不管我，让我成为一个无人过问的孤儿，因为十一岁的人是没有独立生活能力的，或者返乡务农，贫贱一生，在此决定人生命运的关头，我妈表现出确非平常女子之所为，她学的是中国文学系，是四川大学第一季毕业生，由于饱读诗书，满怀传统美德，决心把包括我在内的四个儿女都抚育成人，以慰父亲在天之灵。后来听说有的人劝过她改嫁，有的人追求过她，但她都不屑一顾，顾的是这一堆儿女。总之在整个学生时代我都有一个和睦温馨的家庭，而她越来越是我崇拜的偶像。她是一个充满精神魅力的人，我一生都敬重她。她可以算是一个奇女子，在现实中很少见，只在古代的传奇小说中见过这样理想化的可敬可爱的女奇人。

那么，我的那位可怜的亲奶奶呢，小时候对她稍有印象，瘦瘦小小，永远戴着一个黑头巾，说话小声小气的。我父亲虽然也十分想念他这个生母，但五十年代阶级斗争的时代氛围下，王氏奶奶出身不好（因为服侍婆婆而被顶替戴上"地主"帽子），父亲在省委机关工作，彼时运动不断，非但不敢把她接到身边，连王氏奶奶短期来住，也要遭清理回乡。富顺老家，成为一个要摆脱的不光彩印记。七十年代的某一年，忽然一个电话打给我母亲的单位，来自贵阳火车站派出所，说有一个老人病亡于车上，身上找到省委政策研究室的一个牛皮信封，信封下角有父亲的签名。我父亲那时在黔东南修铁路。母亲在火车站站台的一个角落里，看见躺在木板上的王氏奶奶。她是孤身一人来看儿子。母亲将她火化后安葬于贵阳郊区的一座山上。

在八十九岁的易家表叔引领下，穿松林，绕坳塘，走田埂，竟然在河沟子山腰一片粗壮高大的竹林渐渐半包围半侵占之中，终于找到了易家老祖的坟。看这个样子，再不整治，可能几年后坟墓不保。我电话里问得三叔的意见，却是"顺其自然"。理由是，后代们都不一定会去了。

是的，现在提倡树葬，跟竹林融成一片，也未尝不好。后代已经没有风水的观念，包括可怜的王氏奶奶那座坟，后代都不一定会去看了。

暮色中的河沟子山脚，看得见一段缓缓流动的沱江。岁月流波，流不去的是关于亲人的记忆。好在，对于老家的土地，我毕竟看见了，到过了，记住了。

（原刊笔会2024年6月27日）

当手机沉入大海

我的手机,在离开温哥华之前一天,沉入大海。

事后我找了村里物业的那个大个子黑人,问他,"有没有可能把手机从水里捞出来?"他非常肯定地说不行,"哪怕是一只铁锤,从这里掉下去之后,两分钟就会流入深海。你的手机这个时候可能已经到西雅图了。"深处的海是急速的。

那天,我在弟弟家——温哥华郊区一个水上浮村(Floating Village)——划独木舟。手机是独木舟上岸之后,才沉入大海的。当时我的注意力,完全集中在如何从独木舟中平衡身体上岸,居然就忘记了手机还插在船头放水杯的圆孔里。

上岸后,如果我将独木舟平放,手机也不会有问题。但独木舟不用时,必须是倒扣着的。正是翻过来的这一瞬间,手机沉入了大海。

现代人跟手机的关系,是主仆的关系,主仆关系是辩证的,有时你不是主,手机才是主。你帮手机打工。那么多的掌上生活:电子证件、财务往来、买菜、乘车、看病、通讯、新闻、资讯、工作、教书……增加了生活的直接、简单、便利与丰富,但有时也增加了生活的多余、复杂、外在、被控、烦恼与忙乱。

现代人与手机的关系,也是柏拉图式的情人关系。尤其是语音备忘录和文字备忘录中的窃窃私语,那么多的记事、阅人、读诗、观画、听书、旅行的感想随记，尤其是很多的照片，以及只有天知地知你自己才有的当时心情。

这些不能随海漂流而去。

手机浩浩荡荡去了西雅图之后，我开始激活这个暑假的记忆。

首先激活的是关于这个水村的记忆。整个水村的建筑是浮在水上的，濒海的水湾，如镜的绿波，灰色的房屋，没有栏杆的小道，每一栋房屋，底部塞满泡沫塑料的水泥厚板，四面都有水泥柱子，用粗大的绳索，将木制的房屋系套在深入海底的水泥桩子上固定。随潮起潮落而升降起伏，军港之夜呵，房屋永远不会被水淹。起风的时候，房屋微摇，如果睡在底楼，夜晚有咿呀咿呀的水波轻拍木墙的声音，是儿时摇篮般的母亲怀抱里的声音。

水村的夜晚，四望寂然，无车声、人语声，每一户水村小屋，或纱窗或灯窗，又朦胧又通透，倒影如画，里面是温馨而久长的岁月。我们从外面回家，有人拉着拉杆箱，弟弟说，要提起来走，不能发出呼隆隆的声音。水村的白天也极是宁静。右前方有一座十九世纪的老木桥，"维基"上可查到，也拍过什么电影。偶尔会有声音从那里传来，恍如由远而近隐隐的雷声，原来是一辆汽车，从远处缓缓驶上桥来。桥上年久失修的木板高低不平，这声音反而增加了一种时空悠悠的穿透意味。

海湾对面的原住民小村，永远停着两艘中型的渔船，桅杆低垂，绳索纷披，仿佛经过夏天的劳累后沉沉入睡。七八栋小木屋，或灰或赭，如石如树，含藏在树影与堤岸间，有意成为此世遗忘的隐者，然而随着天色与晨昏的变化，天幕之下，深灰或变为浅蓝，赭色或换成深灰,只有窗灯如故,如梦如幻,犹如无声的音乐剧或玄学的哑剧。有一天黄昏,我们实在是好奇了,过老桥而西,到对面的原住民村子散步,走了约一小时,不遇人;水边多漂流木;路边有平而白亮的大斜坡屋顶对着幽蓝的天空,想起"亮出你的舌苔或空荡荡";路尽头有图腾式的树影直插夜色,正在怀疑是否赶上了自己的梦境时,一处警示语将我们吓回现实:"此处私宅,擅入必刑"。

然而水村的天空还是宜于做梦的。尤其是海天一色,宝蓝色的夜晚,天也是蓝的,岁月是蓝的。星星在天上轻轻摇晃,我们在这座楼的三楼顶层,透过落地玻璃窗,躺在床上,久久不舍入睡。

其实我的手机里还有一些珍贵的视频:海狮来访;三只小天鹅,围绕着独木舟曲颈向天,张翅嬉戏,近镜头看它的羽毛,细如织,莹如玉;村民钓到了一条不到两岁的小鲨鱼,用网全捞起来,欢呼一阵子,又放生了;其实就是在手机沉入大海的那天,我也拍到了海狮向我游来,或隐或现的一张胡子脸。

还有一枚照片是水村旁边的一处牧场,那天月亮好大,远处有一匹小马,穿过迷蒙的月光,忽然向我们走来。

牧场的场主经营一间自助蔬果小店,都是自己种的农产品,通夜亮着灯光,由监控镜头管理,自助投币或在小铁盒里放小额钞票。蓝莓刚刚过了季节,黄瓜、西红柿、豆角、樱桃、黑莓和玉米,极新鲜,各种果酱也是自制的。这加深了水村桃花源的色彩。尤其是据说温哥华市区的超市天天都有人在里面偷东西,而冬天的街道上穿着的大鹅(一种昂贵的羽绒大衣)都可能被人抢,越发反衬桃花源的珍贵,也越发相信多元世界的异样。

我还没有太多了解这里的居民。据弟弟说邻居在家门口钓鱼,常常有鲜鱼送过来。也常常看到楼下的椅子上,一对老夫妇,并坐无语,轻轻晃着手上的红酒或啤酒,静静地看落日一点点沉下去。其他,如垃圾分类惊人的细致,纸有数种,瓶子有数种,等等,十来个箱子,可见小区居民既保守又现代。他们难道没有一点群体交流么?其实,每个星期五,是他们的交流时间,小区居民相约在一个小花园聚谈。谈什么呢?我错失了去了解的机会。而"星期五",不知为何令我想起《鲁滨孙漂流记》,大概是太浑朴、与世隔绝的气息。小区铁门的门边有一个微型图书馆,里面全是虚构文学或诗歌,由此揣想背后读者的天真;还有一个物品交换台,上面有一大盒圣诞树,却好几天都不见有人拿走。这里永远不见,也不可能见到快递。这里住着一群简单生活、全在做梦、不事生产、远离消费主义狂潮的老人?我不知道。或者,经过了大半生海涛汹涌的搏命生涯,此时偃旗息鼓,与大海和解,与他人和解,与世界和解,趋于和平与安宁?

让我的手机浩浩荡荡地去西雅图吧。今天我之所以写这篇文章,因为我知道中国道家讲的"有无或然":有的东西失去就失去了,有些东西或许应该失去;有些东西可以失而复得,有的东西永远不会失去。但只有当你原先的拥有与空无,重新被审视、被反思、被刺痛、被唤醒、被顾惜,你才会真正懂得,然后你真正的有与无,也渐渐凸显出来。

2023年9月18日
(原刊笔会2023年10月11日)

鸣沙山之夜

我不曾想到沙山上的行走，是如此地艰难。每一次抬脚，往上迈一步，那种又沉重又不明显的重力感，不是脚重，而是整个身体往下的滞重。每动一下，流沙就往下拉，全身有一种在梦中行走的钝涩感。走不了几步就要大口喘气，只好申请骆驼，但被告知过了六十五岁的人禁止骑。呵呵，我怎么不早点来敦煌。这回才算知道，在沙漠上骑骆驼，西部风情的背后，是要过性命的托付。大漠之路，最早开凿莫高窟的苦行僧人与印度工匠，穿过塔里木盆地而来的粟特商队，河西走廊上的汉唐军队与中原移民，甚至西天取经的玄奘法师，都是这样过来的。

我终于排在队伍里，在这条软绳木梯上，缓缓挨到了山顶。极目所见，鸣沙山上，山顶都是人，山坡上也满是人。沙山后面还有无尽的沙山，无尽的沙山上是苍凉的月光。出租车司机早就提前告诉我，你们到鸣沙山，我只能远远地把你们放在路口，今天是万人星空大合唱的最后一天，根本进不去。呵呵，结果我们走了一公里多，再换乘了景区的接驳车，才来到山下。我平生第一次看见沙山如此浩瀚。由于已过寒露，天气已略有凉意。鸣沙山的坡度并不算陡，但是绵延不绝的沙丘与起伏无际的沙坡，辽阔旷莽，人散在上面，真是如芥如蚁。我从来没有看见有如此的空间能把人放得如此的小。

我们到了山顶的时候,天渐渐暗下来,月亮也升起来了。往下看左边是月牙泉,不一会儿,月牙泉的灯亮起来了,形似一弯月牙,在鸣沙山对照下,显得温柔秀美。山脚下广场上的那个小舞台也变得很小很小,但是扩音器的声音仍很清晰,也许是这个山谷的回音很好,扩音器里有人反复号召大家多往正面的山坡面坐。有人背着一个包,专门做坡顶上的观众的生意,我们买了玉米和矿泉水,有人买了啤酒,三三两两,男女老少,大都在拿着手机拍照。

我们开始不知道万人大合唱究竟有一个什么样的观众席,以及什么样的舞台,音乐一响起来,好像就开始了。原来就是山脚广场上的小舞台,对着整面沙坡上坐着的人。观众渐渐有点激动,不断挥舞着荧光棒,陆续涌动着集中到南面的一大片坡地上,因为那里可以看得见对面整幅山坡上的巨大灯光字幕,于是可以跟着歌词,随下面的歌手一齐唱。歌手没什么名气吧,他每唱一首就要征求上面观众的意见,观众如果同意了就会发出热烈的呼喊声,手上挥动着荧光棒;如果回应的声浪大,荧光棒挥动加快,歌手就开唱新歌。字幕之外,忽然,对面沙山上的天空,居然升腾了巨大的焰火,是电子焰火秀吧,在蓝色的夜空构成了连续不断的文字与图案。噫!那不正是莫高窟壁画中"落花空中左右旋,微妙歌音云外听"的飞天么?那不正是曼妙洒脱飘逸的天男天女,在千年洞窟的暗夜中忽然睡醒过来了么?再看下面,在一个比任何足球场都要大好多倍的空间,歌声却比任何一个城市举办的大合唱都要来得真切,——上面是浩渺幽蓝的天幕,下面是万众起伏的和声,四处回荡的歌声与漫山遍野的荧光,那种音声不是震耳欲聋的高分贝,而是如大海潮音、如山鸣谷应一样的自然音响,这太令人兴奋了,这也是久违的狂欢。我们的城市，我们的南方，哪里有这样的沙丘、星空与焰火，这样欢腾的万众？我联想到昔日在雅典往麦锡尼的途中，参观过一座半圆形的古希腊岩石剧场，也是星空，也是秋夜，当时十分震撼，心接千载，神游冥漠，然而规模跟今天的这个比起来，真的是有云泥之别。

然而你要问我唱的什么歌，歌词是什么内容，一共唱了多少首，我全都没有记住。因为流行歌曲太多了，除了刀郎李健胡德夫罗大佑李宗盛等少数几个老派，其他我都记不住。刀郎应该来这里，沙漠跟沙哑，刀与骆驼，都很搭的。张岱也应该来这里，写一篇《鸣沙山看月》，"声光相乱，名为看月而实不见月者，看之"，"左右盼望，身在月下而实不看月者，看之"，或写一篇《鸣沙山听歌》，"二鼓以前，人声鼓吹，如沸如撼，如魇如呓，如聋如哑……"，"名为听歌而实不知歌者，听歌而不作意于听歌之态者，听之"，后面一句，我说的就是我。

那么，我从歌声中听出了什么呢，听到我们白天在莫高窟壁画中看到的，那些西域音乐，那些胡腾舞曲、飞天伎乐与八声甘州，印度史诗《罗摩衍那》中说："成群的天女在跳舞，乾闼婆在曼声歌唱。"这是在图片、画册、展览与数字化洞窟中听不到的。我们决定启程前往敦煌的时候，上海正开办三个有关敦煌的展览，形成空前的敦煌热。其中有很精美的摹拟与数字化成果。然而往敦煌是多年的夙愿，我毅然反向而行，离虚向实，来到现场。要知道，在河西走廊上行走一回，在沙漠里跋涉（尽管只有一个晚上），亲临洞窟，在若有若无的朦胧里与菩萨对一下眼神，呼吸那一千年前画工面壁时呼吸过的空气，是此生何等难得的经历；以及，昨晚在沙州夜市上，灯火灿然，嚣呼嘈杂，肩摩肩，面看面，吃红柳烤肉，手扒羊腿，购奇妙的菩提果、幻媚的西藏彩灯,以及现在,偶遇延续了整整一个夏天的鸣沙山万人星空大合唱——这完全是跟魔都不一样的经历,这才是如见真魔。我从歌声里听到了历史的回声,听到了在水泥森林里看展览时听不到的真切的声音。

其实,这万众听歌之人,除了一部分敦煌本地人之外,更多是同我一样白天看过了莫高窟的八方游客。因而,很自然,我更是从歌声里听出了中国人曾经有的一度压抑了的以及现在依然还有的浪漫与热烈。中国的诗典说:

> 言之不足……故永歌之,永歌之不足,不知手之舞之,足之蹈之。

日本的古文论说:

> 岂有有生之物,而不放声以歌?

我的《甲辰秋日敦煌河西走廊之行》组诗,开头两首即是《题鸣沙山月牙泉二首》,诗云:

> 满天星斗落山坡,
> 两片月儿天地和。
> 纵使霜风寒露渐,
> 鸣沙山上万人歌。

欢腾万众唱星空，

席地高天一醉中。

莫怪飞天盈洞壁，

敦煌原本是仙宫。

2024年10月31日
（原刊笔会2024年11月28日）

那些永远定格的芳菲笺素……（代后记）

周毅的去世，是相当突然的。打开微信，我们的对话还停留在，2019年10月10日19时10分。她很爽快答应寄一份报纸给一位友人。再前，是9月29日，她来信说："晓明兄，很抱歉，我这段时间状态不好，也没有去过问稿子的事。前天才去问，知道这阵笔会版面太少，一直拖了，一拖，竟然就觉得您文章的格局和主题适合放国庆期间了。抱歉，请原谅！"我心里一惊，回复说："多保重啊。令人时在念中！"

绝没想到，仅十几天之后，竟生死两隔！而我如此粗心，如此轻忽。没有意识到这样的话，她几乎是从来不说的，这半月之中，我竟然再也没有多关心一下，多说一句要去看她，哪怕只是说一下也好呵！

再往前翻，半年前，2019年3月19日，她传给我文章的微信版，告诉我发稿的消息："今天报上发了一整版，是分成两篇发的，题目可还做得醒豁？"题目是：《这九首诗里，有我们的文化精神》《中国诗所承载的三种精神》，是她帮我改的，改得很响亮大气。"醒豁"，是我们之间的一种默契。她还发了几幅报纸校样的截图，轻淡地附了一句："编辑的一些改动，供参阅。"说来那是令人汗颜的讹误：连李白诗、陈寅恪文章的引文，都有错字！这篇重要的文章，我竟然如此这样粗心。想及多年前曾有一次还把一个名人的名字写错，为她带来了读报人的批评。她不过委婉地提醒了一下。今天想来，或许，在她最后一年的心目中，我就给她留下这样的印象，甚至就一直是一个粗心大意、对文字不用心的草率作者？现在，斯人已去，再也无法求证她的印象，再也无法求得她的原谅，也再也没有机会在她的编辑下改正错误，以弥补我深深的懊悔。

那天的微信，她还欣喜地告诉我："这几天《文汇报》还进两会！"还发了一个三个小人跳舞"啦啦啦"的表情包。看来心情很好的。语气与表情，宛如昨日。她给我的印象，似乎永远都是乐观阳光，即事多欣的神情，——是文字交往的神情，——那些十五年来一个作者与编辑的文字，已经永远定格在阳光里。

我会慢慢整理故友的这些珍贵信件。在这篇文章里，重温往事，是为了纪念。

2009年1月8日，久未联系的她回信了：

晓明兄：

　　得稿甚喜，这真是应了我那天给你回信中说的话。我说：重回人间，有诸多喜事，其中之一就是能读晓明兄的文字，另外还捎带能听到他唱的歌：）

"重回人间"应该是她第一次动手术之后。我知道她生病的消息，也十分震惊，毕竟她这么年轻！我在笔会写稿是2002年，周玉明老师做编辑时。后来周老师退休了，就与周毅联系。那是2003年左右。开始通信时，她称我老师，毕竟是老师辈；我称她为"毅兄"。她也就顺水推舟，称我为"晓明兄"，我们就这样称兄道弟十五年呵，那些带有芬芳气息的电子笺素！有一回她说"特别赞同你对电子书的批评！三千年未有之巨变啊，多少灵韵和灵魂，就此消失！"我有几次与她手写的通信，现在都不知放在哪里了。2011年在台湾做客座教授时，曾给她手写一枚明信片。她着急问，"怎么还没有到呵？"收到了回复说："明信片昨天收到了，翻来覆去看了好几遍，呵呵，这样写得满满的明信片、贺卡，真温暖啊，完全改变了我以前对这类东西的淡漠印象。"然而十五年来的电邮，她的神情气息，还是从冰冷的邮件里跃然而出。

从书信中可以看出，她非常重视我们之间的一些选题：

晓明兄、张玲：
　　你们好！
　　虽然昨晚收到了微信提醒，我还是选了早晨这样一个精力更足一些的时间，来打开这份文件，来面对你们为这个坚硬问题付出的心血。
　　非常感谢！也许你们的自述一点没有夸张，是目前看到的最专业的论述。
　　……
　　你们两人合作得非常好，谈得旗鼓相当，这张弓拉得很漂亮！……

那是我和内人合写的关于林森浩事件的评论文章。在此之前，笔会比较内敛，也略为高冷，不大介入此类社会事件。这也是她所说的"醒豁",——以较硬朗积极的姿态参与当代人的精神生活。我跟周毅都是蜀人,有一回我对她说,要在吴学温柔的气氛里,散一些蜀学的空气,闹一闹。我们一拍即合。在她的手下,写过一些社会热点问题的讨论,在没有大量自媒体的嚣热时代,也还算是"醒豁"了一些时日。她所说的"精力更足一些",我并不知道她那时候的身体状况。她为这篇费心费神的稿件,倾注了相当多的心力。反复商榷,仔细讨论,几乎就是十易其稿。让我们理解,每一篇倾注着编辑心血的文章,字里行间,都是一刀一刀的劳作,其实真是作者与编辑共同努力的结晶。因而一个优秀的编辑,总是能欣赏与发现作者的亮光,把原本是石头的作者当作琼瑰来雕琢。譬如这样的来信:

  ……当时我也是被你的其他文章吸引了。有点怔忪。唉,你那里真是有一个另外的世界呀,我甚至生出痴心,若能有机会跟你读几年书,多好。

晓明兄:
  清明时节读到"道法自然"的文章,很是清新:)
  道家思想若真的被奉行,是一件美妙的事,现今世界怎么提倡都不为过,保傲塔的鸟这一例子尤妙,能予人启发,可学习,而不仅止于说理。
  您的图书馆漂流记入选2014年度好文,可见世间还是有亮眼人的:)
  问好!问张玲好!

晓明兄：

　　文章的气息与能量在题目上就扑面而来，我只能哎哟一声，先到外屋转了一圈两圈，再回来坐下来读。

　　谢谢你给了我这么好一篇文章，也让我看到你出任图书馆馆长，带着的热情、深厚、庄严的气息。

　　好！按你说的分上下两期发！

　　不是一期发不下，是愿意它在版面上多流连一些时光：）

晓明兄：

　　你的文章我读得要掉泪，不是悲伤，是觉得全部懂。那个安静的没有细菌的空间，那些奇异的温暖感觉，一种欣欣然的觉悟感……

　　今年你60岁，好了，从今算起，你可以再安排60年的辰光。

　　——以此祝福。

　　到底是暑假回老家，还是寒假回老家？

　　我也想家啊。

　　你不看文汇报了，我还有些失落，那笔会办给谁看呢？

晓明兄：

　　一早来开机，看到你的信和文章，都让人精神一振。

梁先生说得好,你的阐释和探微发幽也好,"不写而写",其实一直是我理解的"笔会"版面的真意,非常谢谢你!

问好!

晓明兄:

谈词学的文章昨天见报,看到吗?

发出来,我又读一遍,还是好,很想背下来。

大作今已见报:)

去掉写作时间,是因为××先生的文章有一个写作时间,比你早很多,放在一个版面上,情理不通,感觉我们太虐待××先生了。其实不是,他的写作时间,可能是应×××先生的去世时间,交到我们手上只比你早一天,我们又不能改他的,所以就只好委屈你了⋯⋯

另外,结尾没有加那句话,是觉得那一声叹息很好,很结实,让人搁在心里想。能接受吗?

晓明兄:

正处于想着你该来稿、又不愿意催促的境地,接到你的文章,好不开心。(昨天没开电脑,今天才看到)

正好有一句话和你商量,"譬如跟病人打交道,你就难免受到病人的影响",这样说,有些对医生不太厚道似的。你看要不要换一种人?

后来我就改为:"譬如跟股票打交道,你的心就难免受到股票波动的影响。"前面那封信里,连删一个写作日期,她都要费心解释一番。周毅非常尊重我的文章,不要说剜眼掏心、换头砍足,我在其他媒体编辑大人那里受到的待遇,从来没有。她几乎不改动任何句子,哪怕是看起来有点病句的句子。甚至一个标点符号,她也要征求我的意见,这是难得的一份尊重,她深知一个好编辑是如何懂作者的。为我多次破了笔会的一些先例,如文言文章,如两篇同时发表,如祭悼文字等。我在她那里,有时甚至就是一个被宠坏的作者。如今怆然展读这些邮件,那些美好珍贵的心灵相通,那些欣喜莫名的思想照面,那些值得的等待与彼此的相信,句句字字,神情音容,仿佛昨日,令人悲从中来。

然而也是会被退稿的。有时候,我完全服从她的决定,有时候,我也要据理力争。当然,她拒稿的信也写得温婉:

……

"梦中的橄榄树",是一个很好的意象,清新,温柔,有生命力,但在这篇文章中,你还没有提供足够沉静的气场来传达出这正能量。

微信还真的给我打开了一扇受教育的窗口。

直言不讳地批评,让人觉得够刺激,振作精神。你在这里批评过别人,你也在这里接受批评。

我想能不能这样,反正节日之前我也不发稿了,这篇文章暂时留在你那里,放几天,你看看是否可以再改进一点。
共同进步哦!

我当然不能接受她的批评。详细表明了我是如何绝不仅是发发牢骚,而是具体提出解决问题的办法,一一列举,终于还是说服了她。还有一次,我批评某一篇文章被某编辑修改,她很认真地回复说:

晓明兄:
  收到你的信,看到你说的"不粘锅心态",说"文章力量减弱至零",我心头一惊,沉甸甸了好几天。
  真的不是向你谢罪的问题,是怪我自己,为什么一开始没有与你有这样感同身受的体会了?
  ……
  要检审自己。

我们也会真刀真枪讨论交流一些文章,讨论一些问题,其实她不赞成我的观点时,不会跟我力争,总是提供更多的角度来展开问题的不同面向。她的信喜欢用:)。这样的有着温和立场、阳光语气与清明理性的编辑,我们只有对比了当今十分可怕的网络环境,才越来越觉得还是老的文章生产方式更人性更文明。

晓明兄:
  谢谢你的来信。帮我也厘清了一些思路。我并不是赞成他的观点,传给你看,是希望能为你淬一下火:)

×××还算是一个单纯的人,可能没有想那么多。……听听不同声音是好的:)

我十分珍视她对我的文字的会心,坦率地说,如果没有她的注视与加油,我不会坚持在笔会写下去,毕竟我手上的事情太多了。而这些在学院人看来是"小文章"的文字,其实是要让一个人用整个生命来面对的。还是在台湾时,我给她回信写道:

> 谢谢你热情地鼓励!
> 台风来的时候,我们都在梦中。起来看
> 只有天边暗淡,不像平时那样无边的通透
> 大榕树上,原本挂满了知了的壳
> 土润草青,
> 这就是梅花来过的样子
> 临走时的短信收到,多好。

她的回信说:

> 我要谢谢你!谢谢你在这个台风即将来到的周末给我的感动,接近无限深沉的感动。对文化的信念,就是一样一种让人从日常烦忧中觉醒而变得有力的东西吧。
> 临走前给你的短信收到?
> 祝台湾之行一切好!
>
> 周毅

她不仅支持鼓励我写下去,而且能直凑单微,说出我要做的事情的核心要义:

> 我还是觉得每当你以中华人文价值观,有感而发、舍我其谁、接评时事时,文章最出彩,我确实希望笔会上将来的声音多一些,特别在这方面希望得到你的支持。

一旦被赋予了"舍我其谁"的自信与勇气,因而我也就欲罢不能地写下去了。今天想起来,居然有二十年的笔会写作史,我常常忘记了周毅给我提醒过,《笔会》的读者,很多是老先生。我是一个不知天高地厚的人么?我那点浅碟子的学养,能在这个名家聚萃的地儿舞弄?不是的。我曾经给周毅的一封信里说:"笔会是当今甚为稀缺的人文绿洲,标格甚高,风神独具,我视之如珍宝。或稍觉力量不够。应更多有情有义、手之舞之、足之蹈之、跌宕自喜的文章。"我只是真实感到,在笔会,并没有多少人,为"中华人文价值"说公道话,也并没有多少人,站在这个立场上,有感而发,因而这个缺失的部分,应该有人承担起来。周毅能点醒这点,认同并默契,就不是一般的文章知己。

说来不可思议,十五年的文章相契,十五年来她为我编发的七八十篇文章,有如此"斯文骨肉"的美好记忆,十五年间书信往来,有多少知赏、鼓励与思想碰撞的会心时分,

可是,十五年来,我们只有两面之缘。

第一次见面,即周玉明老师退休,笔会在四川北路的饭局。2003年。

这怪谁呢,周毅说,已经有三次笔会活动,你都不去。

确实是上海太大了么。不只是周毅,很多朋友与同学,我都十多年不见一面。

第二次见面,2017年清明,是我邀请周毅去贵阳孔学堂参加中华诗词研讨会。那天她先到了。春天的花溪河畔青草地,她穿着裙子,一边晒太阳,一边写诗。在微信里兴奋地发出来,说是第一次写旧体诗。

然而她一个人都不认识,没有人陪她。

开完会,晚上看节目,我就坐在她的后面,她看了一半就走了。我也走了,我似乎那天是回父母家了,第二天我要与兄弟一起去扫墓。我想象她一人走在孔学堂夜晚的路上,黑乎乎的夜空。

唯一可以宽慰的是,我在她第一次动手术之后,快递过一幅画。那是画家专门为她画的竹子,画里有两支竹子,画家用极简的语言,表达了我想说的话。

——那些芳菲气息的书信与文字,连带着永远无法弥补的歉疚与伤悔,都永远定格在了2019年10月10日19时。

2020年4月17日

图书在版编目(CIP)数据

依恋之为依恋 / 胡晓明著. -- 上海：文汇出版社,
2025.8. -- ISBN 978-7-5496-4599-2
　Ⅰ.I267
中国国家版本馆CIP数据核字第2025VS4118号

·笔会文丛·

依恋之为依恋

著　　者 / 胡晓明
绘　　画 / 胡晓明
特约编辑 / 吴东昆
责任编辑 / 何　璟　钱　斌
封面装帧 / 薛　冰

出 版 人 / 周伯军

出版发行 / 文匯出版社
上海市威海路755号
（邮政编码 200041）
经　　销 / 全国新华书店
排　　版 / 南京展望文化发展有限公司
印刷装订 / 上海颛辉印刷厂有限公司
版　　次 / 2025年8月第一版
印　　次 / 2025年8月第一次印刷
开　　本 / 890×1240　1/32
字　　数 / 235千字
印　　张 / 10.875
插　　图 / 4

ISBN 978-7-5496-4599-2
定　　价 / 58.00元